2.

READY FOR A NEW SOULMATE

BROOKLYN LOVE 2

KATRIN EMILIA BUCK

ROSEN FEDER

Für Jeff

Glücklich allein ist die Seele, die liebt.

Johann Wolfgang von Goethe

PROLOG

Adam

»Deine Mom wird uns nie glauben, dass die letzte Stunde nicht wegen uns ausfällt.« Clay und ich grinsten um die Wette. Auch wenn wir es uns zur Aufgabe gemacht hatten, den Schulunterricht mit ein paar kleinen Streichen aufzupeppen, waren wir in diesem Fall tatsächlich unschuldig.

Mrs Harper war einfach ausgerutscht und hatte sich den Knöchel verstaucht. Somit blickten wir bereits um halb zwei an diesem strahlend schönen Freitagnachmittag einem faulen Wochenende entgegen.

»Und wenn schon. Solange kein Anruf von der Schule kommt, hat sie sowieso nichts gegen uns in der Hand.« Siegessicher klatschten wir ab. Mit unseren elf Jahren kamen wir uns richtig schlau und vor allem unschlagbar vor.

»Clay! Adam! Wartet!« Mit hochrotem Kopf stürmte Claytons kleine Schwester Lynn auf uns zu und wirkte mit ihrer riesigen Schultasche noch kleiner und zarter als sonst – auch wenn die erst Siebenjährige es faustdick hinter den Ohren hatte. Mich wickelte Lynn mit ihren großen schokobraunen Augen und den blonden Locken regelmäßig um den kleinen Finger. Sie war aber auch zu niedlich. Clay ging es nicht anders, obwohl er gern den großen Bruder raushängte und ihr die Welt erklären wollte. Mit wenig Erfolg, wohlgemerkt.

Schwer atmend blieb Lynn vor uns stehen und ich bot ihr meine Wasserflasche an, die sie dankbar annahm.

»Wieso bist du noch nicht zu Hause?«, fragte Clay.

»Ich war noch in der Bibliothek«, erklärte sie stolz und erst da bemerke ich, wie tief die Tasche auf ihrem Rücken hing. Bevor sie protestieren konnte, nahm ich sie ihr ab und staunte nicht schlecht, wie viel eine so kleine Person lesen und schleppen konnte.

»Wir gehen gleich schwimmen. Wieso kommst du nicht mit?« Meine Einladung war ausgesprochen, ehe ich mich mit Clay abgesprochen hatte. Lynn starrte mich mit ihren dunklen Augen verblüfft an, als könne sie nicht fassen, was ich gerade gesagt hatte. Dabei war sie immer willkommen, nur zog sie es meist vor, ihre Nase in Bücher zu stecken. Zugegeben, ich hatte sie noch nie so direkt eingeladen.

Clay wirkte nicht sauer, obwohl er sie wahrscheinlich selbst nicht gefragt hätte. Doch das Schwimmen lag uns auf Long Island im Blut. Bereits mit drei Jahren hatten uns unsere Eltern in den Schwimmunterricht geschickt und somit war es mehr oder weniger das erste, was man hier lernte. Ich brannte regelrecht darauf, mein neues Surfbrett auszuprobieren, und irgendwann würde ich hoffentlich auch meinen Segelschein machen. Mein Dad wollte es mir eigentlich beibringen. Wenn zu Hause wieder alles beim Alten wäre. So hatte er es mir jedenfalls versprochen. Vielleicht hatte er ja heute Glück, denn wenn nicht …

Nein, ich durfte mir keine Sorgen machen. Es brachte nichts, gar nichts. Ich musste hoffen und fest daran glauben, dass alles wieder gut werden würde.

Wir liefen gemeinsam zum wartenden Schulbus, der uns bequem nach Hause fuhr. Wenn ich mich sputete, könnte ich mit meinen Schwimmsachen fünfzehn Minuten später mit dem

Fahrrad bei Clayton sein. Lynns Tasche übergab ich an meinem Stopp direkt an Clay bevor ich ausstieg. Der blickte zwar etwas missmutig, nahm sie dann aber ohne zu murren an sich. Seiner Schwester hingegen stand die Freude ins Gesicht geschrieben. Vielleicht könnte ich heute sogar bei ihnen übernachten. Seine Familie, besonders seine Grandma, mochte ich sehr. Im Gegensatz zu meinem Zuhause konnte ich dort aufatmen. Seit Dad überraschend seinen Job verloren hatte und Mom nun doppelt so viele Schichten im örtlichen Krankenhaus schieben musste, damit wir finanziell über die Runden kamen, war die Stimmung sehr gedrückt. Manchmal saß Dad den ganzen Tag auf der Couch und starrte ins Leere. Unheimlich, denn eigentlich war er sonst immer den ganzen Tag auf Achse gewesen und hatte wichtige Dokumente für eine Versicherung verkauft. Keine Ahnung, was für Papiere das genau waren, ich wusste nur, dass ich weder sein Büro betreten noch seine schwarze Tasche, die er jeden Tag mit sich herumtrug, anfassen durfte.

Aus dem Grund war der heutige Tag auch so wichtig. Mein Dad war schon ganz früh nach New York City aufgebrochen. Dort würde es Arbeit geben, hatte mir meine Mutter erklärt und mich zum Abschied geküsst, bevor sie zum Krankenhaus gefahren war und ich mir Frühstück gemacht hatte. Schon seit einiger Zeit versorgte ich mich regelmäßig selbst. Früher hatte ich meiner Mutter beim Kochen gerne zugesehen und auch geholfen, aber dazu war sie jetzt zu müde. Alles musste schnell gehen.

Aber vielleicht war ja heute wirklich unser aller Glückstag und ich sollte lieber zu Hause schlafen, denn wenn es etwas zu feiern gab, wollte ich keine Sekunde davon verpassen. Ob Mom uns dann ihre leckere Schokotorte backen und Dad mir ein Glas Cola erlauben würde? Ganz bestimmt.

So wie jeden Tag blendete ich auch diesmal aus, dass unser Haus einen leicht verwahrlosten Eindruck bot, besonders im Vergleich zu dem unserer Nachbarin Mrs Chapman. Im Gegensatz zu unserer erstrahlte ihre Fassade in einem hellen Blau, so als wäre sie eben erst gestrichen worden. Außerdem beeindruckte ihr Garten mit einer Vielfalt an Blumen und Sträuchern, als wäre er aus einem dieser Heftchen, die Mom so gerne las. Den Duft von Mrs Chapmans prämierten Rosen in der Nase, schlenderte ich unseren Gehweg entlang und musste mir ein Seufzen verkneifen. Obwohl Mrs Chapman allein lebte, sah ihr Haus bewohnter aus als unseres.

Am Wochenende, beschloss ich, würde ich mich um den Rasen kümmern und vielleicht könnte ich mit Dad endlich die Veranda streichen. Darum hatte uns Mom schon lange gebeten.

Als ich die Haustür aufschloss, hatte ich das Gefühl, gegen eine Wand aus abgestandener Luft zu prallen, als wäre seit Tagen niemand mehr hier gewesen. Ich ließ die Tür offen und wollte gerade nach oben, um meine Schwimmsachen zu holen, als ich Geräusche hörte. Wie versteinert blieb ich stehen. Was war das? Der Gedanke, ein Einbrecher könne sich im Haus befinden, war lächerlich. Schließlich war es helllichter Tag, außerdem gab es bei uns überhaupt nichts zu stehlen. Trotzdem bekam ich keinen Ton heraus. Vielleicht sollte ich doch die Polizei rufen.

Aber was, wenn einfach nur ein Fenster zugefallen war? Man würde mich sicher auslachen. Der Wind hatte doch im Vergleich zum Morgen deutlich aufgefrischt, oder nicht?

Unschlüssig wartete ich ein paar Sekunden, aber es blieb still. Ich nahm all meinen Mut zusammen und hastete die Treppe hoch, um meine Badesachen zu holen. Die nächste Zeit würde ich wohl keine Detektivgeschichten mehr unter der Bettdecke lesen.

Kurz bevor ich im ersten Stock ankam, knarzte es wieder. Abrupt blieb ich stehen. Mist, ich hätte mir doch Verstärkung holen sollen. Noch könnte ich mich umdrehen und wieder nach unten schleichen.

Plötzlich hörte ich Stimmfetzen. Dann ein Stöhnen und ein Seufzen, gefolgt von einem hellen Lachen. Waren meine Eltern doch zu Hause? Erleichtert nahm ich die restlichen Stufen. Dumpfes Gemurmel drang aus dem Schlafzimmer meiner Eltern.

Als ich an ihrer Tür vorbeikam, sah ich, dass sie nur angelehnt war. Neugierig wagte ich einen Blick und …

Ein tiefes Stöhnen verstärkte die Röte, die mir sofort ins Gesicht schoss, als ich begriff, dass ich meine Eltern beim Sex ertappt hatte. Glücklicherweise hatten sie mich nicht bemerkt. Gerade, als ich mich leise zurückziehen wollte, richtete sich die Frau auf und ihre dunklen Locken ergossen sich über ihren Rücken. Erneut stöhnte sie auf, dann hörte ich die Stimme meines Vaters. Was er sagte, bekam ich nicht mit, denn das Rauschen in meinen Ohren übertönte alles. Doch eines war klar – die Frau im Bett war nicht meine Mutter.

KAPITEL EINS

V*iele Jahre später*

Adam

»VERDAMMT!« Frustriert pfefferte ich meinen Kugelschreiber auf einen Haufen vollgekritzelter Papiere, die meinen kompletten Schreibtisch einnahmen. Seit Stunden saß ich an der Bilanz meines Restaurants und kam keinen Schritt weiter.

Es war Montag, das *Eve's* hatte geschlossen. Mein Restaurant in Brooklyn Heights direkt am East River lief gut, sehr gut sogar, das bewiesen die Zahlen, aber leider nicht mehr ausgezeichnet. Zwar waren wir noch immer auf zwei Monate im Voraus ausgebucht, aber ich wurde das Gefühl nicht los, dass das *Eve's* seinen Zenit bereits überschritten hatte. Die letzten drei Jahre waren anstrengend und arbeitsintensiv gewesen. Jede Sekunde meines Lebens hatte ich in dieses Restaurant gesteckt – mit meinem besten Freund Clayton als Partner, Berater und seelischen Unterstützer.

Unzufrieden begann ich in meinem Büro herumzutigern, was leider überhaupt nichts brachte. Also schnappte ich mir meine Jacke und verließ das ohnehin leere Restaurant. Die frische Brise, die mich auf der Straße empfing, tat unglaublich gut. Ich beschloss zur Promenade zu laufen, um meinen Kopf frei zu bekommen.

Die Hochhäuser von Lower Manhattan reckten sich in all ihrer Pracht vor mir in den Himmel. Schon lange träumte ich davon mein zweites Restaurant dort zu eröffnen und ich war kein geduldiger Mensch.

Wäre es nach mir gegangen, hätte ich das zweite Restaurant längst eröffnet. Aber Clayton hatte Bedenken, wollte nicht, dass wir vom Erfolg geblendet leichtsinnig Risiken eingingen und zu schnell wuchsen. Lange war das *Eve's* ein Insidertipp gewesen. Gäste wie auch Kritiker hatten regelrecht Lobeshymnen gesungen und sich vor Begeisterung fast überschlagen. Ihnen gefiel unser innovatives Konzept, amerikanische Küche mit mediterranen und asiatischen Einflüssen auf höchstem Niveau zu servieren. Doch das hatte mir viel abverlangt. Erst war ich um die Welt gereist und hatte in verschiedensten Ländern nach Inspiration gesucht, dann musste ich diese Eindrücke jahrelang verfeinern, zusammenführen und etwas Eigenständiges daraus kreieren. Noch heute studierte ich die Leistung meiner Konkurrenten akribisch, besuchte regelmäßig neue und alte kulinarische Perlen.

Ich war bereit, fühlte mich sicher und doch gelang es Clay immer wieder, mich mit seinen Bedenken zu verunsichern. Er war von uns beiden schon immer der vorsichtigere, bedachtere gewesen. Aber nur, wenn es ums Restaurant ging. In seiner Funktion als Modelagent lief das ganz anders, da gab es kein *langsam* oder *vorsichtig*, keinen doppelten Boden. Nur alles oder nichts. Gerade erst hatte er sich selbstständig gemacht, lebte in Scheidung und hatte bereits eine neue Lebenspartnerin. Nein, im Vergleich zu Clayton verlief mein Leben im Schneckentempo.

Außer meinem Restaurant hatte ich nichts vorzuweisen, privat schon gar nicht.

Dabei war eigentlich immer ich der impulsivere und furchtlosere von uns beiden gewesen. Jetzt kam es mir vor, als wären die Rollen vertauscht. Vielleicht hätte ich einfach nicht auf Clayton hören und meinem Instinkt folgen sollen, einfach den Kredit abschließen, den ich so gut wie in der Tasche hatte, und den Mietvertrag für das Traumlokal in TriBeCa unterschreiben sollen.

Jetzt war es zu spät, die Location anderweitig vergeben und ich musste mich wieder gedulden. Mein Handy klingelte. Leider würde es nicht Clayton sein, der mir sagte, dass er den Abend nun doch mit mir in unserem Lieblingsclub verbringen wollte. Natürlich konnte ich verstehen, dass seine neue Freundin und sein Geschäft im Moment vorgingen, auch wenn es mir manchmal schwerfiel.

Als ich sah, wer mich anrief, sank meine Laune in den Keller. Ich wartete, bis die Mailbox ansprang, und schaltete mein Handy aus. Auch wenn mein Verhalten eher dem eines Zehn-, statt eines Siebenunddreißigjährigen entsprach, hatte ich keine Lust, mich mit meiner Mom zu unterhalten. Wir hatten uns einfach nichts zu sagen. Meine trotzige Haltung war nicht sehr erwachsen, ich weiß, aber das war mir egal.

Ich beschloss, die drei Meilen zu Fuß nach Hause zu gehen. Mein dreistöckiges Stadthaus lag nur einen Steinwurf vom Prospect Park entfernt und war ein absoluter Glücksgriff gewesen. Neben vielen anderen Annehmlichkeiten besaß es zwei Eingänge und hätte auch als Zweifamilienhaus genutzt werden können. Allerdings hatte ich das Erdgeschoss mit einer Industrieküche ausgestattet, in der ich nun regelmäßig kleinen Gruppen das Kochen beibrachte. Das machte mir nicht nur Spaß, sondern kam auch sehr gut an. Die Wartelisten für diese Kurse waren so voll, dass ich vor einiger Zeit begonnen hatte, die Plätze an die Meistbietenden zu versteigern und den Erlös vollumfänglich an Suppenküchen zu spenden.

Nachdem mir vor einigen Jahren bewusst wurde, wie knapp ich selbst in meiner Kindheit an der Obdachlosigkeit vorbeigeschrammt war, wollte ich anderen helfen, die nicht so viel Glück hatten. Natürlich war mir nichts geschenkt worden. Ich hatte immer hart gearbeitet und war dank diverser Gelegenheitsjobs bei Gemüsehändlern, Kaffeeketten oder im Einzelhandel über die Runden gekommen.

Nach meinem Schulabschluss begann ich mein Wirtschaftsstudium. Während ich morgens Managementkurse belegte und Businessgrundlagen lernte, jobbte ich abends im Restaurant. Schnell merkte ich, welch unglaubliche Faszination die Arbeit in der Küche auf mich auswirkte. Die Klarheit, die dort herrschte, beruhigte mich. Jeder kannte seinen Platz und die Aufgaben waren genau verteilt. Alles war, mehr oder weniger, unter Kontrolle. Die Hektik machte mir nichts aus, ganz im Gegenteil, ich liebte es zu sehen, wie alle Handgriffe ineinanderflossen und kulinarische Meisterwerke hervorbrachten.

So hatte ich angefangen, die verschiedensten Kochkurse zu besuchen – und davon gab es unzählige in New York. An einem Abend produzierte ich Pasta bis zum Umfallen, an einem anderen lernte ich alles über Schokolade. Außerdem hatte ich mich in die exotischen Gewürze und Kräuter Marokkos entführen lassen, war in die kulinarische Welt der Karibik eingetaucht, hatte einen Exkurs in die indische Küche unternommen und auch lateinamerikanische Köstlichkeiten erkundet. Doch irgendwann war mir das nicht mehr genug. Ich wollte mehr, nicht nur die Theorie mit irgendwelchen Hobbyköchen studieren, sondern all die fernen Orte besuchen und die landestypischen Spezialitäten entdecken. Zu behaupten, dieses eine Jahr hätte mein Leben verändert, wäre leicht untertrieben. Noch heute zehrte ich von den Eindrücken und Erfahrungen.

Auch wenn ich in meinem ersten Restaurant anfangs noch selbst in der Küche gestanden und stundenweise einen Geschäftsführer beschäftigt hatte, war rasch klar geworden, dass mir das Zeug fehlte, um es ganz an die Spitze zu schaffen.

Deswegen beschlossen Clayton und ich für das *Eve's* einen Profikoch einzustellen, während ich die Finanzen und das Management in die Hand nahm.

Zwanzig Jahre hatten wir auf den Erfolg, der sich binnen kürzester Zeit einstellte, hingearbeitet. Wir waren der Geheimtipp und unsere Tische auf Monate im Voraus reserviert. All die Mühen und Entbehrungen zahlten sich endlich aus. Und dennoch ließ mich die Angst einfach nicht los – egal, wie gut die Bilanz auch aussah.

Die harten Zeiten meiner Kindheit hatten mich geprägt. Hätte mein Dad damals keine Stelle gefunden und meine Mom nicht die Möglichkeit gehabt, in der Zwischenzeit mehr zu arbeiten, wären wir mit Sicherheit obdachlos geworden. Das hatte mir meine Mutter Jahre später gestanden. Zudem ein paar andere Dinge, die ich lieber nicht gewusst hätte. Ich schüttelte meinen Kopf und versuchte meine Gedanken in eine andere Richtung zu lenken. Was vorbei war, war vorbei.

Neben dem ängstlichen Skeptiker gab es aber noch einen Teil in mir. Einen, der weder Furcht noch Grenzen kannte, der immer noch höher und weiter hinauswollte. Besser, ich konzentrierte mich auf den und solange die Pläne für mein zweites Restaurant in meiner Schreibtischschublade schlummerten, auf meinen nächsten Kochabend. Die Plätze waren für über tausend Dollar je Stück versteigert worden. Meine Klientel war fast ausschließlich weiblich, extrem reich, kochtechnisch meist höchst unbegabt, alles andere als schüchtern, und einem schnellen Abenteuer nicht abgeneigt. Das *Who is Who* der New Yorker High Society. Ich würde einen Teufel tun und mich beschweren, egal, wie untalentiert oder aufdringlich sie waren. Diese Ladys waren mein Ticket zum Erfolg. Wenn ich sie überzeugen konnte, würden sie es weitererzählen. Darum war mein höchstes Ziel, ihnen einen perfekten und unvergesslichen Abend zu bieten.

KAPITEL ZWEI

Monica

»Heute lade ich euch ein, mit mir nach Abruzzen zu reisen. Abruzzen liegt im Osten Italiens und grenzt an Lazio. Nur einen Katzensprung von Rom entfernt, liegt diese unglaublich vielfältige Region mit ihren goldenen Sandstränden, den Pinienwäldern, die bis zum Meer reichen, und dem Hochgebirge, das euch im Winter zum Skifahren einlädt. Um euch einen Einblick in die kulinarischen Leckerbissen der Abruzzen zu geben, kochen wir heute ein Lammgulasch an Zitronensoße …«

DAS BILD GEFROR und ein rotierender Kreis zeigte mir an, dass ich keine Internetverbindung mehr hatte – typisch, wenn ich die Metro nach Manhattan benutzte. Enttäuscht packte ich mein Handy in die Tasche. Ich hatte mich so sehr auf die neueste Episode meines liebsten Foodblogs gefreut. Natürlich wusste ich, dass mir auf dem Weg zur Arbeit immer nur ein paar Minuten zur Verfügung standen, bevor der Empfang abbrach, aber trotzdem. Das war unfair!

Ausgerechnet heute. Ich liebte es mit Franco Fratelli, einem bekannten römischen Restaurantbesitzer, die verschiedenen Regionen Italiens und ihre Küchen zu besuchen. Gemeinsam mit seinen drei Freunden präsentierte er interessierten Hobbyköchen aus der ganzen Welt die kulinarischen Hotspots Europas. Mit Jasper erkundeten wir England, mit Lorenzo, einem ausgewanderten Amerikaner mit italienischen Wurzeln, Frankreich und mit Robert die Schweiz. Ob die Jungs sich überhaupt vorstellen konnten, wie sie die Sehnsucht mit jedem neuen Video weiter entfachten? Dass ich im Geiste bereits meine Koffer gepackt hatte, um Europa zu bereisen? Auch jetzt erfasste mich wieder dieses Fernweh. So stark wie schon lange nicht mehr. Seit drei Jahren sparte ich bereits jeden Cent. Jetzt musste ich nur noch den Mut finden, endlich die Reise zu buchen.

Mein früheres *Ich* hätte keine Sekunde gezögert. Es hätte seinen Traum gelebt und nicht sein Leben geträumt. Seufzend kontrollierte ich noch einmal den Empfang. Nichts.

Stattdessen war ich in den letzten drei Jahren jeden Tag zur gleichen Zeit ins Büro und wieder nach Hause gefahren. Dabei hatte ich nie vorgehabt, mal in einem Büro zu arbeiten. Noch dazu in Manhattan. Eigentlich wollte ich für immer auf Long Island bleiben, wo ich aufgewachsen war und meine Familie ein italienisches Restaurant geführt hatte. Bereits als Kind hatte ich es geliebt, meine Zeit entweder in der Küche, dem Gastraum oder dem Strand vor der Haustür zu verbringen.

Unser Restaurant hatte diesen speziellen Wohlfühlcharakter und viele unserer Stammkunden kannten meine Eltern seit der Eröffnung vor über dreißig Jahren. So lange träumte ich davon, endlich mitarbeiten zu können.

Dass meine Eltern darauf bestanden hatten, dass ich das College besuchte und einen Abschluss im Finanzwesen machte, war am Ende die richtige Entscheidung gewesen. Auch, dass ich im Anschluss zwei Jahre bei einem Finanzinstitut in der Buchhaltung Erfahrung sammelte. Als ich endlich im Restaurant einstieg, übernahm ich die Geschäftsführung und brachte die Finanzen in Ordnung. Ich liebte meinen Job und steckte all meine Energie in unser Familienunternehmen, bis … ja, bis eines Tages ein Kurzschluss das Lebenswerk meiner Eltern in Schutt und Asche legte.

Doch damit nicht genug. Anstatt dass sie das Restaurant wiederaufbauten, entschieden sie sich ein kleines Strandcafé zu führen und teilten mir sanft, aber bestimmt mit, dass es für mich Zeit wurde, auf eigenen Füßen zu stehen.

Von heute auf morgen musste ich einen neuen Lebensplan entwickeln, wobei ich bis heute nicht verstand, warum ich das, was ich liebte, hatte aufgeben müssen. Aber mit meinem Vater konnte man nicht diskutieren und in einem anderen Restaurant anzufangen, kam mir falsch vor. Alles schien eine Zeit lang irgendwie falsch zu sein. Doch jetzt war nicht der richtige Moment, um in Erinnerungen zu schwelgen. Der Zug hielt an, ich musste aussteigen.

Kaum hatte ich den Untergrund an der Penn-Station verlassen, klingelte mein Handy. Eine mir unbekannte Nummer erschien. Zuerst wollte ich den Anruf wegdrücken, doch meine Neugierde überwog und ich ging ran.

»Hallo?«

»Hi, hier ist Nicholas. Ich wollte mich mal melden.«

Nicholas? In meinem Gehirn ratterte es. Es dauerte eine Weile, bis ich ihn mit dem Kerl in Verbindung brachte, den ich am Samstag bei meinen Eltern im Café getroffen hatte. Wie kam er an meine Nummer? Hatten meine Eltern etwa meine Nummer rausgegeben? Bei dem Gedanken seufzte ich laut auf, was ihn in seinem Redefluss innehalten ließ.

»Bist du wirklich schon den ganzen Monat ausgebucht? Ich kann das natürlich verstehen. Du bist eine sehr attraktive Frau und ich hatte gehofft, du hättest diese ganz besondere Verbindung zwischen uns ebenfalls gespürt. Es war irgendwie, als würden wir uns schon ewig kennen?« Und weiter ging sein Monolog. Mittlerweile stand ich vor der gläsernen Hochhausfront meines Arbeitsplatzes und konnte nur daran denken, dass ich heute nicht die erste in meiner Abteilung sein würde. *Streberin!*

Doch ich konnte nicht anders. Dass ausgerechnet ich diesen tollen Job als Finanzbuchhalterin bei einem der renommiertesten Beratungsunternehmen New Yorks bekommen hatte! Offenbar hatte ich alle Tests und das Vorstellungsgespräch mit Bravour gemeistert und auch meine Erfahrung war als genügend erachtet worden. Und dennoch konnte ich das Gefühl nicht abschütteln, dass mein Glück an einem seidenen Faden hing.

Meine beste Freundin Caitlin wurde zwar nicht müde, mir zu versichern, dass jeder Arbeitgeber froh sein könnte, eine Mitarbeiterin wie mich zu bekommen, aber das musste sie als beste Freundin doch sagen, oder?

»Nicholas, ich muss leider los. Ich melde mich bei dir, okay?«

»Wann?«

»Nächste Woche. Montag, ich melde mich am Montag. Bis dann.«

Seit meinem dreißigsten Geburtstag versuchte mich mein Vater nun schon zu verkuppeln. Eigentlich hatte ich damals, als er mit diesem feierlichen Gesichtsausdruck vor mir gestanden hatte, gedacht, dass er mir wieder anbieten würde, mit ihm zusammen zu arbeiten. Aber stattdessen hatte er mir zu meinem runden Ehrentag den ersten heiratswilligen Mann angeschleppt. Ich wäre am liebsten vor Scham im Boden versunken.

Mit dem Brand war damals nicht nur mein Lebenstraum zerplatzt, sondern auch meine Beziehung mit unserem Koch in die Brüche gegangen. Nüchtern betrachtet konnte man im Nachhinein sagen, dass er das Restaurant mehr geliebt hatte als mich und schneller weg war, als die Feuerwehr die kläglichen Reste löschen konnte.

Dass ich keine Lust hatte, zu heiraten und Kinder zu kriegen, überhörte mein Vater einfach, auch, dass ich für eine Reise nach Europa sparte. Vielleicht, weil ich schon länger davon erzählte, aber meinen Hintern einfach nicht hochbekam. Kein einziges meiner Vorhaben hatte ich bisher in die Tat umgesetzt. War nicht schon längst geplant gewesen, meine winzige Einzimmerwohnung gegen ein Häuschen einzutauschen? Hatte ich nicht geplant, mich in der Gastronomiebranche umzuhören, um dort endlich wieder Fuß zu fassen? Und wann hatte ich zuletzt einen Tag am Meer verbracht und nichts weiter getan, als auf die perfekte Welle zu warten? Mein Surfbrett verstaubte im Keller meiner Eltern – gefühlt wie mein ganzes Leben. Wie gerne würde ich meine Koffer packen und einfach abhauen. Ich sollte besser aufhören, mich zu bemitleiden, und endlich in die Puschen kommen. Meine Träumereien verschob ich auf die Mittagspause.

»Langsam kannst du einen Fanclub eröffnen«, meinte Caitlin Tränen lachend einige Stunden später, als wir uns zum Mittagessen trafen und ich ihr von Nicholas' Anruf erzählte.

»Das ist nicht lustig«, maulte ich, musste mir aber schnell eingestehen, dass die Situation schon ziemlich komisch war. »Außer du meinst, ich solle dem Koch-Blog-Fanclub beitreten. Das wäre eine ausgezeichnete Idee, muss ich nachher gleich mal recherchieren.«

»Wieso triffst du dich nicht zur Abwechslung mal mit echten Männern? Nicht virtuell, sondern real. Weißt du wenigstens noch, wie dieser Nicholas aussieht?«

»Groß und dunkelhaarig. Oder so.«

»Oder so?!«, kicherte sie wieder drauflos.

Bevor ich meinen Salat aus Frust noch zermatschte, legte ich meine Gabel beiseite. »Ich kann mich wirklich nicht erinnern«, gab ich kleinlaut zu. Mein Blick schweifte unsicher zu den anderen Gästen, aber keiner schien sich für diese unfreiwillige Komödie oder Caitlins Verhalten zu interessieren. Wir waren unsichtbar.

»Vielleicht solltest du deinem Vater erklären, dass er seine Kuppelversuche endlich einstellen soll.«

»Du weißt genau, dass ich ihm das schon mindestens hundert Mal gesagt habe.«

»Aber nie mit so viel Inbrunst wie mir.« Ihre hellen Augen

mustern mich so eindringlich, dass ich wegschaute. Sie kannte mich viel zu gut.

»Hmm«, was übersetzt, *ich gebe mir ja Mühe, aber das ist gar nicht so einfach,* heißen sollte. Ich wollte ihn nicht enttäuschen, was eigentlich total bescheuert war. Denn ihm etwas vorzuspielen, war sicherlich keine Alternative. Früher wäre es mir nicht so schwergefallen, ihm auf den Kopf zuzusagen, was ich dachte oder fühlte oder dass er sich gefälligst nicht in mein Privatleben einmischen sollte.

Aber nur wenige dramatische Stunden vor drei Jahren hatten auch das unmöglich gemacht. Unsere Familie hatte sich verändert. Obwohl mir meine Eltern immer wieder versicherten, dass sie mit ihrem Café glücklich waren, glaubte ich zu spüren, dass sie es tief im Herzen doch nicht waren. Ich atmete tief durch, griff nach meiner Gabel, um sie im nächsten Moment wieder hinzulegen.

»Ich sage es ihm nächsten Sonntag.«

Caitlin nickte verhalten, ließ das Thema jedoch auf sich beruhen, worüber ich ihr sehr dankbar war.

Stattdessen begann sie über eine Benefizveranstaltung zu sprechen, zu der sie eingeladen war. Dass Caitlin und ich im selben Dorf auf Long Island aufgewachsen waren, würde uns rein äußerlich keiner glauben. Jedenfalls nicht, wenn Caitlin ihre sündhaft teuren Designerkleider zu ihrer stets perfekt frisierten schulterlangen Frisur trug. Wie ich sie für ihre hellen, seidig glänzenden Haare beneidete. Mein Kopf entwickelte bereits wenige Minuten nach dem Föhnen eine Art Eigenleben. Deswegen bändigte ich mein Haar meistens in einem Zopf oder kämmte sie streng nach hinten.

Von ihrer makellosen Haut oder ihrer Top Figur brauchte ich gar nicht anzufangen. Das lag sowohl an ihren Genen als auch an der Tatsache, dass ich von uns beiden die Naschkatze war. Für ersteres konnte sie nichts, ich für's zweite hingegen schon.

Caitlin hatte sich früh mit Modeln Geld dazuverdient. Da sie der Job jedoch zu Tode langweilte, hatte sie sich auf eine akademische Laufbahn konzentriert und letztlich sogar ihren Master in Mathematik gemacht. Während sie mich mit ihrer Leidenschaft für Zahlen infizieren konnte, hatte ich sie nur mäßig fürs Kochen begeistern können.

»Das nächste Mal kommst du mit nach Paris. Du hast doch bestimmt schon einen Haufen Überstunden angesammelt.«

»Wie bitte?«

Wieder grinste sie mich frech an. »Ich bin nicht Nicholas, mir kannst du ruhig zuhören. Aber macht nichts. Ich habe gesagt, dass du Freitagabend nicht vergessen sollst. Den Kochkurs«, ergänzte sie, als ich nicht sofort antwortete.

»Ich war noch bei der Benefizveranstaltung«, startete ich den kläglichen Versuch, ihr zu zeigen, dass ich sehr wohl zugehört hatte.

»Träumst du wieder von den vier kochenden Bloggern? Hat heute wieder Robert den Kochlöffel geschwungen?«, neckte mich Caitlin. Sie mochte den Schweizer Sonnyboy am liebsten.

»Gott, der ist aber auch sexy«, pflichtete ich ihr bei.

»Das sind sie alle.«

Oh, ja, und ich war offiziell ein Groupie. Darf ich vorstellen, Monica de Luca, fast einunddreißig, Finanzexpertin, süchtig nach dunkler Schokolade mit Chili und einem Kochblog.

»Heute war Franco Fratelli dran.«

»Oh, là, là, der heiße Römer.« Caitlin fächerte sich Luft zu.

Die Jungs, oder besser gesagt Männer, waren jeder für sich eine Augenweide – leider allesamt vergeben. Nicht, dass ich mich getraut hätte, sie anzuschreiben, geschweige denn anzusprechen, aber träumen durfte Frau schließlich. Jeder hatte etwas für sich und sie alle besaßen diese besondere Ausstrahlung, die mich an ihren Lippen kleben und mich am liebsten in meinen Bildschirm kriechen ließ.

Franco, der dunkle Typ mit der tiefen Stimme und den markanten Gesichtszügen, der auch gern seine Haare mal länger trug, war ganz klar das Alphatier. Wenn er jedoch anfing, von seiner Heimat zu erzählen, bekam ich weiche Knie und hatte das Gefühl, von seiner Stimme eingehüllt zu werden.

Jasper, der auf den ersten Blick etwas unterkühlte Engländer mit der schmalen Figur, den roten Haaren und wachen grauen Augen zauberte die unglaublichsten Desserts. Keine Ahnung, wie oft ich mich selbst ertappt hatte, wie ich mir bei seinen geschickten Handgriffen ganz andere Dinge vorgestellt hatte. Dann gab es noch Lorenzo, der am liebsten von seinem Kräutergarten erzählte und nebenher ein Drei-Gänge-Menü zauberte. Alles in einem fast schon schüchternen Tonfall, was ihn noch liebenswerter machte. Und nicht zu vergessen Robert mit den frech blitzenden blauen Augen, der mich immer wieder mit Geschichten aus seiner Heimat begeisterte. Das letzte Mal hatte er Spezialitäten aus einer Schweizer Bergregion vorgestellt. Am liebsten hätte ich mich hingebeamt und das, obwohl ich am Meer aufgewachsen war und mit Bergen eigentlich nichts anfangen konnte. Aber jetzt stand die Schweiz ganz oben auf meiner Reisewunschliste – gleich nach Italien.

»Also Freitag steht, aber du bist auch am Samstag herzlich eingeladen, mich zur Benefizveranstaltung zu begleiten. Und wer weiß, wenn du dort deinen Mr Dreamy triffst, kannst du am Sonntag zu Hause gleich die frohe Nachricht verkünden.«

Benefizveranstaltungen waren nicht meins, hauptsächlich, weil ich mich in dem elitären Ambiente unglaublich fehl am Platz fühlte. Da spendete ich lieber so, ohne den ganzen Pomp. Nein, die Reichen New Yorks waren definitiv nicht meine Welt.

Caitlin gehörte seit der zweiten Hochzeit ihrer Mutter mit einem IT-Spezialisten zwar auch zu dieser illustren Gesellschaft, aber sie hatte sich nicht verändert, genauso wenig wie ihre Mutter. Und dass, obwohl sie inzwischen an der Upper East Side wohnten und Personal beschäftigten.

Ihren Koch degradierte sie jedoch häufig zum Gemüse und Kräuter schnippeln. Das Bild wie der hochgewachsene junge Mann sich von Caitlins Mutter herumkommandieren ließ, brachte mich jedes Mal zum Grinsen.

»Was ist?«

»Ich habe nur gerade an euren Koch gedacht. Hat Alain das Handtuch bereits geworfen?«

»Nein, er erträgt alle Kommandos mit stoischer Gelassenheit.« Sie blickte einen Augenblick verträumt.

»Nein, sag bloß!« Neugierig beugte ich mich vor. »Läuft da etwas zwischen euch?«

»Vielleicht.« Ihre roten Wangen waren eindeutig. »Aber Alain hat leider keinen sexy Bruder, den ich dir vorstellen könnte.«

»Ach, wie schade«, entschlüpfte es mir eine Spur zu sarkastisch.

»Nicht alle Köche sind Arschlöcher.« Besänftigend legte Caitlin eine Hand auf meine.

»Das ist Schnee von gestern. Ich muss leider wieder los.« Um abzulenken, deutete ich demonstrativ auf meine Armbanduhr. Ganz sicher würde ich nicht über meinen Ex reden, weder mit Caitlin noch mit sonst wem.

Fünf Minuten später verabschiedeten wir uns voneinander. Ich atmete tief durch und lief die wenigen Schritte zurück zu meinem Büro. Obwohl sich ein wolkenloser Himmel über die Stadt spannte, verirrte sich nicht ein einziger Sonnenstrahl. Typisch Manhattan, auf Long Island wäre das ganz anders.

Mein Arbeitgeber, *Financial Experts Inc.,* hatte seine Geschäftsräume in den obersten sechs Etagen eines dreißigstöckigen Hochhauses. Die Aussicht war einfach phänomenal. Mein Chef Frank genoss das Privileg eines Einzelbüros, während ich mit etwa vierzig Kollegen in einem modern konzipierten Großraumbüro saß. Immer vier Tische waren zu Teamarbeitsplätzen zusammengestellt und entweder durch offene Sitzbereiche oder Grünpflanzen abgetrennt. Der hellgraue Spannteppich war zwar optisch nicht der Knaller, doch er schluckte zusätzlich Lärm. Für Farbe konnte ich schließlich mit meinen bunten Kleidern sorgen.

Noch während ich meinen Dienstausweis über das Kartenlesegerät an der Bürotür zog, sah ich, dass sich in der Mitte des

Raumes eine kleine Menschentraube gebildet hatte. Was war passiert? War vielleicht jemandem schlecht geworden?

Die überglückliche Stimme meiner Kollegin Jessica beruhigte mich jedoch sofort. Scheinbar hatte sie etwas zu feiern. Der Eindruck verfestigte sich, als ich die neidischen Gesichter der anderen Frauen erblickte.

»Mitten auf dem Times Square?«, schnappte eine der Grazien mit säuerlicher Stimme.

»Ja, unglaublich, nicht wahr? Ich war total gerührt, als Jeff vor all den Touristen auf die Knie gegangen ist und mir einen Antrag gemacht hat.« Jessica hielt ihre linke Hand mit einem riesigen Diamantring in die Mitte der Gruppe. Wow, der musste ein Vermögen gekostet haben. Sie strahlte jedenfalls mit dem Ring um die Wette, auch wenn der Rest ihres Auftrittes eher inszeniert wirkte. Normalerweise trug sie dunkle Etuikleider und nicht wie heute ein rotes Kleid mit passend manikürten Nägeln. Auch das Make-up war auffällig makellos, da hatten selbst die Tränen aus ihren babyblauen Augen keine Chance. Wem es gefällt! Ich gratulierte Jessica und begab mich begleitet von neidisch murmelnden Kolleginnen an meinen Platz.

»Ich wette, sie ist schwanger«, raunte mir Amber zu, als sie sich an ihren Platz mir gegenüber setzte. Ihre grünen Augen funkelten kampflustig, so als wolle sie die Antwort notfalls aus ihr herausprügeln. Unheimlich!

»Wie kommst du drauf?«

»Sie fährt sich mit der Hand verdächtig häufig über den Bauch.«

»Vielleicht hat sie Verdauungsstörungen.«

»Die isst doch nichts.«

Wow! Und das von der zierlichen Amber. Ihre roten Korkenzieherlocken wippten, als sie nachdrücklich mit dem Kopf nickte. Was war denn hier los? So eifersüchtig hatte ich meine Kollegin ja noch nie erlebt. Dabei war sie doch glücklich verheiratet. Oder nicht?

Besser ich konzentrierte mich auf meine Arbeit, als nachzufragen und am Ende meine Zeit mit Bürotratsch zu verplempern. Mein Chef würde sicher nicht verstehen, wenn ich ihm deswegen die Bilanz eines unserer wichtigsten Kunden zu spät ablieferte. Als hätte er mich gehört, poppte eine Nachricht von ihm in meinem Postfach auf.

»Etwas Gutes hat Jessicas Verlobung auf jeden Fall, oder glaubst du, sie wird jetzt noch ihre Koffer packen und für sechs Monate nach London ziehen?«

Ich hörte nur noch mit halbem Ohr zu. Gebannt starrte ich auf meinen Bildschirm. Mein Chef hatte mir gerade die Ausschreibung für die zeitlich begrenzte Stelle in London geschickt.

»Sollte die Stelle nochmals ausgeschrieben werden, versuche ich auf jeden Fall mein Glück. Auch wenn sie fünf Jahre Firmenzugehörigkeit dafür verlangen – wer nicht wagt, der nicht gewinnt.« Fröhlich summend setzte Amber sich ihre Kopfhörer auf und begann auf ihrer Tastatur rumzuhacken, während ich mich fragte, wer sonst noch eine Nachricht vom Chef bekommen hatte.

Das ist die Chance, deinen Traum zu verwirklichen.

Ich musste tief durchatmen. Vor lauter Vorfreude war ich ganz hibbelig. *Nur mit der Ruhe,* mahnte ich mich, *noch war nichts entschieden.* Die Gedanken geisterten wild durch meinen Kopf und überschlugen sich regelrecht. Mit zittrigen Fingern schloss ich seine Nachricht und nahm mir vor, sie vertraulich zu behandeln.

KAPITEL DREI

Adam

Normalerweise traf man mich jeden Abend, den das *Eve's* geöffnet hatte, an. Das war sicherer, denn ein unzufriedener Gast ließ sich am leichtesten vom Chef besänftigen. Zumal Clayton und mir das Buchungssystem seit einiger Zeit Sorgen bereitete. Dank etlicher Fehlfunktionen hatten wir einige kostenlose Abendessen spendieren müssen, um Gäste zu beruhigen, die trotz Onlinereservierung doch keinen Tisch bekommen hatten. Bis jetzt hatten wir Glück und deswegen keine negativen Bewertungen erhalten, weshalb ich mich auch nicht um ein neues IT-System gekümmert hatte. Warum auch? Schließlich konnte ich im alten keinen Fehler finden und Clayton hatte durch so eine Falschbuchung – oder besser gesagt Nichtbuchung – seine neue Freundin kennengelernt.

Keine schlechte Bilanz, würde ich sagen. Zumindest wenn man ein Beziehungstyp war, so wie Clayton, nicht so jemand wie ich, der den Glauben an die wahre Liebe bereits vor langer Zeit verloren hatte. Nichtsdestotrotz hatte mir unser Buchungssystem ein paar nette Abende beschert, also kein Grund sich zu beschweren.

Heute war jedoch Freitag und mein Kochabend stand an, daher blieb mir keine andere Wahl, als das Restaurant frühzeitig zu verlassen.

»Soll ich morgen ebenfalls übernehmen?« Clayton hatte es sich in meinem Büro gemütlich gemacht, um sich eine Aufzeichnung des letzten Spiels seiner geliebten New York Mets gegen die Atlanta Braves anzusehen. Ich zog Football Baseball jederzeit vor, aber solange er die Stellung hielt, konnte er machen, was er wollte.

»Nein, morgen bin ich sicher hier.« Selbst wenn ich heute eine der Damen einladen würde, die Nacht mit mir zu verbringen, würde morgen außer einem gemeinsamen Frühstück nichts weiter anstehen.

»Dann habe ich also wirklich keine Ausrede, das Mittagessen bei meiner Familie abzusagen?« Clayton grinste und sah überhaupt nicht danach aus, als würde es ihm etwas ausmachen, nach Huntington zu fahren. »Du kannst immer mitkommen, das weißt du, oder?«

»Das nächste Mal.« Ich liebte Claytons Familie, aber es würde bedeuten, dass ich, wenn auch nur kurz, bei meiner eigenen verbeischauen müsste und darauf hatte ich überhaupt keine Lust. Seit meine Eltern aus Kalifornien wieder zurückgezogen waren, ging ich ihnen so gut es ging aus dem Weg. Meine Mutter rief zwar immer mal wieder an, aber ich wollte mir nicht wieder irgendwelche Lügen anhören.

»Wenn du dich nicht bald wieder blicken lässt, wird dich Lynn besuchen kommen.« Die Schadenfreude stand ihm ins Gesicht geschrieben, denn fälschlicherweise nahm er an, seine kleine Schwester würde bei mir die gleiche Psycho-Nummer abziehen wie bei ihm. Lynn, die genau wie ihr Vater als Psychologin arbeitete und in ihrem Job vollkommen aufging, nutzte jede Gelegenheit, Clayton zu analysieren und ihn dazu zu bringen, über seine Gefühle zu reden.

Dass Lynn längst alles von mir wusste, brauchte ich Clay nicht auf die Nase zu binden.

Unsere Beziehung war schon immer sehr eng gewesen. Sie wusste, was ich dachte, bevor es mir einfiel, irgendwie war sie meine Seelenverwandte. Doch einer richtigen Beziehung waren wir uns vor vielen Jahren selbst im Weg gestanden. Was im Nachhinein gut war, denn immerhin hatten wir uns so unsere Freundschaft bewahrt.

Drei Stunden später hatte ich zu Hause alles vorbereitet. Für ihre eintausend Dollar teuren Tickets erwartete meine *Schülerinnen* ein fünfgängiges Menü aus verschiedenen europäischen Ländern. Alle Zutaten, die wir brauchten, lagen entweder auf meinem geräumigen Arbeitstisch oder waren feinsäuberlich in meiner Kühlkammer aufgereiht und mit Namenskärtchen versehen. Außerdem hatte ich für die richtige Atmosphäre stimmungsvolle Musik herausgesucht und die passenden Weine bereitgestellt.

Unsere kulinarische Reise würden wir in Frankreich mit Feigen und Schaf- oder Blauschimmelkäse starten, danach ging es weiter nach Italien, wo wir frische Pasta zubereiteten und sie mit Spinat und Kohlrabi verfeinern würden. Bei unserem Halt in Skandinavien gab es Hecht auf einem Gemüsebett. Was wir danach machen würden, wollte ich offenlassen. Falls die Damen keinen Knoblauch aßen, würde ich auf das Hühnchen an Pestosoße verzichten und stattdessen auf in Thymian und Balsamico marinierte Hähnchenbrüste ausweichen. Die hatte ich bereits gestern für den Grill vorbereitet. Zum Abschluss plante ich geröstete Birnenhälften an einer Espresso-Mascarponecreme, einem absoluten Klassiker. Wer Diät hielt, hatte an diesen Abend sicher nichts bei mir verloren.

Monica

Es war erst kurz vor fünf Uhr nachmittags, als das Taxi vor einem Stadthaus, etwa fünfzehn Minuten von meiner Wohnung entfernt, hielt. Die Abwechslung würde mir guttun und mich auf andere Gedanken bringen. Die ganze Woche war wie eine Achterbahnfahrt der Gefühle gewesen. Nachdem ich die E-Mail mit der Stellenausschreibung für London bekommen hatte, stand eigentlich für mich fest, dass ich mich darauf bewerben würde. Nur je länger ich darüber nachdachte, desto schlimmer wurden die Selbstzweifel.

Erst nachdem mir Caitlin abends am Telefon ins Gewissen geredet hatte, fand ich den Mut, meine Bewerbung abzuschicken. Jetzt hieß es abwarten, während im Büro alles wie immer lief. Okay, nicht ganz, denn Jessica redete in jeder freien Sekunde von ihrer Hochzeit, während Amber und einige andere Kolleginnen es ihr nicht gönnten.

Nach der stressigen Woche war ich dankbar, dass ich heute mal früher Schluss machen konnte. Allerdings war im Taxi die Aufregung schier ins Unermessliche gestiegen. Wieso nur hatte sich Caitlin direkt vor Ort treffen wollen? Schließlich hatte sie den Abend organisiert und die Eintrittskarten besorgt. Mir hatte sie nur verraten, dass wir kochen würden und ich mich hübsch anziehen, aber nicht aufdonnern solle.

Natürlich wäre ich nicht in meinen bequemsten Kuschelklamotten aufgeschlagen, so kochte ich lediglich zu Hause, aber ein Designerkleid schien mir ebenso unpassend. Daher hatte ich mich für einen kurzärmligen Hosenanzug in Türkis entschieden – praktisch und elegant zugleich. Ich mochte knallige Farben, vor allem jene, die meine hellen Augen in Szene setzten. Doch auch wenn ich im Büro durchaus farbenfroh auftrat, türkis war mir dort eine Nummer zu grell. Nervös checkte ich mit den Fingern meine Frisur. Der Einfachheit halber hatte ich meine schwer zu bändigen braunen Haare zu einem Zopf zusammengebunden und auf hochhackige Schuhe verzichtet.

Der Fahrer, den ich längst bezahlt hatte, sah mich genervt durch den Rückspiegel an. Er wollte weiter und noch immer blockierte ich sein Taxi. Mit einem entschuldigenden Lächeln öffnete ich die Tür und trat auf den Gehsteig. Während ich unschlüssig das Gebäude vor mir betrachtete und überlegte, ob ich den Eingang im Erdgeschoss oder den im ersten Stock benutzen sollte, hielt ein weiteres Taxi und zwei junge Frauen in hautengen Minikleidern stiegen aus. Mit straff nach hinten gekämmten schwarzen Haaren stöckelten sie auf ihren hochhackigen Stilettos wie aus einem Hochglanzmagazin entsprungen selbstsicher auf die Eingangstür im Erdgeschoss zu.

»Ich kann es kaum erwarten, die heiligen Hallen zu betreten«, meinte die eine.

»Auf dieses Date warte ich seit sechs Monaten. Und er ist jeden Penny wert«, seufzte die andere. »Los, drück schon auf die Klingel.« Sie strich sich ihr enges Kleid zurecht und stemmte ihre Hände in die Hüften. Posierte sie?

Wo war ich hier bloß hineingeraten?

Wenig später öffnete ein Bild von einem Mann die Tür. Ich musste mich beherrschen, dass mir beim Anblick des blonden Hünen nicht der Mund offen stehen blieb. Das musste der verlorene dritte Bruder von Chris Hemsworth sein. Er strahlte die beiden Grazien so entwaffnend an, als wären sie alte Freunde, die er seit Jahren nicht gesehen hatte. Wobei, vielleicht waren sie das auch. Aber dann hätten sie sicher nicht sechs Monate warten und sicher auch nicht dafür zahlen müssen, oder?

Noch immer stand ich wie angewurzelt auf dem Gehweg und beobachtete, wie er die Frauen hineinbat. Wenn ich mich nicht schleunigst bemerkbar machte, würde er die Tür gleich wieder schließen. Meine Befürchtung schien jedoch unbegründet zu sein, denn kaum waren die aufgetakelten Ladys im Haus verschwunden, richtete er seine Aufmerksamkeit auf mich.

»Hi, willst du zu mir?« Bildete ich mir das nur ein, oder lag in seinem Blick plötzlich mehr Wärme? So als würde er am liebsten den Abend nur mit mir verbringen? Meine Fantasie schien mit mir durchzugehen.

»Äh, ja, meine Freundin hat die Einladungen. Caitlin Parker.

Ich schätze, sie ist noch nicht hier. Hallo, ich bin Monica de Luca«, brabbelte ich los, während sich meine Beine endlich in Bewegung setzten.

»*Piacere di conoscerti*, Monica. Ich bin Adam Cooper.« Mit einem Lächeln, das einen dahinschmelzen ließ, streckte er mir seine Hand entgegen.

»Du sprichst Italienisch?«

»Mehr schlecht als recht«, gab er schmunzelnd zu.

»Geht mir auch so. Ich bin in dritter Generation auf Long Island aufgewachsen und wir haben zu Hause nur Englisch gesprochen, was ich im Nachhinein schade finde.« Normalerweise erläuterte ich meine Sprachkenntnisse nicht so ausführlich, wenn mich jemand auf meine italienischen Wurzeln ansprach. Das kam ohnehin sehr selten vor, wahrscheinlich, weil ich keinerlei Akzent besaß. Was war bloß mit mir los? Über was dachte ich eigentlich nach?

»Ich bin auch auf Long Island aufgewachsen. In Huntington, liegt im Norden«, bemerkte Adam, dessen Blick noch immer interessiert auf mir lag. Ich hätte ewig so vor seiner Haustür herumstehen können. Es war einer dieser warmen Frühlingsabende, an dem der Duft von Kirschblüten in der Luft den Geruch von Abfall und Essen übertünchte.

»Ich weiß, wo Huntington liegt, ich stamme aus dem Süden, Bay Shore.«

Ob er genauso eine Wasserratte war wie ich? Seine Sportlichkeit stand außer Frage, denn sein dunkles Hemd lag eng an und verbarg nicht viel. Mit anderen Worten: Seine definierte Brustmuskulatur zeichnete sich äußerst sexy ab. Als er plötzlich seine Arme vor der Brust verschränkte, rutschte sein Hemd hoch und gaben den Blick auf äußerst kräftige Unterarme frei. Sein schiefes Lächeln zeigte mir, dass er meine Musterung bemerkt hatte.

»Surfst du?«, fragte ich und versuchte damit der peinlichen Situation zu entkommen.

Damit hatte er wohl nicht gerechnet, denn er stutze einen

Moment, bevor sein Strahlen die Lichter von Manhattan übertraf. »Ich schätze, wir haben ein Date.«

»Moment, ich habe nicht gesagt, dass ich surfe.«

Er lachte, streckte mir seine Hand entgegen und antwortete: »Keine Angst, ich kann es dir beibringen.«

Adam

MONICA DE LUCA ALSO. Im Gegensatz zu meinen anderen Gästen hatte ich noch nie etwas von ihr gehört. Natürlich konnte jeder mit genug Geld auf dem Bankkonto einen Platz für meine Kochabende ersteigern, doch normalerweise kannte ich meine Gäste, die meist der New Yorker High Society angehörten. Das war gewollt und Clayton geschuldet, der als Modelagent natürlich über unzählige Kontakte in der Szene verfügte.

Monica wirkte ein wenig fehl am Platz und gleichzeitig, als wäre sie die einzige Frau, die wirklich hierher passte. Schon jetzt war sie mein Highlight des Abends, eine erfrischende Brise. Wobei das eigentlich keine Rolle spielte. Sie sollte Spaß haben, sich auf die anderen Gäste einlassen und mich und das *Eve's* weiterempfehlen.

Warum lässt du dann ihre Hand nicht los?

Weil sie in meine passte, als hätte sie schon immer dahin gehört. Das warme Gefühl, das mich bei ihrer Berührung durchströmt hatte, mochte ich viel zu sehr, als dass ich mich davon lösen wollte.

Nun musste ich unsere Verbindung leider trennen, denn wir hatten den Küchenbereich erreicht, wo ich ihr die anderen Damen vorstellte und ein Glas Champagner reichte. Als es erneut klingelte, entschuldigte ich mich kurz, um die letzte, noch fehlende Teilnehmerin zu begrüßen.

»Caitlin, ich hatte dich schon vermisst.«

»Ich glaube dir jetzt einfach mal.« Sie lachte und begrüßte

mich mit einem Wangenkuss. Wir waren uns im letzten Jahr immer mal wieder begegnet, nachdem ich sie auf einer von Claytons Veranstaltungen kennengelernt hatte. Auf den ersten Blick unterschied sie sich nicht von den vielen anderen IT-Girls Manhattans, doch sie hatte einiges mehr im Köpfchen. Seit sie mir einen Vortrag über erfolgreiche Frauen im Alter zwischen fünfundzwanzig und fünfunddreißig gehalten hatte, wusste ich, dass ihr erster Eindruck gewaltig täuschte.

»Ist Monica schon da? Übrigens kann sie im Gegensatz zu mir kochen.« Caitlin wirkte einen Moment, als heckte sie etwas aus. Mit einem perfekten Pokerface versuchte ich die Unruhe zu verbergen, die ihre Aussage in mir auslöste. Falls sie ihre Freundin verkuppeln wollte, war ich definitiv der Falsche.

Dass mich Monica interessierte, sollte ich besser ignorieren. Denn sie wirkte nicht wie eine Frau, die nur ein Abenteuer suchte. Ich ertappte mich bei dem Gedanken, dass ich nichts dagegen gehabt hätte, den Abend mit ihr allein zu verbringen oder mich mit ihr zu verabreden …

Irritiert schüttelte ich den Kopf. Was war nur mit mir los? Die nächsten Stunden würden interessant werden, denn sie gaben mir die Chance, Monica zu beobachten und vielleicht auch näher kennenzulernen. Mal sehen, was der Abend noch brachte. Er schien noch einige Überraschungen bereitzuhalten.

Bei einer Gruppe dieser Größe war es zwar recht einfach, einen intimen Rahmen zu schaffen, allzu private Gespräche waren dennoch nicht möglich. So bat ich Caitlin in die Küche, wo sie und Monica sich direkt um den Hals fielen. Die beiden schienen enge Freundinnen zu sein. Wie kam es dann, dass ich Monica noch nie zuvor gesehen hatte? In keinem Club, auf keinem Anlass, nirgendwo.

Wie viele Einwohner zählt New York City? Neun Millionen?

Wo wohnte sie überhaupt? Noch immer auf Long Island, oder gar in einem anderen Bundesstaat? Claytons neue Freundin war ursprünglich aus Boston und hatte in New Jersey gearbeitet, als sie sich zum ersten Mal getroffen hatten.

Verhielt es sich bei Monica ähnlich? Vielleicht war sie nur übers Wochenende in New York. Bevor auffiel, dass ich meinen Blick nicht von ihr wenden konnte, reichte ich Caitlin ein Glas Vintage Champagner und erhob mein eigenes zu einem Toast.

»Ladies, schön, dass ihr alle hergefunden habt. Ich verspreche euch ein kulinarisches Abenteuer der Extraklasse.«

Ich schenkte jeder der anwesenden Damen ein Lächeln und stieß mit jeder von ihnen persönlich an. Dennoch musste ich mich bemühen, jeder von ihnen genug Aufmerksamkeit zu schenken und nicht nur Monica anzustarren. Sie hielt mich gefangen. Keine Ahnung, wie sie das machte, aber sobald ich mich abwandte, hatte ich das Gefühl, dass mich eine unsichtbare Kraft wieder zu ihr zurückzog.

Dabei stand ich eigentlich nicht auf brünette Frauen. Aber sie war so viel mehr als eine Haarfarbe. Sie war ... keine Ahnung, was sie war. Nicht nachdenken, sondern endlich den Abend starten.

»Wir beginnen in Frankreich. Schürzen findet ihr auf dem Sideboard am Fenster und eure Zutaten im Kühlraum und der Vorratskammer. Ich habe alles mit euren Namen versehen. Das Gästebad befindet sich in der Diele rechts, auf dem Weg zum Esszimmer.«

»Frankreich, wie toll. Ich liebe Paris! Das nächste Mal sitze ich bei der Fashion Week in der ersten Reihe«, jauchzte Emma, die Tochter einer meiner Stammgäste im *Eve's*. Sie flirtete bei jeder Gelegenheit mit mir, jedoch hatte ich sie jedes Mal abblitzen lassen, weil sie viel zu jung für mich war.

»Meinst du. Ach, ich beneide dich«, antwortete ihre Freundin, die sich als Hannah vorgestellt hatte.

»Nur wegen seiner Höhenangst hat mir mein Mann keinen Antrag auf der obersten Etage des Eiffelturms gemacht«, hörte ich eine andere Stimme, als ich mir selbst eine Schürze umband und meine Sachen holte.

»Findest du die Franzosen nicht sehr unhöflich? Und dann immer diese Streiks«, seufzte eine andere.

Wie von selbst glitt mein Blick wieder zu Monica, deren

Wangen vor Aufregung gerötet waren. Freute sie sich so aufs Kochen oder verband sie ebenfalls romantische Erinnerungen mit Frankreich? Irritiert stellte ich fest, dass mich letzteres störte. Wie unpassend.

»Warst du schon mal in Frankreich?«, fragte ich sie wie beiläufig.

»Nein, ich war noch nie in Europa. Ist aber einer meiner größten Träume, seit ich diesem unglaublichen Koch-Blog folge – *Cook for your Soul*. Kennst du den?« Sie errötete noch stärker und bevor ich nachhaken konnte, schmiegte sich Rosalinda, die ich unschwer an ihrem aufdringlichen Parfüm erkannte, an mich und flüsterte mir ins Ohr, dass sie kaum erwarten konnte, endlich loszulegen.

Ein eindeutig zweideutiges Angebot, das ich definitiv ausschlagen würde. Sie war mit einem Banker verheiratet, den ich definitiv nicht zum Feind haben wollte. Verheiratete Frauen waren generell ein absolutes Tabu. Dass sich Rosalinda mir bei jeder Gelegenheit anbot, war zwar irritierend, bis jetzt aber harmlos. Hunde, die bellten, bissen nicht. Offenbar war das in ihrem Fall auch so, denn sie akzeptierte im Normalfall ein *Nein*, obwohl sie es immer wieder probierte.

Monica runzelte die Stirn und sah weg, während ich Rosalinda sanft, aber bestimmt von mir schob. »Wir fangen in fünf Minuten an«, wandte ich mich an alle. »Rosalinda, du weißt, wo du alles findest.« Sie seufzte, griff sich eine Schürze und band sich diese um, bevor sie in die Vorratskammer stöckelte.

Wenn sie wüsste, dass ich einen Partner für mein zweites Restaurant suchte, hätte sie mit Sicherheit angeboten, einzusteigen. Das war einer der Gründe, weshalb ich mit der Info nicht hausieren ging, denn Partner wie Rosalinda wollte ich auf keinen Fall. Es sollte ein stiller Teilhaber sein, der mir nicht reinredete. Das Restaurant war mein Baby – und das von Clayton, aber uns verband eine lebenslange Freundschaft. Und bis ich das von meinem neuen Partner behaupten konnte, würde noch viel passieren müssen.

KAPITEL VIER

Monica

Das schamlose Verhalten der älteren Frau Adam gegenüber war einfach unglaublich. Wie konnte man sich nur so anbiedern? Ich war so peinlich berührt, dass ich gar nicht wusste, wo ich hingucken sollte. Doch noch ein weiteres Gefühl machte sich in mir breit – Eifersucht!

Total lächerlich, wieso sollte ich eifersüchtig sein? Und auf wen? Auf die Frauen, die sich verhielten, als wären sie seit Jahren befreundet und mich damit in die Außenseiterrolle drängten? Oder weil sie aussahen, als können sie sich sämtlichen Luxus leisten und die gesamte Welt bereisen? Oder, weil sie keine Ahnung hatten, wie es war, alles zu verlieren, nochmals von vorne zu beginnen und für das bisschen Glück zu kämpfen, dass jedem zustehen sollte?

Mach dich nicht lächerlich, Monica, es geht dir gut. Du hast einen Job, ein Dach über dem Kopf und alle, die du liebst, sind gesund. Außerdem liegt ein toller Abend vor dir!

Ja, mit einem offenbar extrem begehrten Mann. Schon wieder spürte ich Adams Blick auf mir, als ich mich zum Gästebad begab, um mir die Hände zu waschen. Dabei wollte ich mich noch ein wenig unauffällig umsehen.

Die Profiküche war beeindruckend, beinahe wie die eines Restaurants. Fast alles bestand aus Chromstahl und es gab drei Herdbereiche mit zwei Öfen, in denen ein Spanferkel ohne Probleme Platz gefunden hätte.

Das angrenzende Esszimmer wirkte dagegen trotz der festlichen Dekoration richtiggehend heimelig. Ein riesiger dunkler Holztisch dominierte den etwa fünfundzwanzig Quadratmeter großen Raum. Adam hatte statt einer Tischdecke weiße Platzdeckchen verwendet und jedes Gedeck mit einer weißen Rose geschmückt. Neugierig trat ich näher und bemerkte, dass weder die Kristallgläser noch das Silberbesteck fehlten. Staunend betrachtete ich das dunkle Parkett, das einen starken Kontrast zu den weißen Fliesen der Küche bildete. Die hellen Wände zierten abstrakte und sicher sündhaft teure Aquarelle, während einige Grünpflanzen für weitere Farbtupfer sorgten. Ein grelles Lachen aus der Küche erinnerte mich an den eigentlichen Grund meiner Erkundungstour – das Gästebad. Doch das war leider besetzt. Gedankenverloren lehnte ich mich an die Wand und wartete.

Wie wohl das restliche Haus eingerichtet war? War alles so penibel aufgeräumt, oder war Adam eher der chaotische Typ, der in seiner Junggesellenbude auch mal die Schmutzwäsche auf dem Boden liegen ließ und Zeitschriften der letzten Jahre auf dem Couchtisch sammelte? Schwer einzuschätzen, denn im Moment wirkte er sehr kontrolliert, vielleicht sogar ein wenig nervös?

Oder schloss ich jetzt von mir auf ihn? Ich war definitiv nervös. Nicht nur, weil er mir besser gefiel, als er sollte, sondern weil ich, seit unser Restaurant abgebrannt war, keinen einzigen Abend mehr in einer Profiküche verbracht hatte. Zwar hatte mir Caitlin erzählt, dass wir kochen würden, aber irgendwie hatte ich etwas anderes erwartet. Etwas weniger Professionelles. Die Karten mussten ein Vermögen gekostet haben. Nur schon deswegen würde ich heute mein Bestes geben. Denn auch wenn ich kein Zeug zum Profi hatte, kochte ich sehr gerne und zudem ziemlich gut. Ich liebte es, mit Gewürzen zu experimentieren, vor allem wenn sie eine schöne Schärfe in die Gerichte brachten.

Eine Frau in meinem Alter kam aus dem Gästebad und hielt mir freundlich die Tür auf. Ich bedankte mich mit einem Lächeln und versprach mir selbst, mich voll auf den Abend einzulassen – Adam ausgenommen. Was gar nicht einfach werden würde. Irrte ich mich oder hing sein Duft tatsächlich in diesem kleinen, dunkel gefliesten Raum? So rasch wie möglich, wusch ich meine Hände, eilte in die Speisekammer, um meine Zutaten zu holen, und begab mich zurück in die Küche.

Caitlin unterhielt sich angeregt mit den anderen Teilnehmerinnen. Sie war unglaublich gut darin, neue Kontakte zu knüpfen. Aber vielleicht kannten sie sich alle von diversen anderen Veranstaltungen. Adam schien nur auf mich gewartet zu haben, denn kaum, dass ich Platz genommen hatte, ergriff er das Wort. Erst schien er nur mit mir zu sprechen, bevor er begann, die anderen miteinzubeziehen.

»Wie erwähnt, starten wir in Frankreich, der Wiege der Kulinarik, wo die Gerichte so vielfältig sind wie das Land selbst. Als Vorspeise kreieren wir Feigen an Roquefortkäse.« Adam vermischte Parmesan, Mehl und Butter in einer Schüssel und erzeugte mit seinen Fingern daraus kleine Streusel. Nachdem er uns die Öfen und den Herd erklärt hatte, sollten wir ein Kompott aus den Feigen herstellen.

Wenig später war ich voller Elan dabei. Auch wenn ich kein Wort der französischen Chansons verstand, die leise im Hintergrund liefen, ließen mich die Melodien von Lavendelfeldern träumen, von Pinienhainen, wilden Pferden und rauen Küstengebieten. Ich war vollkommen in meinem Element und ließ mich davontragen, blendete meine Umgebung komplett aus. Da waren nur die Musik, das Essen und Adams Duft in meiner Nase, der mich wie eine Decke umhüllte.

Ich hatte keine Ahnung, wo Monica mit ihren Gedanken war, hier im Raum jedenfalls nicht. Sie führte jeden Schritt, den ich erklärte, mit einer Selbstverständlichkeit aus, als würde sie den ganzen Tag in der Küche stehen und nichts anderes tun. Während ihre Hände schnippelten, rieben und kneteten, lag in ihrem Blick etwas Verträumtes. Zu gerne hätte ich gewusst, woran sie dachte. Ich wurde von Minute zu Minute neugieriger auf sie.

»Du machst das nicht zum ersten Mal«, sprach ich das Offensichtliche aus, als ich ihr *rein zufällig* über die Schulter sah. Sie zuckte zusammen.

»Nein. Ich koche sehr gerne.«

Ich wartete, ob sie mir noch mehr verriet. Seit wann sie kochte, ob ihre Mutter oder Großmutter es ihr beigebracht hatten, was ihr Lieblingsgericht war … Aber da kam nichts mehr. Fast erwartete ich, dass sie ihren Blick abwandte, um mir zu signalisieren, dass ich sie störte, aber auch das passierte nicht. Sie sah mich aus ihren strahlendblauen Augen unverwandt an. Irrte ich mich oder umspielte ihre Iris ein Hauch von Türkis? Vielleicht lag es auch nur an ihrer Kleidung, jedenfalls spiegelte ihr Blick sowohl Neugierde als auch eine undefinierbare Sehnsucht wider. Auf ihrer Haut glänzte ein feiner Schweißfilm und ein paar Haarsträhnen klebten an ihrer Stirn, ihre Wangen waren rosig und ihr Lippen ... Am liebsten hätte ich sie geküsst. Bevor ich sie an mich ziehen konnte, besann ich mich, wo wir uns befanden. Die fröhlichen Stimmen meiner anderen Gäste drangen wieder in mein Bewusstsein und ich räusperte mich unmerklich.

»Was machst du beruflich?«

Sie lächelte verschmitzt, bevor sie den Roquefortkäse über die perfekt aufgeschnittenen Feigen krümelte und für den Ofen vorbereitete.

»Ich bin Buchhalterin.«

Sie schnappte sich das Blech und ließ mich stehen.

Ich war mir sicher, dass Monica die überbackenen Feigen mit dem Chutney und dem Crumble wie ein Profi anrichten würde. Wetten, dass sie am Ende sogar noch den Tellerrand sauberwischen würde. Buchhalterin? Mein Instinkt sagte mir etwas anderes.

»Adam, kannst du mir bitte helfen? Ich bin nicht sicher, dass ich alles richtig mache.«

»Natürlich.«

Rosalinda wirkte zwar nicht halb so verzweifelt, wie sie klang, aber sie war eine willkommene Ablenkung.

»Gott, ist das köstlich«, seufzte sie theatralisch. Entweder interessierte die anderen Damen Rosalindas übertriebenes Gebaren nicht, oder es war ihnen entgangen, dass sich wie zufällig ein weiterer Knopf ihrer bereits sehr offenherzigen Bluse gelöst hatte. Und wir waren erst bei der Vorspeise. Das konnte noch heiter werden. Aber vielleicht, wenn ich Glück hatte, könnte ich Monica im Anschluss noch zu einem Glas Wein überreden.

NACH JEDEM GERICHT, das wir zubereitet hatten, bat ich die Damen zu Tisch. Kurz hatte ich mit dem Gedanken gespielt, Namenskärtchen aufzustellen, damit Monica neben mir saß, ließ es dann aber doch bleiben. Es wäre das erste Mal gewesen, dass meine Gäste ihren Platz nicht hätten selbst aussuchen können. Damit hätte ich mit Sicherheit bei der einen oder anderen für Unmut gesorgt.

Je weiter der Abend voranschritt, desto glücklicher war ich über die Ablenkung der anderen Frauen. Immer wieder ertappte ich mich, wie ich Monica beobachtete. Sie faszinierte mich zunehmend – als Köchin und als Frau. Weder die gehörige Portion Mehl von den selbstgemachten Nudeln auf ihren verschwitzten Wangen noch das durch die Tränen vom Zwiebeln schneiden verschmierte Make-up, schienen sie zu stören. Dass sie überhaupt wasserlösliches Make-up trug, machte sie mir aus einem unerfindlichen Grund noch sympathischer.

Sympathischer? Normalerweise reagierte ich einzig und allein auf körperliche Aspekte bei Frauen. Wenn mir eine Frau gefiel und das auf Gegenseitigkeit beruhte, ging es nur ums Vergnügen. Sich auf die schönste Art zu verausgaben, die es gab. Niemals zuvor wollte ich einfach nur ein Glas Wein mit einer Frau trinken und reden – und küssen. Mist, dieser Gedanke wurde langsam zur Besessenheit.

Vielleicht hatte sie ja einen Freund. Dass ich diesen Aspekt bisher ausgeklammert hatte, warf mich kurzerhand aus dem Konzept.

Monica

»Er gefällt dir«, raunte Caitlin leise, als wir uns mit einem Grauburgunder zuprosteten.

»Sehr süffig, da muss ich aufpassen.« Obwohl ich genau wusste, worauf sie hinauswollte, bezog ich meine Antwort auf den Wein. Ich mochte Weißweine, vor allem die Fruchtigen und zog sie den roten jederzeit vor. Ein Amarone war zwar auch nicht zu verachten, nach einem halben Glas schlief ich jedoch ein.

»Oder einmal die Kontrolle verlieren«, warf Caitlin mit einem Augenzwinkern ein und blickte mich auffordernd, fast schon teuflisch an. Was heckte sie jetzt wieder aus.

»Besser nicht. Sich im Badezimmer des Gastgebers zu übergeben, ist nicht die feine englische Art.«

»Du bist unverbesserlich.« Kopfschüttelnd trank sie ihr Glas in einem Zug aus.

»Und du nicht besser als mein Vater«, zischte ich verstimmt.

»Wieso? Ich habe ja nicht gesagt, dass du ihn gleich heiraten sollst.«

Etwas zu vehement stellte ich das praktisch noch volle Glas zurück auf den Tisch, sodass ein Teil des Weines über meine Hand schwappte, was die anderen mit irritierten Blicken quittierten.

»Er schmeckt ausgezeichnet«, bemerkte ich eine Oktave zu hoch und setzte ein schiefes Lächeln auf. Am liebsten hätte ich mich ins nächste Mausloch verkrochen. Zum Glück war ich nicht interessant genug, sodass sich die Damen direkt wieder ihren Gesprächen widmeten.

Nach einer kurzen Verdauungspause stand noch der letzte Gang an. Es war bereits halb zwölf, wie mir ein kurzer Blick auf meine Armbanduhr verriet. Die Stunden waren nur so verflogen. Schon bald würde ich nach Hause fahren und den Abend in schöner Erinnerung behalten.

Dass ich Adam wiedersehen würde, glaubte ich nicht. So wie die anderen Frauen mit ihm flirteten und er darauf einstieg, hatte er seine unbedachte Einladung zum Surfen sicher längst vergessen. Es war egal, redete ich mir ein, wir hatten sicher nichts gemein, dass sich lohnen würde zu vertiefen.

Ihr kocht beide leidenschaftlich gerne, surft, kommt aus Long Island.

Und wenn schon! Wir lebten in ganz verschiedenen Welten.

»Auf zur letzten Runde, Ladys.«

»Ich weiß nicht, wo ich jetzt noch Platz für das Dessert finden soll, Adam. Außerdem ruinierst du meine Figur.« Die Hand von dieser Rosalinda lag schon wieder auf Adams Unterarm. Er hatte die Ärmel seines Hemdes in der Zwischenzeit heruntergekrempelt, sodass sie nicht seine nackte Haut berührte.

»Schau nicht so verbissen, es könnte auffallen«, flüsterte mir Caitlin zu, als sie aufstand und Adam und den anderen in die Küche folgte.

Willst du ihn doch für dich?

Das laute Ja meines Herzens würde verhallen, denn mein Verstand wusste zu gut, dass dieser Gedanke keine Zukunft hatte, also blendete ich Adams Antwort auf Rosalindas Bemerkung genauso aus, wie ihr Lachen. Noch ein Gang, den ich überstehen musste, ohne die aufgetakelte Tussi geistig anzuspringen.

Und dann war der Abend zu Ende, der letzte Löffel der Espresso-Mascarponecreme aufgegessen, das Glas Portwein leergetrunken. Auf einen Kaffee hatte ich wohlweislich verzichtet, denn sonst würde ich nicht schlafen können.

Schlafen ... oder vielleicht besser doch einen nächtlichen Verdauungsspaziergang durch Brooklyn? Eigentlich könnte ich nach Hause laufen. Es waren schließlich nur etwa zweieinhalb Meilen. Aber so ganz allein? In Gesellschaft wäre es sicher recht angenehm gewesen ...

»Teilen wir uns ein Taxi?«, hörte ich mich Caitlin fragen. Es würde für sie zwar einen Umweg bedeuten, aber mir einige Stunden Telefonat ersparen, denn sie würde nicht eher ruhen, bis sie nicht hörte, dass mir Adam gefiel und ich mich bemühen würde, ihn wiederzusehen.

»Ah, heute leider nicht, Süße«, erwiderte sie zu meinem Erstaunen. »Ich bin noch verabredet und bereits viel zu spät dran.« Sie sah mich geradewegs an und ich konnte beim besten Willen nicht sagen, ob sie mich anlog oder nicht. Es war nicht ungewöhnlich, dass Caitlin am Wochenende ausging und Clubs besuchte und sie war mir auch keine Rechenschaft schuldig, dennoch schien ich genau das zu signalisieren.

»Es hat sich kurzfristig ergeben«, ergänzte sie daher unaufgefordert.

»Schon okay.«

Natürlich erwartete Adam nicht, dass wir ihm halfen, die Küche aufzuräumen, ehrlich gesagt konnte ich mir die Grazien dabei auch nicht vorstellen, doch mir hätte es gefallen, jetzt alles wieder auf Vordermann zu bringen. Aufräumen und Putzen hatten schon immer eine beruhigende Wirkung auf mich. Während andere ins Yoga oder am Strand laufen gingen, was ich auch gern machte, wobei das einen anderen Effekt auf mich hatte, fand ich beim Aufräumen meinen Ausgleich.

Also war es das jetzt wirklich? Wenn ja, warum wollte ich nicht gehen?

KAPITEL FÜNF

Adam

Eine Stunde später als gedacht, beendete ich einen überaus gelungenen Abend. Die Stimmung war vom Anfang bis zum Ende sehr gut gewesen und sowohl das Essen als auch die Weine hatten allen gemundet. Zusätzlich wollte ich morgen jeden Teilnehmer mit einem Geschenkkorb und einer Einladung zum Sommerfest im *Eve's* in zwei Monaten überraschen. Ich war mir sicher, die Ladys damit zu ködern und die Mund-zu-Mund-Propaganda ordentlich anzukurbeln.

Nur wie ich Monica abfangen sollte, um sie noch auf ein Glas Wein einzuladen, wusste ich nicht. Da ich vor den anderen nicht mit der Tür ins Haus fallen wollte, musste ich mir etwas überlegen. Ich konnte die Damen ja schlecht einfach vor die Tür setzen.

Normalerweise bist du doch gar nicht so schüchtern.

Nein, aber aus irgendeinem Grund wollte ich nicht, dass es jemand mitbekam. Nur sie und ich – nicht einmal ihre Freundin sollte Zeugin sein. War mir der Wein zu Kopf gestiegen? Was sollte denn diese Heimlichtuerei?

»Monica, kann ich dich noch kurz sprechen?« Ich war nahe

genug an sie herangetreten, um keine unnötige Aufmerksamkeit auf uns zu lenken.

»Klar, um was geht es denn?«

»Könntest du warten, bis ich die anderen verabschiedet habe?« Wenn sie jetzt nein sagte, war der Abend entschieden.

»Okay.« Ihr Lächeln ließ eine ungewohnte Hitze in mir aufsteigen. Im Normalfall hätte ich spätestens jetzt das Weite gesucht, denn ich wollte auf keinen Fall Gefühle investieren. Doch Monicas Strahlen bewirkte irgendwie das Gegenteil. Ich wollte sie ganz für mich allein haben. Wollte herausfinden, ob mein Interesse an ihr rein körperlicher Natur war, oder was sonst bewirkte, dass sie mich anzog wie ein Magnet seinen Gegenpol.

Es dauerte eine Weile, bis ich alle Damen verabschiedet hatte und sie in ihren Taxis davongefahren waren. Monica hatte sich dabei immer dicht bei den anderen aufgehalten. Zuerst hatte ich angenommen, sie wollte sich die Möglichkeit offenlassen, doch zu gehen, aber wie es aussah, versuchte sie nur den Eindruck zu erwecken, ebenfalls aufzubrechen.

Caitlin warf mir einen wissenden und sehr zufriedenen Blick zu, bevor sie sich verabschiedete. Am Ende standen Monica und ich vor meinem Haus und sahen den roten Lichtern von Caitlins Taxi hinterher, als wären wir beide die Gastgeber gewesen, die sich jetzt zurückziehen wollten.

»Sollen wir die Küche aufräumen?«, fragte mich Monica gutgelaunt und machte mich einen Moment sprachlos.

»Ich dachte eigentlich, wir trinken noch ein Glas Wein zusammen.«

Einladend deutete ich zum Eingang, da mir aufgefallen war, dass es sie fröstelte. Mai war nicht Juli und die Nächte immer noch frisch.

»Lieber nicht, ich bin schon ganz beschwipst.« Sie ging rein und steuerte wirklich die Küche an, um aufzuräumen.

»Du musst das nicht tun.«

»Es beruhigt mich, weißt du«, gestand sie und errötete leicht.

»Mache ich dich nervös?« Lässig lehnte ich mit vor der Brust verschränkten Armen im Türrahmen und sah sie herausfordernd an.

»Warum sollte ich noch bleiben?«, konterte sie mit einer Gegenfrage und kam einen Schritt auf mich zu. Sie hielt meinem Blick zwar stand, dennoch hätte ich schwören können, dass es sie einige Mühe kostete. Und auch ich musste mich zusammenreißen, sie nicht an mich zu ziehen. Ich wollte sie berühren, ihren Körper an meinem spüren und sie endlich küssen.

Dicht vor mir blieb sie stehen, auch wenn sie so ihren Kopf in den Nacken legen musste, um mir weiterhin in die Augen sehen zu können.

»Warum sollte ich noch bleiben?«, wiederholte sie ihre Frage. Ich spürte ihren Atem auf meiner Haut, roch ihr blumiges Parfüm und konnte mich nicht länger zurückhalten. Langsam löste ich meine Arme und legte meine Hand sanft an ihren Nacken – und küsste sie.

Natürlich wusste ich, wie sich ein guter Kuss anfühlte und dass ein Kuss auch gar nichts in einem auslösen konnte. In meinem Leben hatte ich bereits viele Frauen geküsst. Allerdings war mir neu, dass ein simpler Kuss eine Welle an Emotionen auslösen konnte, die sich wie ein Lauffeuer in meinen Körper ausbreitete. Und das ging offenbar nicht nur mir so, denn ich hörte Monica leise stöhnen, was ich zum Anlass nahm, unseren Kuss zu intensivieren und sie noch enger an mich zu ziehen.

Ohne jegliches Zeitgefühl spürte ich plötzlich ihre Hände an meiner Brust, die mich leicht wegdrückten. Alles in mir sträubte sich, ich wollte sie nicht loslassen. Aber ihr Zeichen war unmissverständlich und so löste ich mich widerwillig von ihr.

»Rufst du mir ein Taxi?«

Ihre Bitte war unmissverständlich, auch wenn ich ihr ansah, dass sie gerne bleiben würde.

»Du musst nicht gehen.« Ich hielt sie noch immer fest.

»Es ist besser so.«

Das »Schade« behielt ich für mich, als ich sie losließ, um nach meinem Handy zu greifen. Die Frage mit dem Freund beschäftigte mich noch immer, obwohl ich davon ausging, dass sie mich nicht geküsst hätte, wenn sie einen hätte. Ich schätzte sie nicht als eine Frau ein, die fremde Männer küsste, wenn sie in einer Beziehung steckte.

Willst du dir das jetzt einreden? Du kennst sie überhaupt nicht.

»Gibst du mir deine Nummer? Schließlich haben wir noch ein Date offen.« Vielleicht konnte ich so herausfinden, ob sie wirklich Single war.

»Bist du sicher, dass du nicht irgendwo noch eine Freundin versteckt hast? Ich bin weder gut darin, die zweite Geige zu spielen, noch habe ich Interesse daran.«

»Ich habe weder Frau, noch Freundin, noch Kinder und du?«, fragte ich sie jetzt geradeheraus.

Sie schüttelte den Kopf.

»Dann haben wir also ein Date«, bemerkte ich zufrieden und gab ihr mein Handy, damit sie ihre Nummer eintippte. Nachdem sie es mir zurückgegeben hatte, rief ich sie sicherheitshalber gleich an. Eine Melodie ertönte. Sie hatte mir tatsächlich ihre richtige Nummer gegeben.

»Vielen Dank für den schönen Abend.«

»Wir können ihn gern wiederholen.« Dass ich kaum Zeit dafür haben würde, behielt ich erst einmal besser für mich.

»Surfen und ein Abendessen, ich bin ein Glückspilz.« Sie zwinkerte mir frech zu und ihr Lächeln bestätigte mir, dass wohl eher ich der Glückspilz war.

Ich erkannte mich selbst nicht mehr. Der alte Adam, der nicht an Liebe, Beziehungen und Happy Ends glaubte, schien gerade außer Haus zu sein. Niemals hätte ich erwartet, dass ich so etwas fühlen und sogar bereit sein könnte, es zuzulassen. Selbst meine Eltern, die immer noch zusammen waren ...

Nein, über meine Eltern wollte ich jetzt bestimmt nicht nachdenken.

AUF DER KURZEN Fahrt nach Hause quälte mich die Frage, ob ich einen Fehler begangen hatte. Warum war ich geflüchtet? Wir waren beide ungebunden und es war nicht klar, ob wir überhaupt im Bett gelandet wären. Und wenn doch, hätten wir sicher unseren Spaß gehabt.

Der etwas unterkühlte Abschied konnte ein Zeichen seines gekränkten Stolzes gewesen sein. Der Kuss war an uns beiden nicht spurlos vorübergegangen, da war ich mir sicher, und wenn ich ihn nicht beendet hätte ...

Das sehnsuchtsvolle Ziehen in meinem Unterleib zeigte deutlich, dass ich bereit für mehr gewesen wäre. Allein der Gedanke an Adam jagte eine Hitzewelle nach der anderen durch meinen Körper. War ich eine Närrin ihn abgewiesen zu haben? Wir hielten vor meiner Wohnung, ich musste mich entscheiden.

»Können sie fünf Minuten warten? Ich muss nur kurz etwas holen, dann fahren wir wieder zurück.«

Der Fahrer brummte ein Okay, setzte den Warnblinker und ließ mich aussteigen. Ich rannte die Treppe hoch in den dritten Stock, schloss auf und kramte im nächsten Moment bereits eine Jeans, ein T-Shirt und Wechselunterwäsche aus meinem Schrank und der Kommode hervor. Im Bad sammelte ich meine Zahnbürste und die Abschminkutensilien ein. Zum Glück bewohnte ich eine Einzimmerwohnung – alles war in wenigen Schritten zu erreichen. Als ich alles beisammenhatte, stopfte ich die Sachen in eine Sporttasche und hastete zurück ins Taxi.

Während der gesamten Rückfahrt versuchte ich das wild pochende Herz in meiner Brust zu beruhigen, doch auch meine Hände wurden immer feuchter. Ich war nervös und hatte Angst, Angst vor meiner eigenen Courage. Denn was ich hier tat, war eine absolute Premiere. Nur wenn ich es nicht mit einem Mann wagte, der meinen ganzen Körper mit einem Kuss in Schwingung brachte, bei wem würde ich es dann wagen?

Nicht jeder war so ein Arsch wie mein Ex, der abhaute, sobald es schwierig wurde. Aber ich suchte sowieso keinen Freund, keine Beziehung, die hätte mich meine neue Freiheit gekostet und mich meine Träume begraben lassen.

Wenn ich jedoch an Adam dachte und weiterspann, was aus uns werden könnte, spürte ich keine Panik, keine Opfer, sondern Aufregung und wieder dieses unheimlich schöne Kribbeln, das mich erfasste.

Als wir wieder vor Adams Stadthaus hielten, brannte in der Küche noch Licht. Kein Wunder bei dem Chaos, das wir hinterlassen hatten. Adam wirkte nicht, wie der Typ, der eine unaufgeräumte Küche sich selbst überlassen würde.

Nachdem ich den Fahrer bezahlt hatte, ging ich, ohne zu zögern zur Eingangstür im Erdgeschoss und klingelte. Kurz darauf öffnete mir ein verdutzter Adam die Tür. Er hatte sich mittlerweile umgezogen, trug jetzt ein enganliegendes schwarzes Shirt und eine verwaschene Jeans. Seine Haare schienen feucht oder bildete ich mir das im Licht der Außenlampen nur ein? Was ich mir definitiv nicht einbildete, war sein unglaublich intensiver Duft, der mir fast den Atem raubte.

»Kann ich dir helfen? Ich meine, ich würde gerne doch noch etwas bleiben, falls deine Einladung noch steht.« Ich hatte wirklich keine Ahnung, wie man sich einem Mann an den Hals warf.

»Sehr gern.«

Trotzdem blieb er in der Tür stehen. Entweder musste ich mich an ihm vorbeischlängeln oder über ihn drüber klettern, aber eigentlich wollte ich ihn nur küssen. Und bevor ich es mir anders überlegen konnte, nahm ich all meinen Mut zusammen und legte meine Lippen auf seine. Es fühlte sich noch besser an als das erste Mal.

Offenbar war das der richtige Weg gewesen, denn er zog mich mit sich ins Haus und schloss die Tür hinter uns. Meine beiden Taschen ließ ich auf den Boden fallen. Keinesfalls würde ich ihn noch einmal stoppen, schon gar nicht, um so etwas Profanes zu tun, wie meine Sachen ordentlich abzulegen.

»Möchtest du doch noch ein Glas Wein?«, murmelte er an meine Lippen, als wir kurz Luft holten.

»Nein.« Ich wollte nur ihn, seine Zunge, die mit jeder Liebkosung mein Innerstes weiter in Wallung brachte. Küsse waren für mich schon immer das Größte gewesen – und Himmel, Adam konnte wirklich küssen.

»Lass uns hochgehen.«

Adam

Keine Ahnung, was hier gerade passierte, aber Monica ging mir unter die Haut. Ich hätte schon hier im Flur über sie herfallen können. So wie sie sich an mich schmiegte und sich in meinen Rücken krallte, hätte sie sicher zugestimmt. Nur, was wäre dann? Wenn die erste Lust gestillt wäre?

Nein, ich wollte sie definitiv in meinem Bett lieben. Mit ihr schlafen. Meine Gedanken für ein paar Stunden abschalten. Es war unwichtig, wie ich es nannte, jetzt gab es nur noch sie und mich.

Über eine Wendeltreppe ging es direkt ins oberste Geschoss – den privatesten Bereich in diesem Haus, großzügig ausgestattet mit einem überdimensionalen Bett und einer freistehenden Wanne.

Oben angekommen, ließ ich Monicas Hand los und während sie sich umsah, zog ich mein Shirt aus.

Als sie meinen nackten Oberkörper bemerkte, wurden ihre Augen groß und sie fuhr sich lasziv mit der Zunge über die Lippen. Offenbar gefiel ihr, was sie sah. Im Gegenzug löste sie jetzt ihren Reißverschluss im Nacken und schon Sekunden später glitt ihr Hosenanzug zu Boden. Sie war kurviger, als die Frauen, die ich normalerweise traf. Dennoch übertraf ihr Sexappeal alle vor ihr. Monica nur in ihrer türkisfarbenen Spitzenunterwäsche zu sehen, ließ mich trocken schlucken. Aber spätestens, als sie ihre Haare löste und diese wie ein Wasserfall auf ihren Rücken fielen, konnte ich kaum mehr an mich halten. Ich wollte sie, jetzt, hier – sofort.

Schon lange war ich nicht mehr so geladen gewesen. Meine Hose drückte äußerst unangenehm.

»Du darfst mich weiter ausziehen, wenn ich dich ausziehen darf.« Aufreizend schritt sie auf mich zu. Was war mit der schüchternen Frau von heute Abend passiert? Die sexy Lady die gerade vor mir stand, war alles andere als zurückhaltend und unsicher. Ganz im Gegenteil, sie wusste genau, was sie wollte und wie sie es bekommen würde.

»Das ist keine gute Idee«, protestierte ich halbherzig, während sie bereits damit beschäftigt war, mit ihren Lippen von meinem Kinn über meine Brust bis zum Bauchnabel zu gleiten.

»Echt? Mir gefällt die Idee sehr gut«, raunte sie, bevor sie sich am Gürtel zu schaffen machte.

»Nein, wirklich nicht, glaub mir«, keuchte ich, zog sie sanft wieder hoch und küsste sie leidenschaftlich. Normalerweise war ich nicht der sanfte Typ im Bett, aber obwohl mich Monica provozierte und bis zum Äußersten reizte, wollte ich keine schnelle Nummer.

»Wie wäre es mit einem Striptease?«, stieß sie atemlos hervor. Das gefiel mir, viel mehr aber noch, dass sie aussprach, was sie wollte. »Wer fängt an?« Ihre Hände wanderten direkt zu meinem Po und kniffen mich. Meine Selbstbeherrschung hing am seidenen Faden. Wie war das nochmal mit, *keine schnelle Nummer*?

»Du bist dran, schließlich habe ich bereits mein T-Shirt ausgezogen.« Meine Hände fanden den Verschluss und, bevor sie protestieren konnte, hatte ich den BH gelöst und von ihren Schultern gestreift. Lustvoll reckten sich mir ihre Brustwarzen entgegen und als ich mit meinen Fingern darüberfuhr, stöhnte sie auf. Nun gab es für mich kein Halten mehr. Ich beförderte sie aufs Bett, das direkt hinter uns stand, und entledigte mich meiner restlichen Klamotten in Rekordtempo. Währenddessen streifte sie sich ihr Höschen selbst ab. Als ich sie nackt, vor Erregung zitternd vor mir liegen sah, brauchte es all meine Beherrschung, nicht direkt über sie herzufallen. Ein wenig wollte ich sie noch hinhalten und so begann ich ihren Körper mit meinen Händen und meiner Zunge zu erforschen, bis sie sich wand und auf Italienisch zu fluchen begann.

»So ungeduldig«, neckte ich sie, obwohl ich es selbst kaum mehr aushielt. Wir blickten uns tief in die Augen, als ich mich auf sie legte und mit einem Ruck in sie eindrang. Allerdings dachte sie nicht daran, mir die Führung zu überlassen. Sofort schlang sie ihre Beine um mich und zog mich noch näher an sich, sodass ich einen Moment lang weiße Punkte vor meinen Augen tanzen sah, während sie uns drehte. Spürte sie mich ebenso intensiv, wie ich sie? Mit geschlossenen Augen und abgehackter Atmung saß sie nun auf mir. Zeitgleich begannen wir uns zu bewegen. Während sie ihre Finger in meine Schultern krallte, bewegten sich unsere Becken im Gleichklang. Ich konnte einfach nicht genug von ihr bekommen und versuchte alles, meinen Höhepunkt weiter aufzuschieben, um sie zuerst kommen zu lassen.

Monica

Es war mir egal, ob mich jemand hörte. Ich hätte beim besten Willen nicht gewusst, wie ich die Flut an Gefühlen, die mich erfasst hatte, hätte still durchleben sollen.

Am liebsten wäre mir gewesen, Adam hätte mich bereits an der Haustür genommen. Dass er mich zuvor noch mit den Fingern und seinem Mund an die Grenze des Erträglichen befördern musste, hatte mich zwar erst frustriert, dann aber zum heftigsten Orgasmus katapultiert, den ich je erlebt hatte. Jede Berührung fühlte sich viel intensiver an. Selbst jetzt, als wir schwer atmend und engumschlungen dalagen, hatte ich das Gefühl, mein Körper würde noch vibrieren. Der Drang, über seinen verschwitzten Rücken zu fahren, weiter seine Wärme zu spüren, wurde immer größer. Alles in mir schrie danach, den Moment festzuhalten, ihn nicht gehen zu lassen. Widersprüchliche und unendlich schöne Gefühle überwältigten mich. Zum einen hätte ich weinen können, gleichzeitig fühlte ich mich überglücklich. Nur wie ging es Adam? Würde er mich rauswerfen, nachdem er bekommen hatte, was er wollte?

Was ihr beide wolltet.

Ja, und doch wollte ich nicht gehen, wollte nicht, dass es schon endete.

»Bin ich dir zu schwer?«, fragte er müde.

»Ein bisschen.« Und dennoch zog ich ihn wieder enger an mich, als er sich von mir zu lösen begann.

»Lass mich nur das Kondom wegwerfen. Falls du das Bad benutzen willst, nur zu.«

Er lächelte mich an und alle meine Befürchtungen verpufften.

»Ich würde mir gern die Zähne putzen«, bemerkte ich, obwohl ich natürlich wusste, dass es für viele Männer schockierend sein konnte, dass Frauen nicht von allein wie aus dem Ei gepellt aussahen.

»Das sollte ich auch«, antwortete Adam, als er sich langsam zurückzog. »Und vielleicht nochmal duschen.«

»Klingt gut.« Mit einem Lächeln ergriff ich seine Hand, als er sie mir entgegenstreckte. Offenbar war er bereit für Runde zwei und ich würde sie ihm nicht ausreden.

ALS MICH DIE SONNE WECKTE, spürte ich jeden Muskel in meinem Körper. Adam war ein ausgezeichneter Liebhaber, schon lange hatte ich mich nicht so begehrt gefühlt. Enttäuscht stellte ich fest, dass wir zwar zusammen eingeschlafen waren, seine Hälfte des Bettes aber mittlerweile kalt und verlassen war. Ich lauschte. Das

Haus lag ganz still, keine Ahnung, wo er war. Wie spät war es eigentlich?

Es gab keinen Wecker auf dem Nachttisch und mein Handy lag unten in der Diele in meiner Tasche, wie mir einfiel. Als ich mich aufsetzte, entdeckte ich sie auf dem Fußboden neben dem Bett, genau wie meine Sporttasche. Adam hatte sie wohl hochgebracht. Ich schnappte mir mein Telefon und checkte die Uhrzeit. Erst kurz vor acht. Viel zu früh für einen Samstagmorgen, vor allem, wenn ich so wenig geschlafen hatte wie diese Nacht. Noch länger herumliegen, wollte ich jedoch auch nicht. Daher sprang ich kurz unter die Dusche, zog mich an und begann, nach Adam zu suchen.

Da es im obersten Geschoss still war, verzichtete ich darauf, in den anderen beiden Zimmern nachzusehen. Im Stockwerk darunter befand sich ein geräumiges Wohn- und Esszimmer mit offener Küche. Auch hier gingen weitere Türen ab, die jedoch ebenfalls geschlossen waren. Alles war ordentlich aufgeräumt, nichts lag herum, keine Zeitschriften, keine Bücher, keine Fotos. Moderne Kunstwerke schmückten die Wände und erweckten in Kombination mit den dunklen Möbeln und hellen Teppichen den Eindruck, einer Zeitschrift entsprungen zu sein. Zu gerne hätte ich Mäuschen gespielt und mir das restliche Haus angesehen. Doch stattdessen ging ich ins Erdgeschoss und entdeckte Adam, der mittlerweile die Industrieküche auf Vordermann gebracht hatte. Das musste ihn Stunden gekostet haben, denn sie blitzte vor Sauberkeit.

Obwohl er mich hatte kommen hören, empfing mich eine unangenehme Stille. Wir waren uns die letzte Nacht so nah gekommen. Diese Nähe erschien plötzlich unwirklich, was wohl daran lag, dass keiner von uns da anknüpfte, wo wir aufgehört hatten.

»Guten Morgen, hast du gut geschlafen?« Obwohl er mich mit einem breiten Lächeln begrüßte, spürte ich, dass er die Nacht bereits abgehakt hatte. »Wie trinkst du deinen Kaffee?«

»Schwarz«, antwortete ich und setzte mich an den Küchentisch. One-Night-Stands lagen mir nicht. Meist blieb ich nicht einmal über Nacht, um den oft unangenehmen Morgen zu vermeiden.

Offenbar hatte Adam vor, mir trotz der unterkühlten Atmosphäre ein Frühstück aufzutischen. Ich durfte mir wünschen, was immer mein Herz begehrte. Leider war mir der Appetit vergangen. Ich sollte besser gehen, bevor meine Laune auf den Nullpunkt sank. Dabei hatte er mir nichts versprochen. Ich war zurückgekommen – obwohl ich wusste, dass es nur um die Befriedigung unserer Lust ging.

»Kaffee reicht, danke«, bemerkte ich etwas zu schnippisch. Er hielt an der Kaffeemaschine kurz inne und sah mich zum ersten Mal heute Morgen richtig an. Ja, ich war sauer, sehr sogar ... sauer auf mich selbst.

»Ich muss gleich los«, ergänzte ich erklärend. Natürlich hatte ich um diese Uhrzeit absolut nichts vor, nur das dringende Bedürfnis zu gehen. Mein Fluchtinstinkt hatte gerade eingesetzt.

KAPITEL SECHS

Adam

Als ich kurz nach sechs aufgewacht war, hatte ich mich so gut wie schon lange nicht mehr gefühlt. Monica lag dicht an mich gekuschelt und ihre langen Haare kitzelten mich an der Brust. Eine wohlige Zufriedenheit hatte sich in mir ausgebreitet. Ich hatte ihren Duft tief eingeatmet, da wurde mir schlagartig klar, dass ich zu viele Emotionen in diese Nacht investiert hatte.

Sofort sprang mein typisches Verhalten an. Ich stand leise auf, schlich mich zum Duschen ins Gästebad, schnappte mir ein paar Klamotten und ging nach unten. Mir blieben gut zwei Stunden, rechnete ich aus, bis Monica aufwachen würde. Genug Zeit, um meine Gefühle in den Griff zu bekommen.

Die Küche glänzte blitzblank, als ich sie die Treppe runterkommen hörte. Mein erster Impuls war, sie zu küssen und genau dort weiterzumachen, wo wir in den frühen Morgenstunden aufgehört hatten. Selbst nach so wenigen Stunden Schlaf sah sie unheimlich schön aus. Ihr fröhliches Strahlen verschwand leider sehr schnell. Statt ein ausgiebiges Frühstück zu genießen, wurde sie von Minute zu Minute einsilbiger. Nicht einmal ihren Kaffee trank sie aus, sondern verabschiedete sich bereits wenig später.

Was erwartest du von einem One-Night-Stand?

Eigentlich war sie sogar perfekt, machte kein Aufheben um eine gemeinsame Nacht, wollte nicht einmal Frühstück und hatte offenbar auch ein eigenes Leben, denn wer musste schon an einem Samstag so früh wichtige Dinge erledigen?

»Scheiße!« Wütend warf ich den Putzlappen, mit dem ich den Tisch saubergewischt hatte, in die Spüle.

Die Erkenntnis, dass ich sie nicht so schnell hatte gehen lassen wollen, überrollte mich. Empfand ich wirklich mehr für sie? Nein, auf keinen Fall. Wir hatten tollen, nein, unglaublichen Sex gehabt. Ich hatte mich mit ihr verbunden gefühlt und mich berauschen lassen, aber das war mir schon vorher passiert, ohne irgendwelche Folgen.

Wann genau?

Wütend stampfte ich nach oben, um meine Sportsachen zu holen. Ich würde mich auspowern, dann wäre der Spuk vorbei und ich könnte mich wieder auf mein Leben konzentrieren, ohne diese lästigen Gefühle. Leider hatte ich nicht damit gerechnet, dass mein Schlafzimmer noch Spuren der letzten Nacht aufwies und nach Monica roch.

Als auch noch mein Handy klingelte, bellte ich ins Telefon: »Was ist?!«

Ich konnte nicht schnell genug die Bettwäsche ab- und meine Sportklamotten endlich anziehen.

»Wow, dein Abend muss die Katastrophe gewesen sein, oder bist du nicht zum Schuss gekommen?« Clayton lachte spöttisch.

»Was willst du?« Ich war überhaupt nicht in der Laune, mich mit meinem besten und ach so glücklichen Kumpel zu unterhalten.

»Wenn du so schlecht gelaunt bist, gar nichts. Oder möchtest du darüber reden, was dir auf der Seele liegt?«

Ich konnte sein Grinsen noch immer hören.

»Wenn ich *nein* sage, schickst du Lynn vorbei, oder?«

»Worauf du Gift nehmen kannst.«

Ich liebte Lynn, hatte aber unter diesen Umständen keine Lust mich von ihr analysieren zu lassen. Besser ich ging ihr erst einmal aus dem Weg.

Ach, wieso ausgerechnet jetzt?

Was war heute Morgen verdammt nochmal mit mir los? Bekam ich meine Unzulänglichkeiten alle gleichzeitig um die Ohren gehauen?

Lynn wüsste die Antwort darauf.

Ja, verdammt, sie wusste auf alles eine Antwort. Schließlich war sie nicht umsonst eine erfolgreiche Psychologin.

»Kommst du mit joggen?«, fragte ich versöhnlich. Ich musste dringend Dampf ablassen.

»Willst du nicht lieber in den Boxring?«

»Nein, ich brauche frische Luft.«

»Okay, sagen wir in einer halben Stunde am Südeingang zum Park.«

»Gut, bis dann.«

Hastig zog ich die Bettwäsche ab und warf sie in die Waschmaschine, bevor ich mich umzog und loslief. Auf dem Weg zum Park blendete ich alles aus – die blühenden Bäume, das fröhliche Vogelgezwitscher und die verliebten Pärchen, die offenbar heute Morgen auch allesamt auf die Idee gekommen waren, joggen zu gehen.

Bis Clayton am verabredeten Treffpunkt eintraf, hatte ich bereits ein paar Sprinteinheiten absolviert. Mein Herz schlug hart in meiner Brust und ich rang nach Atem, fühlte mich aber langsam etwas besser.

»Wie heißt sie?«, fragte er mich etwas zu selbstgefällig. Seine gute Laune hätte er getrost zu Hause lassen können.

»Ich weiß nicht, wovon du sprichst. Kommst du jetzt, oder hat dich der Lauf von deiner Wohnung hierher bereits erschöpft?«

»Sicher nicht.« Er setzte sich in Bewegung und wählte zum Glück ein moderates Tempo, denn ich hatte es mit meinen

Sprints bereits gehörig übertrieben. Nur würde ich das natürlich nie zugeben.

»Jamie lässt dich grüßen.«

»Danke.« Claytons Leben lief im Moment wirklich perfekt. Binnen kürzester Zeit hatte er nicht nur die perfekte Freundin gefunden, sondern auch eine eigene Modelagentur aus dem Boden gestampft. Er schwamm ganz klar auf der Erfolgswelle und ich gönnte es ihm aus vollem Herzen. Nur ... ich wollte dasselbe.

Dass ich mir das einmal eingestehen würde, war verwunderlich. Schließlich hatte ich Claytons Leidensweg live miterlebt, als ihn seine erste Frau nach sieben Jahren plötzlich verlassen hatte. Ein Umstand, der meine Theorie bestätigte, dass nichts für die Ewigkeit war – die Liebe schon gar nicht. Und doch beneidete ich ihn darum, dass er wusste, wie es war, bedingungslos geliebt zu werden.

Wenn mir noch vor zwei Tagen jemand gesagt hätte, dass ich mir solche Gedanken erlauben würde, hätte ich ihn ausgelacht und achtkantig aus meinem Restaurant geworfen.

Oder war dieses Gedankenwirrwarr nur der Tatsache geschuldet, dass ich unheimlich frustriert war und meine aufgestaute Energie nicht wusste, wohin? Ich wollte dieses zweite Restaurant um jeden Preis. Wenn ich nur endlich loslegen könnte.

»Clay, ich möchte nicht mehr länger warten.«

»Es erstaunt mich sowieso, dass du auf mich gehört hast und nicht schon Eröffnung feierst.«

»Soviel ich weiß, sind wir Partner im *Eve's*.« Wir waren viel mehr, wir waren beste Freunde. Wenn er und seine Familie nicht gewesen wären ... Sofort verscheuchte ich meine Kindheitserinnerungen. Die hatten mir gerade noch gefehlt.

»Ich bin stiller Partner.«

»Wir sind Partner und daran wird sich nichts ändern«, berichtigte ich ihn bestimmt.

Wir joggten am Prospect Park Lake entlang, doch die Umgebung nahm ich kaum war. Immer schön einen Schritt vor den anderen setzen, bis mein Kopf durch die monotone Bewegung hoffentlich bald komplett leergefegt wäre.

»Soll ich mich um einen weiteren Partner für's *Eve's II* kümmern?«

Ich atmete tief durch. Auf diese Frage wartete ich seit Monaten und doch blieb das erwartete Hochgefühl aus.

»Adam, was ist eigentlich los?« Clayton hielt mich am Arm zurück, sodass wir beide stehenblieben. Er musterte mich ernst. »Hat uns jemand verklagt?«

»Was? Nein, natürlich nicht.«

Seine Haltung wirkte noch immer angespannt, obwohl er erleichtert ausatmete.

»Was dann!? Mach endlich den Mund auf!«

»Keine Ahnung. Ich weiß es nicht! Okay?«

»Nein, nichts ist okay. Es ist eine Frau, oder?«

Während ich seinem bohrenden Blick auswich, verfestigte sich das Bild von Monica vor meinem geistigen Auge. Einerseits schüchtern und zurückhalten, dann wieder forsch und betörend. Eine Frau mit vielen Facetten, die wusste, was sie wollte. Sie hat mich verzaubert, mich in ihren Bann gezogen. Obwohl sich alles in mir dagegen sträubte, bekam ich sie nicht mehr aus dem Kopf. Was ging hier bloß vor?

»Du hast dich verliebt!«

»Was?« Mein Blick schnellte zu Clay.

»Ach du meine Güte«, meinte Clay und brach in schallendes Gelächter aus, »dass ich das mal erlebe.« Sein übertriebenes Verhalten machte mich wütend. So ein Idiot!

Ich joggte wieder los, weil ich mir zum einen blöd vorkam, in Sportsachen nur rumzustehen, und zweitens, weil ich einen Moment brauchte, um Claytons Aussage zu verdauen. Natürlich hatte ich mich nicht verliebt, das war absolut lächerlich! Ja, ich hatte mehr Interesse an Monica als an jeder Frau vor ihr. Und ja, ich wollte sie wiedersehen, schon allein um herauszufinden, ob die letzte Nacht ein Ausrutscher gewesen war oder nicht.

Clay holte mich ein. »Habe ich recht?«

»Ich habe mich ganz sicher nicht verliebt.«

»Tja, wenn doch, weißt du ja, wo du dir Tipps abholen kannst.«

»Doch nicht etwa bei dir? Hast du deine letzte Krise bereits vergessen? Ich nicht, ich war in der ersten Reihe dabei.«

»Wenn du eine Beziehung mit einer Krise gleichsetzt, hast du überhaupt nichts verstanden, Kleiner.«

Kleiner? So hatte er mich bestimmt fünfzehn Jahre nicht mehr genannt. Wir waren gleich groß, fast einen Meter neunzig, nur dass er zwei Monate älter war als ich und offenbar machten die ihn auch weiser.

»Also dann, *Eve's II.* Bist du dir sicher?«, wechselte ich das Thema.

»Ich schaue mich schon länger nach einem geeigneten Partner um. Ich wollte dir nur nichts erzählen, damit du dir keine allzu großen Hoffnungen machst, dass ich dir binnen weniger Tage jemanden präsentieren kann.«

»Falls überhaupt jemand passt«, bemerkte ich mehr zu mir selbst. Wir waren Seelenverwandte, jemanden zu finden, der zu uns passen würde, war ein fast unmögliches Unterfangen.

KAPITEL SIEBEN

Monica

Den ganzen Samstag hatte ich in Long Island am Strand verbracht. Es hatte mich beruhigt, am Meer zu sein, den Wellen zuzusehen und mich mit der Natur zu verbinden. Ich vermisste es. Irgendwann einmal würde ich mir ein Haus direkt an der Küste kaufen. Dabei war mir sogar egal, wo. Aber bis es soweit war, wollte ich endlich die Welt sehen.

Keine Ahnung, wie viele Male ich mir die letzte Episode von *Cook for your Soul* angesehen hatte, aber jedes Mal, wenn Franco Fratelli von seiner Heimat gesprochen hatte, waren mir neue Routen durch den Kopf gegeistert, die ich in Italien bereisen wollte. Meine Notizen füllten bereits ein ganzes Journal. All diese Ideen umzusetzen, würde mich locker ein paar Monate beschäftigen.

Wenn ich das Geld hätte, würde ich mir ein Jahr freinehmen, meinen Rucksack schultern und nicht mehr zurückschauen. Gut, ich würde Caitlin und meine Eltern auf dem Laufenden halten, aber sonst ...

Adam ... meine Gedanken schweiften immer wieder zu ihm. Obwohl ich ihn kaum kannte, wäre es so leicht, mich in ihn zu verlieben. Aus einem gemeinsamen Abend zu schließen, dass wir mehr gemein hatten als unsere Leidenschaft fürs Kochen, war wohl eher Wunschdenken. Im Grunde war ich nicht gern allein. Schon gar nicht drei Jahre. Es war nicht schön, jeden Abend in eine leere Wohnung zu kommen. Obwohl ich mir einredete, ich wäre ohne jemanden, der mich verbiegen oder einschränken wollte, besser dran, wusste ich, dass ich insgeheim nach meinem Seelenverwandten suchte. Vielleicht lag es wirklich nur an den Hormonen, die mit dreißig begannen, verrückt zu spielen, aber wieso konnte ich nicht auch einmal Glück haben?

Wahrscheinlich sollte ich meinem Vater dankbar sein, dass er mir jede Woche einen neuen vermeintlich perfekten Ehemann präsentierte, denn ich war wirklich nicht gut darin, fremde Männer anzusprechen. Dass ich bei Adam die Initiative ergriffen hatte, erstaunte mich noch immer. Niemals zuvor hatte ich mich so losgelöst, so lebendig gefühlt, wie bei ihm und mit ihm.

Tja, aber das war jetzt auch egal. Bevor ich nach Hause fuhr, wollte ich noch ein Foto vom Meer schießen. Es war an dieser Stelle so flach, dass praktisch nur der Himmel und der Strand zu sehen waren. Ich schickte es Caitlin, die sich wenig später telefonisch meldete.

»Na, gut nach Hause gekommen?«

»Klar, und was ist mit dir? Hat Alain dich sehnsüchtig erwartet.«

»So ähnlich. Aber erzähl, wie hat dir der Abend gefallen?«

»Er war toll. Danke nochmals für das Geschenk.«

»Toll? Ich hatte mir ein wenig mehr erhofft. Und Adam? Er hatte ja nur Augen für dich. Ich glaube, du hast ihn ganz schön beeindruckt.«

»Es hat Spaß gemacht, gemeinsam zu kochen.«

»Sag mal, geht es dir gut? Gestern Abend hast du ausgesehen, als würdest du einen Meter über dem Boden schweben und innerlich vor Glück beinahe zerspringen.«

Ja, so hatte ich mich gefühlt. Und dabei war das Kochen in den Hintergrund gerückt. Genauso wie der Rest. Wie sehr ich es geliebt hatte, mit meinem Vater im Morgengrauen zum Frischmarkt zu fahren, mit ihm Tages- und Wochengerichte zu entwerfen. Unsere Stammgäste zu bewirten, die längst zu Freunden geworden waren, und den neuen Gästen ein Lächeln ins Gesicht zu zaubern.

Bei uns waren die Verantwortungsbereiche ineinander verschmolzen. So wie ich nie nur für die Finanzen verantwortlich gewesen war, war mein Vater nie nur der ältere adrett gekleidete Wirt gewesen, der die Gäste begrüßt und mit ihnen ein Schwätzchen gehalten hatte.

Wir hatten unsere Seelen ins *Luca's Soggiorno* gesteckt. Es war unser *Wohnzimmer* gewesen, in dem das Leben pulsiert hatte, gelebt, gelacht und getanzt wurde. Mehr als einmal hatten wir einen Heiratsantrag miterleben dürfen, Familienfeiern ausgerichtet und Weihnachtsessen zu etwas ganz Besonderem gemacht.

Ich vermisste es, mehr als ich mir jemals hatte eingestehen wollen. Alles kam jetzt wieder in mir hoch. Und nur, weil mich Adam gestern an eine Zeit erinnert hatte, in der alles noch in Ordnung gewesen war. Er hatte mit diesem Abend ein bereits erloschen geglaubtes Feuer in mir neu entfacht. Ich spürte es noch immer in mir brennen, auch wenn ich es mir ausreden wollte, nachdem ich überstürzt gegangen war.

Weder war ich die brave Angestellte noch die verständnisvolle Tochter. Endlich hatte ich mich wieder gespürt, war wieder ich selbst gewesen. Unerschrocken, neugierig, leidenschaftlich, spontan. Dass Adam mir gezeigt hatte, wie gut ihm diese Monica gefiel, hatte mich zusätzlich beflügelt. Alle Hemmungen waren gefallen, die Mauern eingestürzt.

»Bist du noch dran?«

»Ja, natürlich.«

»War es doch keine gute Idee gewesen? Ich wollte dir nur eine Freude machen, schließlich schwärmst du so von *Cook for your Soul*, und Adam ist einer der begnadetsten Köche New Yorks. Ich weiß, er ist nicht Franco Fratelli, aber ich finde, er hat es toll gemacht. Mich hat das kulinarische Erlebnis wirklich nach Italien, Frankreich und all die anderen Orte versetzt …«

»Caitlin, es war perfekt und ein unheimlich großzügiges und vor allem sehr persönliches Geschenk. Danke, dass es dich gibt. Ich wüsste nicht, wo ich ohne dich wäre.«

»Jetzt heule ich wegen dir und verschmiere noch mein Make-up«, schimpfte Caitlin halbherzig, bevor sie sich geräuschvoll die Nase putzte.

»Du trägst wasserfestes Make-up, Schatz«, erinnerte ich sie lachend, worauf sie etwas Unverständliches brummte.

»Von deinem Chef hast du nichts mehr gehört?«

Wäre auch zu schön gewesen.

»Nichts, außer, dass er sich bedankt und auf mich zurückkommen will.« Die Chance, nach London gehen zu können, war zwar verschwindend gering, und dennoch gab ich die Hoffnung nicht auf.

»Wenn es dieses Mal nicht klappt, versuchst du es einfach noch einmal. Außerdem gibt es noch andere tolle Jobs mit vielen Möglichkeiten.«

»Schlägst du mir ernsthaft vor, zu kündigen und als Tramperin die Welt zu erkunden.« Wie sehr mich die Idee reizte, merkte ich erst, als ich sie ausgesprochen hatte.

»Andere nennen es Urlaub«, entgegnete sie trocken.

Urlaub bedeutete jedoch, man kehrte danach in sein altes Leben zurück. Wollte ich diesen Gedanken überhaupt weiterspinnen?

»Wohin fliegst du als Nächstes?«

»Nach Mailand, am Montag.«

Caitlin hatte immer ein schlechtes Gewissen gehabt, wenn sie mir von ihren tollen Auslandsreisen berichtete, doch das hatte ich ihr zum Glück ausgeredet. Ich gönnte ihr den Erfolg, außerdem kannte ich auch die Schattenseiten des Modeldaseins. Caitlin hatte mir alles darüber erzählt. Von unendlich langen Tagen, der Langweile zwischen den Shootings, der Hoffnung auf den nächsten großen Job, den unzähligen Absagen und den fiesen

Bemerkungen, man wäre zu dick, zu dünn, zu groß oder zu klein. Und dennoch hörte ich mich sagen:

»Vielleicht sollte ich mich doch mal bei einer Agentur bewerben.« Eigentlich utopisch. Ich war fast einunddreißig, niemand würde mich nehmen.

»Nein, besser nicht. Was machst du heute noch? Fährst du bereits zu deinen Eltern?«

Nein, besser nicht, griff ich in Gedanken Caitlins Antwort auf. Morgen würde noch anstrengend genug werden. »Sag mal, kennst du Adams Restaurant?«

»Das *Eve's*? Ja, klar. Warum? Willst du hin? Es ist leider auf Monate ausgebucht. Hat dir Adam doch gefallen?«

»Er ist ziemlich attraktiv.« Bilder der letzten Nacht mischten sich mit denen unserer ersten Begegnung.

»Höllisch heiß trifft es besser«, schwärmte sie.

»Hattet ihr mal was?«, kam mir plötzlich der Gedanke.

»Nein, leider nicht. Nicht alle höllisch heißen Kerle lösen Gefühle in mir aus, weißt du.«

»Du brauchst für einen One-Night-Stand Gefühle?«

»Woah, was denkst du von mir? Dass ich ein Eisklotz bin? Wenn es nicht prickelt, habe ich kein Interesse, egal, wie gut der Kerl aussieht. Von denen kenne ich genug, oder hast du schon meine Shootings für Fulvio Montanari vergessen?«

»Nein, bestimmt nicht.« Der Unterwäschekönig aus Italien hatte neben Caitlin eine halbe Fußballmannschaft für seine Kampagne engagiert. Offenbar war es ein sehr anstrengendes Shooting gewesen, denn die Egos der Jungs waren astronomisch gewesen.

»Falls du Adam wiedersehen willst, könntest du im *Eve's* auch einfach an der Bar ein Glas Wein trinken. Ich denke wirklich, dass du ihn gestern beeindruckt hast und das gibt dir doch gleich ein Gesprächsthema.«

Eine weitere Steilvorlage, ihr von unserer gemeinsamen Nacht zu erzählen, aber ich wollte die Erinnerung lieber für mich behalten. Sie gehörte Adam und mir und obwohl ich nicht einmal wusste, ob ihm unsere Nacht genauso viel bedeutet hatte wie mir, wollte ich mir das zu gerne einreden.

»Ich überlege es mir.«

»Tu das und falls du heute Abend auf die Piste willst, du weißt ja, wo du mich findest.«

Wir verabschiedeten uns. Ich rappelte mich hoch und beschloss, mir auf dem Nachhauseweg zu überlegen, ob ich lieber zu Adam ins Lokal oder mit Caitlin in einen Club gehen wollte. Allein zu Hause rumhocken, war heute keine Option.

KAPITEL ACHT

Adam

Im Restaurant fühlte ich mich wieder in meinem Element. Samstagabend war immer eine Menge los und ich nahm mir extra viel Zeit, um jeden Gast zu begrüßen und mit bekannten Gesichtern ein paar persönliche Worte zu wechseln.

Seit Clayton mir erzählt hatte, dass er schon länger einen Partner für uns suchte, war mein Elan zurück. Die Location, die ich für mein zweites Restaurant vor Monaten gefunden hatte, war zwar längst anderweitig vermietet, aber das bedeutete nicht, dass ich mich nicht wieder umsehen könnte. Manhattan war groß und es gab unzählige Möglichkeiten. Ich persönlich würde unser zweites Restaurant gerne im Süden der Stadt eröffnen. Mir gefiel die Atmosphäre in Lower Manhattan. Greenwich Village war ein Traum von mir, denn im Gegensatz zu Clayton mochte ich dessen pulsierende Vibes. Trotzdem hatte sich Clay bereits vor Jahren eine Wohnung in TriBeCa gekauft, zugegeben, weil seine Ex-Frau es wollte.

Mir war schon lange klar, dass er der erfolgreichere von uns beiden war, vielleicht hörte ich deswegen auf seinen Rat, anstatt mein eigenes Ding durchzuziehen.

Das war aber schon das einzige Eingeständnis, denn ich hätte nie im Leben mit Clayton tauschen wollen – nicht nur, weil ich nichts mit Models am Hut hatte, außer sie ab und an zu vernaschen. Und im Moment stand mir die Laune nicht einmal danach. Dazu waren meine Erinnerungen an Monica noch zu frisch, was aber nicht bedeutete, dass ich dem Drang, sie anzurufen, nachgeben würde. Außerdem wusste ich nicht, ob ich unser versprochenes Date durchziehen wollte. Vielleicht, wenn ich mich etwas beruhigt hatte. So besessen, wie ich mich von ihr fühlte, war es bestimmt keine gute Idee, sie bald wiederzusehen.

Ich konnte es mir nicht leisten, meine Gedanken derart von ihr beherrschen zu lassen. Das Restaurant brauchte meine volle Konzentration. Wenn ich weiterhin andauernd geistig abschweifte, würden mir Fehler unterlaufen.

Dass meine Rechnung nicht aufging, merkte ich, als ich Monica an die Bar gehen sah. Hatte sie einen Tisch gebucht? Aber wann hätte sie das tun sollen? Vor Monaten? War unser Treffen gestern gar nicht so zufällig gewesen, wie ich gedacht hatte? Was ging hier vor?

Ich entschuldigte mich bei den Gästen, mit denen ich gerade ein Gespräch geführt hatte, und folgte ihr umgehend.

»Ich kann Ihnen einen Riesling aus Südtirol empfehlen«, hörte ich gerade meinen Barmann und zweiten Stellvertreter Dave sagen, als ich sie erreichte. »Aber nur, falls sie Zitrusaromen mögen. Der Wein ist sehr lebhaft und weist einen langen Abgang auf.«

»Klingt gut, den probiere ich gerne.«

»Kommt sofort.« Dave warf Monica für meinen Geschmack einen viel zu durchdringenden Blick zu, bevor er sich um die Bestellung kümmerte.

Eifersüchtig?

Sicher nicht!

»Was tust du hier?«, sprach ich sie an, als ich mich neben sie stellte. Mein Tonfall war viel zu scharf, aber irgendwie hatte sie mein Misstrauen geweckt und das ließ ich sie umgehend spüren.

Sie musterte mich von oben herab – obwohl sie saß und ich stand. »Ich trinke ein Glas Wein, ist das verboten?« Ihre blauen Augen blitzten mich herausfordernd an. Als ich nicht antwortete, hob sie provozierend eine Augenbraue.

Dave servierte das Glas Wein mit einem charmanten Lächeln. Er hatte definitiv Interesse an ihr. Tja, Pech gehabt!

»Zum Wohl«, bemerkte Dave eine Spur zu charmant.

»Danke.« Sie erwiderte sein Lächeln, bevor sie das Glas an ihre Lippen führte und daran nippte. »Sehr gut.«

»Das freut mich.« Sein Lächeln wurde immer breiter.

»Danke, Dave«, erwiderte ich angesäuert. Wir hatten noch andere Gäste, um die er sich kümmern sollte.

Monica betrachtete mich amüsiert, bevor sie einen weiteren Schluck nahm.

»Hast du einen Tisch reserviert?«

»Nein, ich bin nicht zum Essen hier. Eigentlich bin ich auf dem Weg in die Stadt, um tanzen zu gehen. Vorher wollte ich mir noch kurz dein Restaurant ansehen.«

»Du gehst tanzen?« Natürlich hatte ich ihr rotes Trägerkleid bemerkt, dessen ausgestellter Rock weit über dem Knie endete. Sie würde dutzende Kerle mit ihren Kurven in den Wahnsinn treiben.

Doch eifersüchtig?

Und wenn schon. Weder konnte ich sie begleiten, noch hatte ich das Recht, ihr irgendwelche Vorschriften zu machen.

»Das war zumindest mein Plan. Oder willst du es mir verbieten? So siehst du jedenfalls aus.«

Ich beugte mich vor und flüsterte ihr ins Ohr: »Wenn du Spielchen spielen willst, wirst du verlieren.« Zufrieden sah ich, wie sich die feinen Härchen an ihrem Nacken aufstellten.

»Wer sagt denn, dass ich Spielchen spiele? Wir haben noch keinen Termin für unseren Surfausflug verabredet und da dein Kalender sicher so voll ist, wie meiner ... oder kneifst du?«

Sie hielt meinem Blick stand, sodass nur ihre flache Atmung verriet, wie nervös sie war.

»Nein, natürlich kneife ich nicht, aber ich teile auch nicht.« Hätten wir uns nicht in der Öffentlichkeit befunden, hätte ich ihr längst klar gemacht, dass sie zu mir gehörte. Wenn sie dachte, losziehen zu können, um sich den nächsten Kerl für eine Nacht zu angeln, hatte sie sich gewaltig geschnitten.

Verdammt! Ich hatte wohl echt ein Problem.

»Ich sehe mir nachher meine Agenda an und gebe dir Bescheid.«

»Gut, dann wäre das ja geklärt«, bemerkte sie und zückte ihren Geldbeutel, während ich mich fragte, ob ihre Antwort darauf gemünzt war, dass sie keine anderen Kerle anmachte, oder dass sie auf meine Nachricht warten würde.

»Geht aufs Haus«, meinte ich und griff nach ihrer Hand, damit sie das Geld wieder einsteckte. Das Problem war nur, ich musste sie auch wieder loslassen und das wollte ich auf einmal nicht mehr. Ganz im Gegenteil, ich wollte nicht nur ihre Hand berühren. Ich sah, wie ihr Blick plötzlich an meinen Lippen hing und sie schwer schluckte.

»Wir gehen ins *Marble* in Chelsea. Kommst du nach?«, fragte sie mich mit belegter Stimme.

»Wir schließen erst um Mitternacht.« Eigentlich genau die richtige Uhrzeit für den Nachtclub, nur ging ich prinzipiell nicht aus, wenn ich den ganzen nächsten Tag wieder im Restaurant arbeitete. Nur Montags hatten wir geschlossen und öffneten erst am Dienstagabend wieder. Deshalb war Montag der Abend der Woche, an dem ich mich in Clubs rumtrieb.

Außerdem hatte ich Angst, Monica noch einmal einzuladen, bei mir zu übernachten. Nicht, weil ich es nicht wollte, sondern weil ich mehr als nur mit ihr schlafen wollte. Das konnte nicht gut gehen.

Keine Liebe, keine Beziehung – klare Regeln! Warum begann ich, sie zu ignorieren?

»Dann ein anderes Mal«, bemerkte sie, bevor sie sich erhob, mich flüchtig küsste und dann das Lokal verließ. Es kostete mich all meine Beherrschung, ihr nicht nachzurennen. Sie hatte mich in der Hand, war ihr das überhaupt klar?

Monica

Ach, du meine Güte, was war da eben bloß passiert? Normalerweise war ich nicht mutig genug, in die Offensive zu gehen, aber Adam hatte etwas an sich, das mich reizte. Ich wollte ihm beweisen, dass ich anders als all seine vorherigen Eroberungen war – obwohl ich keine einzige von ihnen kannte. Das war mir aber auch egal. Ich wollte ihn nur für mich, das war das Problem.

Eigentlich hatte ich mir fest vorgenommen, mich nicht noch einmal mit ihm zu verabreden. Ich hatte wirklich nur kurz das Restaurant sehen wollen. Aber als er dann in seiner vollen Pracht vor mir gestanden hatte, noch dazu mit diesem eifersüchtigen Blick, war es um mich geschehen gewesen.

Und was bedeutete, er teilte nicht gern? Dachte er wirklich, ich war bereits auf der Suche nach dem nächsten Kerl? Oder bedeutete es, dem One-Night-Stand sollte eine zweite Nacht folgen? Und was war mit mir? War das nicht der wahre Grund, warum ich mich so aufgebrezelt hatte und unbedingt hier vorbeikommen wollte? Und warum ich ihm unter die Nase gerieben hatte, wo er mich später würde finden können?

»Träumst du?!«, rief mir Caitlin Stunden später über die laute Musik hinweg zu.

»Warum, tanze ich so aus dem Takt?!«, brüllte ich zurück.

»Nein, aber du bemerkst keinen der heißen Kerle, die dich antanzen. Da waren doch ein paar richtig attraktive Typen dabei!«

Die interessierten mich aber nicht. »Du kannst sie gerne haben!«

Es war weit nach Mitternacht und die Erkenntnis, dass es Adam nicht schaffen würde, traf mich härter, als ich erwartet hatte. Dabei hatte er es mir doch gesagt. Und ich verstand ihn nur zu gut. Ich konnte mich noch genau daran erinnern, wie kaputt ich nach einem langen Tag im Restaurant meiner Eltern gewesen war.

Die schmerzenden Füße und der Rücken hatten nach einer Massage verlangt und sicher nicht nach einer Nacht im Club. Dabei hatte ich nur sporadisch beim Servieren ausgeholfen. Niemand wäre auf die Idee gekommen, zu verlangen, dass ich mich am Tag um die Buchhaltung kümmerte und am Abend noch im Lokal mitarbeitete. Aber ich konnte gar nicht anders. Das Restaurant war mein Leben gewesen, genau wie das meines Vaters.

Bevor ich sentimental wurde, sollte ich besser gehen.

Caitlin versuchte nicht, mich vom Gegenteil zu überzeugen, sondern beschloss ebenfalls, nach Hause zu gehen. In weniger als vierundzwanzig Stunden würde sie nach Mailand fliegen und ich beneidete sie.

Nachdem wir uns verabschiedet hatten und ich auf dem Weg nach Brooklyn war, hätte ich sehr gerne noch einmal bei Adam angehalten, stattdessen schrieb ich ihm ein *Gute Nacht*.

Vielleicht war es meiner sentimentalen Stimmung geschuldet, aber ich hatte das Bedürfnis ihm zu sagen, dass ich an ihn dachte.

Zu meiner Freude antwortete er mir prompt.

– Gute Nacht. –

Ich beobachtete gespannt die drei Punkte, die darauf hinwiesen, dass er noch etwas schreiben wollte. Jedoch erloschen sie wieder, ohne, dass mich eine weitere Nachricht erreichte.

. . .

Sonntagmittag und wie jedes Wochenende war ich unterwegs zu meinen Eltern. Welchen Mann würden sie mir wohl heute präsentieren? Eigentlich sollte ich schon längst alle heiratswilligen Kandidaten aus Long Island kennen. Zumindest fühlte es sich so an.

Einige waren ganz sympathisch gewesen, aber nach dem ersten Kennenlernen war nichts daraus entstanden, meist nicht einmal ein richtiges Date. Und falls doch, war spätestens nach dem dritten Treffen klar geworden, dass wir nicht zusammenpassten.

Ein paar Mal hatte ich schon darüber nachgedacht, einfach einen Freund zu erfinden. Vielleicht ließen sie mich dann endlich in Ruhe. Aber damit käme ich nicht lange durch, denn meine Eltern würden ihn prompt kennenlernen wollen.

Ob Adam meinen Freund würde spielen wollen? Der Gedanke war so absurd, dass ich losprustete. Adam wirkte nicht wie ein Beziehungsmensch. Wahrscheinlich hätte er sich nicht einmal gemeldet, wenn ich gestern nicht in seinem Lokal aufgetaucht wäre und ihn herausgefordert hätte. Auf jeden Fall war er jetzt am Zug, denn egal wie gut er mir gefiel, ich würde ihm nicht hinterherrennen.

Sicher?

Zumindest nicht in den nächsten Stunden.

Kurze Zeit später parkte ich meinen Ford auf dem riesigen Parkplatz in der Nähe unseres Cafés direkt in der Marina von Bay Shore. Das dunkle Holzhaus mit der großen Veranda lag wirklich perfekt. Im Sommer konnten die Gäste draußen sitzen und die Fähre nach Kismet, meinem liebsten Surfspot in Teenagertagen, beobachten.

Etwa zehn Gehminuten entfernt war ich aufgewachsen. Glücklicherweise hatten sich meine Eltern dagegen entschieden, oberhalb des Restaurants zu wohnen. Wer weiß, ob wir beim Brand sonst so glimpflich davongekommen wären. Noch heute lief mir ein Schauer über den Rücken, wenn ich daran dachte, dass jemand hätte sterben können.

Rasch schüttelte ich das beklemmende Gefühl ab und setzte ein Lächeln auf. Meine Familie sollte nicht wissen, dass ich noch immer unter dem Verlust litt.

Während ich den Parkplatz überquerte, atmete ich tief durch und versuchte mich von den Sonnenstrahlen wärmen zu lassen, bevor ich freundlich grüßend an den zahlreichen Gästen auf der Veranda vorbeiging und die Tür ins Innere des Lokals aufstieß.

Der vertraute Kaffeeduft stieg mir sofort in die Nase. Früher waren es Basilikum und Rosmarin gewesen. Himmel, hörte das denn nie auf?

Neugierig sah ich mich um. Mir gefiel der geschmackvolle Stilmix aus dunklem Boden und weißen Tischen extrem gut. Orangefarbene Blumen sorgten für farbliche Akzente und gaben dem Laden einen frischen Look. Meine Mutter hatte schon immer ein Händchen für die perfekte Wohlfühlatmosphäre gehabt, weshalb es mich nicht wunderte, dass auch der Innenbereich des Cafés beinahe komplett besetzt war. Zumal die großen Fenster einem auch hier drinnen das Gefühl vermittelten, direkt am Wasser zu sitzen. Wirklich traumhaft.

Auf dem langen Tresen reihten sich diverse Tortenhauben mit den leckersten Kreationen aneinander. Die Kaffeemaschine lief im Dauerbetrieb. Zu Anfang hatte mein Vater das noch selbst übernommen, denn einen guten Barista zu finden, war gar nicht so einfach gewesen.

»Monica, da bist du ja!« Als hätte er hinter der Küchentür gestanden und auf mich gewartet, kam mein Vater auf mich zu und küsste mich rechts und links auf die Wange.

»Ich bin nicht zu spät.« Mich ärgerte, dass ich mich zum einen genötigt fühlte, mich zu rechtfertigen, und zum anderen dabei errötete wie ein ertapptes kleines Kind.

»Nun, ich wollte dir Stephan vorstellen.«

Gott, fing das wieder an. Ich war kaum eine Minute da und schon ging die Verkupplungsshow weiter.

»Papa, kann ich wenigstens zuerst einen Kaffee bekommen?«

»Aber natürlich! Stephan sieht sich gerade mit deiner Mutter den oberen Teil des Hauses an.«

Wieso das denn? Besser ich fragte ihn erst, wenn ich meinen Kaffee getrunken hatte ... in Ruhe!

Ich folgte meinem Vater hinter den Tresen, wo er mir wie immer meinen Kaffee selbst zubereitete. Seine Spezialität war Espresso Macchiato. Schon als Kind war ich fasziniert gewesen, wie er mit unserer Kolbenmaschine umgegangen war. Meine ersten Versuche waren eine Katastrophe gewesen. Zu meiner Verteidigung, mir hatte auch niemand verraten, dass es gar nicht so einfach war, einen schmackhaften Espresso zu zaubern. Zaubern war in dem Fall wirklich das richtige Wort, denn es kam nicht nur auf die richtigen Bohnen an, sondern auch die Wasserhärte musste stimmen, zudem die Temperatur – und hatte ich schon erwähnt, dass es gar nicht so leicht war, das Kaffeepulver richtig anzudrücken?

Der Espresso, den mein Vater mir servierte, war jedenfalls perfekt.

»Wieso sieht sich denn dieser Stephan das Obergeschoss an?«

Das Gebäude war zweistöckig und bis jetzt hatten meine Eltern den oberen Stock im Sommer immer an Urlauber vermietet. Ein kleiner Nebenverdienst, wie mein Vater es nannte. Aus dem Grund hatte er auch die Speisekarte des Cafés um ein Mittagsmenü ergänzt. Ich hatte schon gehofft, aus dem Café würde doch wieder ein richtiges Restaurant entstehen, aber da hatte ich mich getäuscht.

»Wir werden eine kleine Pension eröffnen. Da wir aber mehr als genug zu tun haben, kommt an dieser Stelle Stephan ins Spiel. Er hat langjährige Erfahrung im Hotelbetrieb und möchte sich gerne selbstständig machen.«

Mein Vater strahlte regelrecht bei seinen Ausführungen. Voller Elan bedeutete er mir, ihm zu folgen. Bereits auf der Treppe hörte ich das helle Lachen meiner Mutter.

»Monica ist hier!«, rief mein Vater, sobald wir oben angekommen waren. Jetzt wusste es die ganze Nachbarschaft.

»Hallo, mein Schatz.« Meine Mutter zog mich wie immer in ihre Arme und ich musterte neugierig den Mann, der hinter ihr stand. Das musste Stephan sein, der mich mit seinem Blick ebenso fixierte wie ich ihn. Ein ziemlich gutaussehender Typ. Groß, dunkelhaarig, markante Züge, funkelnde grüne Augen, breite Schultern, womöglich ein Schwimmer? Allerdings wirkte er viel zu jung, um sich schon selbstständig zu machen. Er war sicher einiges jünger als ich, oder? Ob mich mein Vater auch mit ihm verkuppeln wollte? Stephans entwaffnendes Lächeln mit den Grübchen brachte meinen Puls in Wallung.

Und was ist mit Adam?

»Hi, es freut mich dich kennenzulernen.« Meine Stimme hatte ich jedenfalls nicht verloren – und meine Manieren auch nicht. Ich löste mich von meiner Mutter und streckte ihm meine Hand zum Gruß entgegen. Doch kein Kribbeln, als er sie ergriff. Es war einfach angenehm. Verglich ich bereits Stephan und Adam? Das war gar nicht gut. Schließlich war ich mit keinem von beiden zusammen – und auch nicht hier, um mich verkuppeln zu lassen.

»Ganz meinerseits.« Seine tiefe Stimme, so voll und sexy, hätte unheimlich gut in eine Late-Night-Radioshow gepasst.

»Wunderbar«, rief mein Vater plötzlich entzückt. »Stephan, wie ist dein Eindruck?«

»Das hat auf jeden Fall eine Menge Potenzial. Ich würde die Zimmergrößen anpassen, sie einheitlich gestalten. Das sollte gemäß den Plänen kein Problem sein. Die Wände, die ich gern verschieben würde, sind nicht tragend.«

Es folgte ein Monolog über die Einrichtung – offene Bäder, helle Stoffe, bunte Farben oder filigrane Zeichnungen, da hatte er sich noch nicht entschieden ... Eine Idee reihte sich an die andere. Ich hatte längst nicht mehr das Gefühl in Bay Shore zu sein, sondern an einem entlegenen exotischen Ort.

Keine Ahnung, wie er das machte.

Radioshow?

Ja, dafür wäre er perfekt geeignet. Wie gerne hätte ich

gewusst, ob und wie ich in seine Pläne passte. Vielleicht sollte ich ihn einfach fragen. Wenn er mich jetzt wieder so anstrahlte, war die Antwort wohl klar, oder?

KAPITEL NEUN

Adam

G*ute Nacht.*

NEIN, meine Nacht war alles andere als gut gewesen. Stundenlang hatte ich wach gelegen und mir ausgemalt, wie Monica mit einem anderen Kerl zusammen gewesen war. Aber warum hätte sie mir dann eine Gute Nacht wünschen sollen? Wäre ich mit einer Frau zusammen, würde ich sicher nicht mit einer anderen texten. Wollte sie mich nur eifersüchtig machen? Dann hätte sie mir wohl eine andere Nachricht geschickt.

Entsprechend schlecht gelaunt fuhr ich Sonntagmorgen ins Restaurant und wurde wenig später von Lynn überrascht. Wir trafen uns normalerweise nie im *Eve's*. Hier arbeitete ich und hatte keine Zeit für unsere meist langen Gespräche.

»Was machst du hier?« Argwöhnisch suchte ich nach einem Koffer. Ich traute ihr zu, bei mir einzuziehen, wenn sie das

Gefühl hätte, ich käme ohne ihren Psychorat nicht zurecht. Mein Gott, langsam konnte ich mich selbst nicht mehr leiden.

Lynn quittierte meine unfreundliche Begrüßung mit einer hochgezogenen Augenbraue, bevor sie mich mit einer langen Umarmung besänftigte. Wie immer, schließlich war sie Lynn und ich liebte sie von ganzem Herzen. Dass wir beschlossen hatten, unsere Freundschaft nicht zu gefährden und unsere Beziehung zu beenden, bevor sie überhaupt begonnen hatte, beschäftigte mich noch heute manchmal. Wie jetzt, zum Beispiel, denn Lynn holte mich regelmäßig von meinen Egotrips. Wo würden wir stehen, wenn wir nicht solche Feiglinge gewesen wären?

»Also, was ist los? Clay meinte, du brauchst mich?«

»Das hat Clay gesagt?« Ich löste mich von ihr, um sie anzusehen.

»Na ja, ich habe ihm die Info aus der Nase ziehen müssen. Aber du hast dich schon so lange nicht in Huntington blicken lassen, ich wäre sowieso bald hier aufgetaucht. Oder ist es wegen deiner Eltern?«

»Ich rede nicht über sie, auch nicht mit dir«, entgegnete ich scharf.

»Wow, die Lage ist ernster, als ich gedacht hatte.«

»Und unter keinen Umständen lege ich mich aufs Sofa.«

»Du kannst mir auch alles sitzend oder stehend anvertrauen. Oder willst du jemanden verprügeln?«

Unbemerkt hatte ich meine Hände zu Fäusten geballt und presste meine Zähne fest aufeinander.

»Worum geht es? Das Restaurant? Oder eine Frau?«

Ihre braunen Augen, die genau dieselbe dunkle Farbe wie Claytons hatten, musterten mich eindringlich. Eigentlich dachte ich nicht, sie könne in meinem Gesicht etwas ablesen, aber offenbar irrte ich mich.

»Komm schon, mir kannst du es sagen. Wie heißt sie? Wo habt ihr euch kennengelernt? Weißt du, es ist keine Schande, sich zu verlieben. Ich meine, du bist siebenunddreißig, wenn du eine Familie gründen willst, wäre es kein schlechter Zeitpunkt, jetzt damit anzufangen. Oder willst du ewig allein bleiben und mit fünfzig noch jeden Montagabend eine Frau im Club aufreißen gehen? Arbeitet ihr etwa zusammen? Das könnte natürlich etwas kompliziert werden, aber nichts, was nicht funktionieren könnte. Oder ist sie verheiratet? Dann würde ich dir davon abraten.«

Lynn setzte sich aufs Sofa und sah mich herausfordernd an. Sie hatte sich so am Frauenthema festgebissen, dass ich mir sicher war, dass Clay seinen Verdacht ebenfalls erwähnt hatte. Wenigstens sprachen wir jetzt nicht mehr über meine Eltern.

»Was redest du denn da? Entspringt das alles deiner Fantasie oder gibt es dafür spezielle Kurse? Willst du etwas trinken?«, versuchte ich das Thema zu wechseln.

»Nein, im Moment würde mich mehr interessieren, warum du mir nicht erzählen willst, was dich umtreibt.«

Gut, offenbar hatte ich sie von der Idee abgelenkt, es könnte an einer Frau liegen. »Du kannst ihnen nicht ewig aus dem Weg gehen.«

Und schon waren wir wieder beim Thema Eltern angelangt. So billig kam ich also doch nicht davon. Um nicht über meine Eltern sprechen zu müssen, flüchtete ich zu unserer kleinen Bar im Büro. Für mich holte ich eine Flasche Mineralwasser und für Lynn eine Cola Light.

Bevor ich ihr die Flasche geben konnte, stellte sie sich neben mich, und sah mir ernst in die Augen. »Adam, ich mache mir Sorgen um dich.«

»Das musst du nicht. Es läuft großartig.«

»Dass dein Restaurant gut läuft, weiß ich, aber was ist mit dir? Mit deinem Leben? Du wirkst abgekämpft. Und dass du dich so von uns zurückziehst, sieht dir nicht ähnlich.«

»Was soll ich denn deiner Meinung nach machen? Ich habe einfach keine Lust so zu tun, als fände ich es ganz toll, dass meine Eltern wieder da sind und allen noch immer eine heile Welt vorspielen, nur weil sie nicht den Mumm haben, sich endlich zu trennen. Das letzte Mal, als ich meine Mutter gesprochen habe, hat sie mir vorgeschwärmt, wie großartig mein Vater wäre, weil er für sie eine Kreuzfahrt in Europa gebucht hatte. Ich könnte kotzen! Weißt du, wie viele Affären er während ihrer Ehe hatte? Und langsam glaube ich, dass meine Mutter keinen Deut besser ist! Sie hat ihre Affären nur besser versteckt!« Scheiße, das hatte ich noch nie laut ausgesprochen.

Ich drehte mich abrupt um, blieb dann aber mitten im Zimmer stehen. Vor Clay wäre ich davongerannt, aber vor Lynn konnte ich es nicht.

»Es tut mir leid, ich wollte dich nicht anschreien.« Frustriert fuhr ich mir durchs Haar. »Sie heißt Monica«, ergänzte ich kleinlaut. Verdammt, sie ging mir nicht mehr aus dem Kopf. Unsere gemeinsame Nacht hatte mich verändert. Zum ersten Mal verteufelte ich meine verkorkste Kindheit, die mir die Chance auf eine glückliche Zukunft zu zweit nahm. Bisher war ich mit den unverbindlichen Affären und One-Night-Stands gut klargekommen. Liebe war ein Fantasiekonstrukt für unverbesserliche Romantiker, die fernab der Realität lebten und sich selbst etwas vormachten. Und dennoch hatte Monica etwas in mir losgelöst, das ich nicht mehr in den Griff bekam …

Auf einmal wünschte ich mir Lynns Psychogeplapper zurück. Sie sollte mir versichern, dass Vertrauen gut und wichtig war und ich es allen Widrigkeiten zum Trotz schaffen könnte. Irgendetwas. Die ungewohnte Stille, die von ihr ausging, gab mir zu denken. Der traurige Blick, mit dem sie mir begegnete, war zu viel für mich.

Monica

Es war Montag und ein sehr interessantes Wochenende lag hinter mir. Ich brannte darauf, Caitlin alles zu erzählen, doch sie war leider bereits in Mailand. Somit musste ich mich gedulden und warten, bis sie Pause hatte und mich zurückrief.

Jedenfalls hatte ich herausgefunden, dass Stephan mit seinen einunddreißig Jahren nur ein wenig älter war als ich und aus Garden City stammte. Im Gegensatz zu mir war niemand aus seiner Familie im Gastro- oder Hotelgewerbe tätig. Eigentlich war Stephan Architekt und dank seines Bruders, der bei einer Airline arbeitete und ihm günstige Flüge ermöglichte, schon viel herumgekommen. Mit Freude hatte ich seinen Geschichten über exotische Orte und Abenteuerurlaube gelauscht. Dass er auch ein begeisterter Surfer war und zudem tauchte, hätte ihn geradewegs zu meinem Traummann machen sollen.

Hätte ...

Unbewusst hatte ich Adams Profil in meinem Smartphone aufgerufen und mein Finger schwebte über der Tastatur. Heute war sein freier Tag, wir hätten uns für später verabreden können. Bevor ich mich durchringen konnte, ihm zu schreiben, erreichte ich die U-Bahnstation – Funkloch.

Als Caitlin mich am Nachmittag endlich zurückrief, lachte sie sich halb schlapp. »Herrje, dein Vater präsentiert dir all die Jahre nur Nieten und jetzt, da du die Chance hast, nach Europa zu gehen, präsentiert er dir Mister Hottie.«

»So ist das nicht.« Von Adam hatte ich ihr noch gar nichts berichtet. Warum eigentlich nicht?

»Wie dann?«

»Ich habe ihnen noch gar nichts von Europa erzählt, zumindest nicht, dass ich mich beworben habe. Außerdem hat er mir Stephan auch überhaupt nicht angepriesen. Wobei, kann es sein, dass mein Vater eine neue Taktik ausprobiert? Statt mir die Kerle förmlich aufzudrängen ...«

» ... soll es so aussehen, als hieltest du die Fäden in den Händen«, vollendete Caitlin meinen Gedanken. »Zuzutrauen wäre es ihm.«

»Oh, Mann, wie lange bleibst du in Mailand? Ich hätte nicht übel Lust, meine Koffer zu packen und zu dir zu fliegen.«

»Du bist jederzeit herzlich willkommen. Obwohl mein Shooting echt anstrengend ist«, stöhnte sie.

»Lass mir die Illusion, dass dein Leben perfekt ist.«

»Ja, genau, perfekt«, antwortete sie sarkastisch.

»Ich muss los. Bleibt nur zu hoffen, dass die Interviews für die Stelle in Europa bald beginnen und ich dabei bin.«

»Natürlich bist du das. Melde dich, wenn es Neuigkeiten gibt.«

»Bis bald.«

Nachdenklich ging ich zurück an meinen Arbeitsplatz. Was war mit Adam? Ich hatte mir fest vorgenommen, ihm nicht hinterherzurennen und doch schrieb ich ihm jetzt, ob wir uns heute Abend sehen könnten.

Als ich mich wieder an meinen Schreibtisch setzte, entdeckte ich mir gegenüber eine verärgerte Amber, die mit den Augen regelrecht Blitze auf ihren Monitor abfeuerte und wild auf der Tastatur herumhackte. Was Jessica jetzt wieder angestellt hatte?

»So typisch, wieder nur Männer. Langsam habe ich das Gefühl, das ist ein abgekartetes Spiel.«

»Was meinst du?«, fragte ich irritiert, während ich einen letzten Blick auf mein Handy warf, ob schon eine Antwort von Adam eingegangen war.

Nach ein paar Sekunden?

»Ich habe eine Absage erhalten und ebenso alle anderen Bewerberinnen, die ich kenne. Scheint, dass jetzt wieder die Männer dran sind.«

»Redest du von Jessicas Job in Europa?«

»Von was denn sonst! Es wäre die einmalige Chance, nach London zu kommen.«

»Warum wolltest du eigentlich nach Europa?«

»Wie meinst du das?«

»Na, willst du international Erfahrung sammeln oder bist du neugierig darauf, dich in einem neuen Umfeld behaupten zu müssen? Oder willst du die Kultur kennenlernen und von dort aus an den Wochenenden die spannenden Metropolen und das fantastische Essen erkunden?«

»Äh, keine Ahnung. London soll ganz cool sein.«

Das war alles? Amber wich meinem Blick aus.

»Und dein Mann?«, bohrte ich nach.

»Ist doch egal, ich werde ja nicht hinfliegen.«

Nein, offenbar nicht. Es kostete mich einiges an Kraft, mir nicht anmerken zu lassen, dass ich innerlich einen Freudentanz vollführte, denn ich hatte eine Einladung zum Interview im Postfach. Ich könnte vor Freude ausflippen! Wie toll, war das denn?

Und so zückte ich nochmals mein Handy und schrieb Adam, dass ich etwas zu feiern hätte und Champagner mitbringen würde. Ja, ich war definitiv verrückt, denn jetzt hatte ich nicht nur wieder die Initiative ergriffen, sondern mich gleich selbst eingeladen.

KAPITEL ZEHN

Adam

Ungläubig starrte ich auf mein Handy. Monica war wirklich hartnäckig, das musste ich ihr lassen.

– Ich habe Champagner hier. –

Nachdem ich meine Nachricht abgeschickt hatte, bekam ich das Grinsen nicht mehr aus dem Gesicht. Ich freute mich auf sie. Vielleicht war es gar keine schlechte Idee, nochmal zusammen zu kochen und dabei herauszufinden, ob die Anziehungskraft nur der Atmosphäre des Kochabends geschuldet war, oder doch mehr dahintersteckte. Womöglich waren meine Erwartungen auf ein Abenteuer an jenem Abend so hoch gewesen, dass ich mir nur eingebildet hatte, etwas für sie zu empfinden.

Und im Restaurant?

Hatte sie mich gereizt. Das war alles. Bestimmt hatte ich mich ganz umsonst verrückt gemacht, und nach unserem Treffen heute würden wir sowieso wieder getrennte Wege gehen, egal, was wir abgemacht hatten.

GEGEN HALB SIEBEN KLINGELTE ES. Durch meine Überwachungskamera sah ich, dass sie vor dem Eingang im Erdgeschoss stand. »Komm zur Tür im ersten Stock«, wies ich sie über die Gegensprechanlage an und öffnete ihr dort.

»Hey«, begrüßte sie mich und stand etwas verlegen vor mir. Sie kam direkt von der Arbeit, wie ich unschwer an ihrem Anzug erkennen konnte. Im Gegensatz zu letztem Freitag trug sie ein helles Blau, das ihre Augen stärker in dieser Farbe schimmern ließ. Ihre Haare trug sie heute streng nach hinten gebunden, was ihr hübsches Gesicht besonders gut zur Geltung brachte. Außerdem hatte sie fast kein Make-up aufgelegt, das die niedlichen Sommersprossen um ihre Nase herum verdeckte. Mir gefiel viel zu sehr, was ich sah.

»Komm doch rein.« Das würde ein harter Abend werden!

»Danke.« Mit geröteten Wangen schob sie sich schüchtern an mir vorbei. Wo war auf einmal die Frau hin, die mich immer wieder herausgefordert und nicht nur im Bett aus der Reserve gelockt hatte?

»Ich habe Champagner mitgebracht. Wenn ich mich schon selbst einlade, kann ich ja schlecht mit leeren Händen kommen.« Sie räusperte sich und blieb abwartend in der Diele stehen.

»Mache ich dich wieder nervös?«

»Kann schon sein.« Plötzlich funkelten mich ihre Augen wieder herausfordernd an – genauso, wie ich es mochte. Wie ich sie mochte.

»Und wie reagierst du, wenn ich das mache?« Ich überwand den Abstand zwischen uns und küsste sie leidenschaftlich. Ohne Zögern erwiderte sie meinen Kuss, ließ ihre Tasche auf den Boden fallen und drängte sich dicht an mich heran. Ich hörte kein Glas splittern. Selbst wenn, wäre es mir absolut egal gewesen.

Monica zu küssen, berauschte mich in einer Intensität, die mir absolut fremd war. Ich begann mich innerhalb kürzester Zeit, komplett in ihr zu verlieren. Sie wurde zu Wachs in meinen Händen und ich wollte sie so dringend spüren, dass ich ihr am liebsten die Kleider vom Leib gerissen hätte. Ihr schien es nicht anders zu gehen, denn sie nestelte bereits an meinem Hemd herum. Als ich ihre Hände auf meiner Haut spürte, entwich mir ein lautes Stöhnen.

»Warte, nicht hier«, keuchte ich.

Widerwillig löste sie sich von mir und sah mich lustvoll an. Aber da war noch etwas anderes in ihren Augen, das mein Herz noch schneller schlagen ließ. Sie war anders als die anderen Frauen, mit denen ich es hemmungslos an jedem Ort hätte treiben können. Sie war etwas Besonderes. Ich nahm ihre Hand und führte sie abermals in mein Schlafzimmer.

»Darf ich dich heute ausziehen?«, fragte sie mich und machte sich direkt an meinem Gürtel zu schaffen, kaum dass wir oben angekommen waren. Ihr Feuer war definitiv zurück und ich begann süchtig danach zu werden.

»Wenn du es schaffst.« Ich würde schon dafür sorgen, dass sie vergaß, was sie vorhatte. Doch leider hatte ich den Mund wohl zu voll genommen, denn während es ein Kinderspiel gewesen war, ihr die Anzugjacke auszuziehen, schien ich bereits an den Knöpfen ihrer Bluse zu scheitern. Das lag vor allem daran, dass sie begann, mich mit ihren Händen und der Zunge wahnsinnig zu machen. Während ihre Liebkosungen meinen Oberkörper entflammten, sackte gefühlt all mein Blut in den Unterkörper, sodass mir fast schwarz vor Augen wurde.

»Stopp, du hast gewonnen, den Rest erledige ich allein«, keuchte ich.

Ich schubste sie aufs Bett, um mich einen Moment sammeln zu können. Kichernd beobachtete sie mich, wie ich beim Versuch, meine Jeans auszuziehen, fast zu Boden fiel.

»Dir ist schon klar, dass ich dich dafür leiden lassen werde«, knurrte ich, als ich endlich nackt vor ihr stand.

»Kann es kaum erwarten«, antwortete sie und zwinkerte herausfordernd. Lasziv leckte sie sich mit der Zunge über die Lippe, während sie sich, ohne mich aus den Augen zu lassen, ihre Bluse aufknöpfte und mir einen Blick auf ihren hellen Spitzen-BH gewährte.

Monica

ICH HATTE WIRKLICH GEDACHT, dass er mir die Kleider vom Leib reißen würde. Seine Selbstbeherrschung war erstaunlich, zumal sich die Anspannung auf seinem Körper deutlich abzeichnete. Am liebsten hätte ich ihn modelliert, jeden einzelnen seiner wohldefinierten Muskeln, diese markanten und dennoch wunderschönen Züge, doch leider war ich künstlerisch absolut untalentiert. Sein Anblick ging mir unter die Haut.

Ich begann zu zerfließen, während ich meine kleine Show abzog und er mich reglos betrachtete. Kaum hatte ich das letzte Kleidungsstück ausgezogen, lag er bereits auf mir und schien mich verschlingen zu wollen. Seine Hände, die meine Brüste liebkosten, entlockten mir die seltsamsten Geräusche. Auf was wartete er denn noch? Ah, stimmt, er wollte mich quälen.

»Willst du, dass ich bettle?« Meine Stimme klang heiser und irgendwie fremd.

Anstatt mir zu antworten, sah er mich nur an. Dann beugte er sich zu mir herunter, und küsste mich so leidenschaftlich, dass es mir fast zu viel wurde, und drang gleichzeitig in mich ein. Von wegen schnelle Befriedigung – davon hatten wir uns mittlerweile meilenweit entfernt. Mein Herz begann sich für ihn zu öffnen und ich hoffte inständig, dass er es mir nicht brechen würde. Plötzlich wurde ich von einer überdimensionalen und völlig unerwarteten Welle an Emotionen überrollt. Mein Körper war bis aufs Äußerste gereizt und mein Höhepunkt wollte nicht enden. Ich hatte soeben mein Herz verschenkt und konnte kaum an mich halten, nicht loszuheulen, es war zu viel. Alles war mir auf einmal zu viel.

Erst als Adam schwer keuchend seine Stirn auf meine legte, kam ich wieder zu mir. Ich spürte seine Hand, die mir zärtlich übers Gesicht strich, seinen heißen Atem an meinem Ohr. »Ich weiß«, hörte ich ihn leise flüstern und dann hielt er mich gefühlt eine Ewigkeit fest.

Was wusste er? Dass ich mich in ihn verliebte? Dass ich Angst hatte, verletzt zu werden? Dass ich besser nicht hätte herkommen sollen? Dass ich am liebsten wieder weggerannt wäre?

Aber er ließ mich nicht los und langsam begann ich, mich zu beruhigen.

»Hast du Hunger?«, drang seine Stimme irgendwann sanft zu mir durch.

Daran hatte ich überhaupt nicht mehr gedacht, aber jetzt wo er es erwähnte ... Stimmt, er hatte mich ja auch nach dem letzten Mal zum Frühstück eingeladen. Bevor er die Nacht als einmalige Sache abgehakt hatte. Besser ich würde gleich gehen. Sofort.

»Hey, zieh dich nicht wieder zurück. Ich mag die Monica, die mir die Stirn bietet, echt gern.« Er lächelte mich an, keine Mauern, kein blöder Spruch, einfach nur Adam. Er richtete sich auf und reichte mir die Hand. »Komm.«

»Also, was wollen wir kochen?«, fragte mich Adam, als wir zu meinem Erstaunen nicht in die große Küche im Erdgeschoss gingen, sondern er mich nach einer gemeinsamen Dusche in seine privaten Räume in der Mitteletage führte.

Sie waren genauso akribisch aufgeräumt wie die anderen Räume im Haus, die ich kannte. Ob ich mich hier vielleicht später umsehen durfte? Etwas mehr vom privaten Adam erfahren? Und schon wieder machte ich mir Hoffnung, dass dies wieder nicht unsere letzte gemeinsame Nacht gewesen wäre.

»Was hast du vorhin damit gemeint?«, traute ich mich endlich zu fragen.

Würde er sich rausreden, mir irgendwelche Machosprüche um die Ohren hauen und mich so vor den Kopf stoßen?

Ich konnte genau sehen, wie er mit sich rang. Zu meinem großen Erstaunen, antwortete er aber: »Ich habe noch nie mit jemandem etwas Vergleichbares wie mit dir erlebt. Meinen Gefühlen für dich jetzt schon einen Namen zu geben, wäre zu vermessen, aber, dass ich welche habe, ist mir klar geworden. Wie kann ich dich bitten, dich auf mich einzulassen, wenn ich dir nichts versprechen kann?« Er schüttelte verzweifelt den Kopf und mir wurde klar, wieso, als er weitersprach. »Meine Eltern waren nicht gerade das beste Vorbild, wenn es um Treue oder Ehrlichkeit ging. Liebe ... keine Ahnung, was das ist. Willst du dich wirklich auf so einen Kerl einlassen?«

Liebe ...

Er hatte seine Mauern nicht hochgezogen. Im Gegenteil, der Mann, der vor mir stand, zeigte mir seine verletzliche Seite. Nie im Leben hätte ich damit gerechnet.

»Wie wäre es, wenn wir einfach sehen, was passiert?« Ich war irgendwie überfordert und war weit davon entfernt, irgendwelche Versprechen zu geben. Genaugenommen war ich nicht mal fähig, mich so zu öffnen, wie Adam es gerade tat.

»Das klingt nach einem Plan.« Er zog mich an sich und gab mir einen Kuss, der Schmetterlinge in meinem Bauch Loopings fliegen ließ. Mühsam kämpfte ich jedoch dieses aufwallende Glücksgefühl nieder. Natürlich spürte er, dass ich mich zurückhielt, löcherte mich aber nicht weiter.

»Also, was sollen wir kochen?«

»Wie wäre es mit einem Brokkolisalat mit Peperoni und Äpfeln?«

»Hast du den auf deinem Blog gesehen?« Sein Lächeln war entwaffnend, allerdings berührte mich mehr, dass er sich noch daran erinnern konnte.

»Ja, ich hab's sonst nicht so mit kalten Gemüsesalaten.«

»Dann grille ich uns dazu Fisch.«

»Klingt gut.«

Unsere Konversation war etwas verhalten, aber das lag eindeutig an mir. Adam war um einiges lockerer als ich und ich wusste nicht wieso. Er hatte doch genauso viel zu verlieren wie ich, oder nicht?

Adam

ICH WAR KURZ DAVOR GEWESEN, Monica zu gestehen, dass ich mich in sie verliebt hatte. Allein der Gedanke daran erzeugte noch immer ein flaues Gefühl in mir. Mein rationales *Ich* hatte mit aller Kraft zu verhindern versucht, dass ich alle meine Mauern runterfuhr und meine Seele entblößte – vergebens.

Nein, ich hatte es nicht zugelassen. Aus irgendeinem verrückten Grund hatte ich gewollt, dass sie alles von mir sah, dass sie mich sah. Allein meinem jahrzehntelangen Training war es zu verdanken, dass ich gerade nicht ähnlich verunsichert wie Monica reagierte, sondern meine Emotionen überspielte. Ihr vorzuschlagen, es einfach zu versuchen, war überhaupt nicht durchdacht. Aber, egal, was auch geschehen würde, ich steckte mit meinen Gefühlen einfach zu tief drin. Irgendwann würde ich vielleicht in der Lage sein, ihr alles zu erzählen, was mir durch den Kopf ging. Einen ersten Eindruck hatte ich ihr mit meinem kläglichen Versuch, sie mit meiner Vergangenheit zu vertreiben, gegeben. Ich wollte, dass sie sich für mich entschied. Wie verrückt war das? Und sprach hier wirklich mein Herz oder nur mein Ego?

Wo war Lynn, wenn ich sie brauchte? So überfordert hatte ich mich schon lange nicht mehr gefühlt – vielleicht noch nie. Langsam begann ich Claytons Lage von damals zu verstehen, als er mit seiner Ex knietief in einem Strudel der Gefühle versunken und kaum wieder herausgekommen war. Diese emotionale

Ohnmacht war überwältigend, genauso wie die Hoffnung. Hoffnung, nicht allein bleiben zu müssen. Dass mich das Thema so sehr belastete, war mir nicht einmal bewusst gewesen. Nicht, bevor Lynn es ausgesprochen und nicht, bevor ich Monica getroffen hatte.

Wir arbeiteten still nebeneinander her, während wir beide unseren Gedanken nachhingen.

»*Cook for your Soul*«, murmelte ich. »Glaubst du daran?«

»Ja, das tue ich. Meine Eltern betreiben ein Café in Bay Shore. Es ist ihr Leben und ich bin damit aufgewachsen. So viele Menschen sind über Jahre zu uns gekommen, weil sie ein kleines Stück zu Hause bei uns gefunden hatten.«

Sie biss sich auf die Lippen, als hätte sie mir bereits zu viel erzählt.

»Ein schöner Gedanke. Und der Blog, wie passt er dazu?«

»Das war Zufall. Ich habe die vier Jungs entdeckt, als ich typisch britische Gerichte für einen Abend mit Freunden gesucht habe.«

»Die vier Jungs?«, fragte ich argwöhnisch. Briten besaßen noch nicht einmal wirklich eine Esskultur.

»Hmmm, ja, wohl eher Männer.« Die Peperoni, die sie sehr fachmännisch zerkleinerte, schienen auf einmal ihre ganze Aufmerksamkeit zu fordern. Ich würde mir den Blog später auf jeden Fall genauer ansehen.

»Du hast im Café mitgearbeitet, oder?« So perfekt, wie sie das Gemüse zerkleinerte, hatte sie mit Sicherheit eine Ausbildung zur Köchin genossen, oder wenigstens jemandem sehr lange über die Schultern geschaut.

»Nein, nicht wirklich. Als ich klein war, habe ich viel Zeit mit meinem Vater in der Küche verbracht.«

»Dein Vater ist Koch?«

»Früher mal, jetzt beschäftigt er sich mit der Leitung des Cafés.«

Also ähnlich wie bei mir, wobei ich mich selbst nicht als Koch bezeichnen würde, obwohl Clayton da ganz anderer Meinung war und meine Diplome ihm damit recht gaben.

»Sprichst du nicht gerne darüber?«

»Es war eine schöne Zeit.«

Das ABER stand wie ein rosaroter Elefant im Raum.

»Und jetzt arbeitest du in der Buchhaltung.«

»Ich habe schon immer in der Buchhaltung gearbeitet. Es ist nicht so trocken, wie es klingt.«

»Dann ist es ja gut.«

»Du glaubst mir nicht. Wer führt denn deine Bücher? Ein sechzigjähriger Mann mit langem weißem Bart?« Während ihrer Ausführungen fuchtelte sie wild mit dem Messer vor sich herum. Wahrscheinlich unbewusst, doch ich sollte besser aufpassen, was ich sagte.

»Nein, sie ist Mitte dreißig, blond und hört auf dem Namen Patricia. Magst du die italienische Küche am liebsten?« Monica verbarg etwas vor mir und je mehr sie sich verschloss, desto mehr wollte ich wissen, was es war. Vielleicht hatte es überhaupt nichts mit ihrer Arbeit zu tun, sondern mit einem Kerl. Oder es lag einfach an der Tatsache, dass wir uns an einem Wendepunkt befanden, der uns beiden den Angstschweiß auf die Stirn trieb.

»Ja, eigentlich schon. Obwohl das immer wieder variiert«, beantwortete sie meine letzte Frage.

»Lass mich raten, je nachdem, was grad im Blog gekocht wird?«

»Ja, genau«, lachte sie.

Ich liebte das Geräusch. Und jetzt wusste ich auch, was wir nächstes Wochenende tun würden. Ich würde ihr etwas von mir zeigen und gleichzeitig mein Versprechen halten. Auf einmal konnte ich es nicht erwarten, sie damit bestimmt zum Strahlen zu bringen.

KAPITEL ELF

Monica

Unglaublich, aber wahr – ich hatte sogar noch die Nacht mit Adam verbracht, die nicht nur sehr kurz gewesen war, weil ich früh raus musste, um mich zu Hause umzuziehen. Sobald wir uns unserer Lust hingaben, war alles ganz einfach. Unsere Körper wussten miteinander zu sprechen, nur außerhalb des Bettes ging die Lockerheit ein Stück weit verloren.

War es im Normalfall nicht umgekehrt? Zuerst verstand man sich gut und dann schlief man miteinander, was mit einem Mal alles verkomplizierte? Oder ganz anders, es gab nur die körperliche Anziehung und somit auch nur eine sexuelle Beziehung? Aber Adam lediglich als Freund für gewisse Stunden zu sehen, kam mir völlig abwegig vor. Ich wollte ihn kennenlernen, mit all seinen Träumen und Ängsten. Und er hoffentlich auch mich mit meinen.

Wenn ich doch nur über meinen Schatten springen könnte. Wenn ich nicht so viel Angst hätte, verletzt zu werden. Wenn es nicht so viel einfacher wäre, immer wieder in mein Schneckenhaus zu kriechen. Aber da war ich allein. Wurde es nicht endlich Zeit, wieder richtig zu leben?

Die rebellische fünfzehnjährige Monica hätte nur mitleidige Worte für mein heutiges *Ich* übrig. Und die mit fünfundzwanzig Jahren hätte sich nie mit einem Bürojob zufriedengegeben, bei dem jeder Tag dem anderen glich und es keine Leidenschaft gab.

Ich vermisste es, am Morgen nicht zu wissen, was bis zum Abend alles passieren würde. Kleinere und mittlere Katastrophen meistern zu müssen und am Abend müde, aber zufrieden ins Bett zu fallen.

Es wurde Zeit, endlich wieder richtig zu leben. Dazu gehörte nicht nur verträumt meinem Lieblingsblog zu folgen, sondern meine Bewerbung für London voranzutreiben und mir parallel einen Plan B zu überlegen.

In der Metro zur Arbeit kritzelte ich meinen Notizblock voll. Über *unbezahlten Urlaub nehmen,* bis *mir eine Stelle in London suchen* und *einen Europäer heiraten,* fand sich alles auf meiner Liste. Vielleicht sollte ich mich als weibliche Verstärkung bei den Jungs meines Lieblings-Blogs bewerben. Ob die Fans das so toll finden würden, war natürlich dahingestellt.

Zugegeben, ein paar Ideen waren an den Haaren herbeigezogen, aber es machte Spaß, ein wenig herumzuspinnen.

Im Büro schrieb ich als erstes meinem Chef, um mich zu erkundigen, wann ich mit dem ersten Interview rechnen könnte. Als er mir eine halbe Stunde später einen Termin am Freitagmorgen gab, wäre ich fast vom Stuhl gefallen. Es wurde ernst!

Aber ich musste aufpassen, beinahe hätte ich mich bei Amber verplappert. Seit Jessicas Verlobung war sie leider unausstehlich geworden. Aber mit irgendjemandem musste ich reden, sonst würde ich platzen.

»Ich hole mir einen Kaffee an der Ecke. Soll ich dir etwas mitbringen?«, versuchte ich zu erklären, warum ich schon wieder ging, kaum dass ich gekommen war. Außerdem hatte ich ihr sonst auch immer etwas mitgebracht. Eigentlich hatten wir uns immer gut verstanden, ich wäre vielleicht sogar so weit gegangen, zu sagen, wir wären befreundet gewesen. Jetzt war ich mir nicht mehr sicher.

»Willst du dich wirklich mit dem ganzen Zuckerzeug vollstopfen?« Sie musterte mich mit zusammengekniffenen Augen von oben bis unten.

»Wie bitte?«, fragte ich perplex und schaute an meinem gelben Kleid hinunter – meine Lieblingsfarbe.

»Ist dir nicht klar, wie viele Kalorien sich in diesen Industriekaffees befinden?«

»Willst du mir sagen, ich sei fett?« Das war doch die Höhe! »Oder etwa, dass ich keinen Mann mehr abbekommen werde? Schließlich bin ich bereits jenseits der dreißig.« Ich war regelrecht in Rage geraten und spann den Gedanken empört weiter.

»Jetzt wo du es erwähnst.« Sie zuckte desinteressiert mit den Schultern und konzentrierte sich wieder auf ihren Bildschirm.

»Sag mal, tickst du eigentlich noch richtig? Was ist eigentlich los mit dir? Über Jessica ziehst du her, weil sie heiratet, und über mich, weil ich es nicht tue? Warum kümmerst du dich nicht um deinen eigenen Kram?«

Ich ließ mir nicht anmerken, wie sehr ich innerlich zitterte. War sie früher schon so beleidigend gewesen und ich hatte es nur nicht gemerkt? Ich konnte mich nicht erinnern. Nein, ich war mir sicher, dass Amber früher anders gewesen war, ganz bestimmt. Zugegeben, wir waren nie beste Freundinnen, aber hatten uns immer gut verstanden. Sie hatte mir von ihrem Mann und ihrem Hund erzählt, mir Fotos aus ihren Ferien gezeigt, mich sogar zu sich nach Hause eingeladen. Und ich? Was hatte ich geteilt?

Nachdenklich ging ich zum Aufzug, um ins Erdgeschoss zu fahren. Als ich Richtung Café lief, rief ich spontan Caitlin an. Wenn sie keine Zeit hatte, könnte sie mich wegdrücken. Sie wusste, ich nahm ihr das nicht krumm. Zu meiner großen Freude ging sie ran.

»Schatz, ich kann nicht lange reden. Aber ich habe so tolle

Neuigkeiten, ich platze fast. Könntest du nächsten Montag abends zu mir kommen? Gegen sieben? Schaffst du das?«

»Ja, klar, aber keine Ahnung, ob ich es schaffe, noch fast eine Woche auf deine tollen Neuigkeiten zu warten.« Caitlin hatte immer wieder irgendwelche tollen News. Das konnte von einem Job in der Südsee bis hin zu Karten für ein Bruce Springsteen Konzert alles bedeuten. Sie liebte Musiker, die unsere Eltern bereits hörten, als sie noch jung waren.

»Das schaffst du schon. Warum hast du angerufen?«

»Das Interview ist für Freitag angesetzt.«

»Toll, ich drücke dir die Daumen.«

Irgendwie klang sie nicht halb so enthusiastisch, wie ich es erwartet hatte. »Außerdem habe ich eine Frage.« Ich holte tief Luft. »Bin ich verschlossen? Ich meine, hast du das Gefühl, dass ich überhaupt nichts von mir erzähle und andere Menschen von mir stoße?«

»Meinst du Männer? Ja, kann ich so bestätigen. Frauen weiß ich nicht. Ich habe dich nie mit anderen Frauen erlebt, den Kochabend mal ausgenommen, aber da warst du sowieso in deiner eigenen Welt.«

Wow! Das musste ich erst mal sacken lassen.

»Ist etwas vorgefallen? Mit Stephan?«

»Stephan?« Himmel, an ihn hatte ich ja überhaupt nicht mehr gedacht. Dabei waren wir uns erst am Sonntag begegnet und hatten auch einige Zeit miteinander verbracht und jetzt war erst Dienstag. »Nein, ja, ich meine, egal, du musst sicher wieder los.«

»Ja, tut mir leid. Aber am Montagabend können wir quatschen. Hab dich lieb.«

Und schon war sie weg und ließ mich ratlos auf der Straße zurück.

Adam

»Was ist denn mit dir passiert?« Clayton blieb vor meinem Schreibtisch stehen und musterte mich misstrauisch.

»Was meinst du?«

»Du siehst glücklich aus. Ich kenne dich sonst nur mürrisch oder zynisch. Hat Lynns kleiner Auftritt tatsächlich etwas bewirkt? Das wird sie mir noch Jahre vorhalten«, brummte er mehr zu sich selbst.

»Jetzt tu nicht so, als wäre ich immer so mies drauf.«

»Nein, noch schlimmer.«

»Dann sind wir ja quitt«, entgegnete ich und spielte damit auf seine Krise vor ein paar Monaten an. »Warum bist du eigentlich hier und nicht in deiner Agentur?«

»Ich wollte dich an unseren gemeinsamen Montagabend erinnern.«

Früher waren wir, wann immer Clayton in der Stadt gewesen war, Montagabends ins *Blue,* unseren Stammclub im Meatpacking District, gegangen. Heute verbrachte er seine spärliche Freizeit lieber mit seiner Freundin. Ich gönnte ihm sein privates Glück, Jamie war eine tolle Frau. Dennoch hatten wir uns als Jugendliche geschworen, dass uns keine Frau auseinanderbringen würde. Umso mehr freute ich mich, dass er sich wieder öfter daran erinnerte, und wir so ab und an montags wieder gemeinsam um die Häuser zogen.

»Ich habe ihn mir dick im Kalender angestrichen.«

»Sehr schön.« Er ging zur Tür.

»Du gehst schon wieder?«

»Ja, oder ist noch etwas? Mit dem Lokal?«

»Nein, läuft wie geschmiert.«

»Super!« Und weg war er.

Erstaunt sah ich ihm nach. Um mich an unsere Club-Night zu erinnern, hätte er doch auch anrufen können. Merkwürdig.

Tatsächlich war ich gerade sehr gut gelaunt. Ich hatte den perfekten Spot für Monicas und meinen Surftrip gefunden. Bevor ich jedoch alles zu organisieren begann, vergewisserte ich mich, ob sie am Wochenende Zeit hätte, was sie mir erfreulich rasch bestätigte.

– Kannst du am Freitagabend um sieben Uhr in LaGuardia sein?
–
– Warum, fliegen wir weg? –
– Offensichtlich ;-) –
– Witzbold. Du sagst mir aber nicht wohin, oder? –
– Nö! –

Monica würde Augen machen, aber noch mehr freute ich mich darauf, sie surfen zu sehen. Aus irgendeinem Grund nahm ich an, dass sie richtig gut war. Ich allerdings auch. Verdammt, ich freute mich auf unseren Ausflug wie ein kleines Kind zu Weihnachten.

Monica

Wir flogen weg! Ach, du meine Güte, bereits am Freitagabend! Wie sollte ich mich jetzt noch auf mein Interview konzentrieren? Indem ich professionell war, ganz einfach. Mein Tagesjob musste ja auch noch erledigt werden. Normalerweise konnte ich mich wunderbar in einer der Bilanzen verlieren, nur heute klappte es überhaupt nicht. Ich arbeitete meine Mittagspause durch, damit ich halbwegs mein vorgenommenes Pensum schaffte. Nur hätte ich mir nicht einen Espresso nach dem anderen reinziehen sollen, denn jetzt hatte ich das Gefühl, zu meiner Aufregung auch noch Herzrasen zu bekommen.

Dass ich mich über einen Kurztrip so freuen konnte … Als wäre ich die letzten Jahre eingesperrt gewesen. Und ausgerechnet jetzt war Caitlin in Italien und niemand sonst da, mit dem ich mich austauschen konnte. Schon wieder! Wie konnte das sein?

Ach stimmt, ich war verschlossen und hatte wohl unbewusst alle Menschen, bis auf wenige Ausnahmen, um mich herum weggestoßen.

Die Erkenntnis, dass ich einsam war, traf mich mit aller Wucht und hätte mich beinahe dazu gebracht, im Büro loszuheulen. Rasch ging ich zu den Toiletten, um mir kaltes Wasser auf die Unterarme zu spritzen und tief durchzuatmen.

Es brachte nichts, überhaupt nichts. Ich wünschte mich wieder ganz weit weg, aber dass diese Gedanken nicht mehr halfen, wurde mir von Minute zu Minute klarer. Die letzten Jahre hatte ich so vieles verdrängt und all das kam jetzt – zum ungünstigsten Zeitpunkt – hoch.

Der Brand, der Verlust des Restaurants, meines geliebten Jobs, meines Zuhauses und meines Freundes … Vor mir lag eine unsichere Zukunft, mein Leben hatte keine Richtung mehr ... Alles stürzte auf mich ein.

Wieso gerade jetzt? Ausgerechnet in dem Moment, an dem ich sowohl beruflich als auch privat einen Lichtschimmer sah? Ich hatte keine Zeit, mich mit meinen Altlasten auseinanderzusetzen. Die nächsten Tage musste ich nutzen, um mich auf das Gespräch vorzubereiten, das Interview, das mich meinem Traum mit einem Schlag näherbringen würde. Danach hätte ich Zeit … Vielleicht doch eher, nachdem ich das Wochenende mit Adam verbracht hatte. Ich konnte mir vorstellen, dass es schwer für ihn war, so viel Zeit freizuschaufeln, da wollte ich ihn nicht noch mit meinen Problemen vor den Kopf stoßen.

Nur sehr langsam beruhigte ich mich. Als ich sicher war, meine Gefühle wieder unter Kontrolle zu haben, ging ich an meinen Arbeitsplatz zurück, wo Amber auf mich wartete.

»Monica, es tut mir leid. Ich weiß auch nicht, was in mich gefahren ist.«

Ihr stand das schlechte Gewissen ins Gesicht geschrieben.

»Wäre schön, wenn es nicht wieder vorkommt.« Zu mehr war

ich gerade nicht in der Lage, denn ich musste mich ganz dringend um meine eigenen Baustellen kümmern. Natürlich erst, nachdem ich meinen Job genauso gewissenhaft erledigt hatte, wie es von mir erwartet wurde.

Später als geplant schloss ich die Tür zu meinem kleinen Apartment auf. Eine gemütliche kleine Kuschelecke mit unzähligen bunten Kissen wartete wie jeden Abend auf mich. Ein Jahr hatte ich bleiben wollen, jetzt waren es schon drei. Seufzend schaltete ich das Licht an und betrachtete die winzige Küchenzeile, die mir plötzlich wie ein Trostpreis vorkam. Mehr war in diesen beengten Verhältnissen leider nicht drin, denn ein großer Teil des Raumes wurde von meinem Bett und dem Kleiderschrank eingenommen.

Wozu hatte ich in den letzten Jahren eigentlich jeden Cent gespart, wenn ich mir damit doch nichts gönnte? Und plötzlich brachen meine Dämme und ich heulte los – und hörte nicht mehr auf. Ich weinte um alles, was hätte sein können. Um alle Versprechungen, die ich mir gegeben und nicht eingelöst hatte, und um alle Chancen, die ich verpasst hatte. Ich weinte um den Teil in mir, der beim Brand mit unserem Restaurant gestorben war.

Ich musste eingeschlafen sein, denn mitten in der Nacht wachte ich auf, weil mir heiß war. Wie ich es ins Bett geschafft hatte, wusste ich nicht mehr. Meine Augen waren total verklebt und fühlten sich geschwollen an. Meine Nase war verstopft. Die Kopfschmerzen würde ich hoffentlich mit Paracetamol in den Griff bekommen.

Als ich mich abgeschminkt und gewaschen hatte, entdeckte ich mehrere verpasste Anrufe von Adam. Warum hatte er mich so oft angerufen? Er arbeitete doch heute, oder besser gestern. Die Uhr schlug drei Uhr morgens, sein letzter Anruf war um halb elf Uhr gewesen.

. . .

– Hey, was war denn? –

Ich wollte mich ins Bett legen, als er mir bereits antwortete.

– Bist du zu Hause? –
– Natürlich, es ist drei Uhr früh, falls du es nicht gemerkt hast. Sag mir nicht, dass du mich kontrolliert hast! –

Keine Ahnung, warum ich ihn so anfuhr. Aber darin war ich offenbar Meisterin. Anstatt mir zu antworten oder besser noch, mich als bekloppt links liegen zu lassen, rief er mich allen Ernstes an.

»Was ist passiert?«, fragte er bloß und ich hätte direkt wieder losheulen können. Ach was, die Tränen liefen längst.

»Ein lange Geschichte«, schniefte ich.

»Wo wohnst du?«

»Was?«

»Ich habe gefragt, wo du wohnst.«

Er wollte doch nicht etwa herkommen?

»Monica, jetzt sag mir schon, wo du wohnst.«

»936 Fulton Street.«

»Und du lässt mich rein, wenn ich da bin?«

Ich nickte, dabei konnte er mich gar nicht sehen. »Ja, ich lass dich rein.« Wir legten auf. Ich sollte mich eigentlich frisch machen, stattdessen dämmerte ich wieder weg.

KAPITEL ZWÖLF

Adam

Ich hatte keine Ahnung, was passiert war, nur dass ich sicher nicht zu Hause rumsitzen würde, wenn es Monica schlecht ging. Dabei hatte ich sie nur angerufen, um sie nach ihrem Tag zu fragen. Ja, soweit war ich bereits. Obwohl wir ausgebucht waren, hatte ich im Restaurant wenig zu tun und mich den ganzen Abend gelangweilt.

Immer wieder waren meine Gedanken um Monica gekreist und was sie wohl gerade tat, bis ich es nicht mehr aushielt und sie anrief. Doch die Unruhe blieb, da sie nicht reagiert hatte.

Es war nicht weit zu ihrem Appartement. Glücklicherweise fand ich auch auf Anhieb einen Parkplatz ganz in der Nähe. Hoffentlich würde sie mich reinlassen, geisterte es mir unablässig durch den Kopf. Sicherheitshalber checkte ich noch einmal die Adresse, die sie mir geschickt hatte, denn in dem blau gestrichenen Gebäude vor mir brannte in keinem der drei Stockwerke Licht. Voller Ungeduld rief ich sie an. Noch während ich darauf wartete, dass sie ranging, hörte ich den Türsummer und eine Nachricht mit der Information, dass sie im dritten Stock wohnte, ploppte auf meinem Display auf. Immer zwei Stufen auf einmal nehmend, eilte ich die Treppe hinauf. Monica hatte die Tür geschickterweise nur angelehnt, sodass ich rasch sah, welche der vier Wohnungen die richtige war. Als ich eintrat, mussten sich meine Augen erst einmal an die Lichtverhältnisse gewöhnen, denn der Raum wurde nur vom Schein der Straßenlampen, der durch die beiden einzigen Fenster drang, erleuchtet.

Das Appartement war nicht nur sehr übersichtlich, sondern auch extrem ordentlich. Ich schloss hinter mir die Tür, zog meine Schuhe aus und ging zu Monica, die zusammengekauert auf dem Bett lag. Als ich sie an der Schulter berührte, stieß sie mich nicht weg, sodass ich mich kurzerhand zu ihr legte und sie von hinten umarmte.

Ich hörte ihr leises Schluchzen und obwohl ich gerne auf der Stelle gewusst hätte, wer oder was dafür verantwortlich war, hielt ich sie einfach nur fest und wartete. Eine ganze Weile lagen wir still umschlungen, bis sie schließlich aufhörte zu weinen. Da sie noch immer nichts sagte, dachte ich schon, sie wäre eingeschlafen. Auf einmal begann sie mit belegter Stimme zu erzählen, doch ich verstand kein Wort. Sie räusperte sich und fing offenbar nochmals von vorne an.

»Meiner Familie gehörte früher ein Restaurant in Bay Shore. Ein Jahr bevor ich auf die Welt gekommen bin, hatte mein Vater es eröffnet. Es war sein ganzer Stolz. Du musst wissen, er ist der geborene Gastgeber, hat immer behauptet, das läge allen *de Lucas* im Blut. Schließlich stammen wir aus Italien und die Italiener sind berühmt für ihre Gastfreundschaft.«

Sie stoppte. Vielleicht schwelgte sie in Erinnerungen an ihre Kindheit. Nach einer Weile fuhr sie fort.

»Er war stolz, Amerikaner zu sein, aber ein Teil von ihm sehnte sich nach seinen Wurzeln – und die lagen nicht auf Long Island. Doch anstatt seine Heimat zu bereisen und Verwandte zu besuchen, hat er seine Energie in sein Restaurant gesteckt. Er hat es immer *Wohnzimmer - Soggiorno* genannt. Als Kind habe ich meine Zeit am liebsten in der Küche verbracht. Soweit das erlaubt war. Irgendwann habe ich gemerkt, dass ich ganz gut mit Zahlen umgehen kann, jedenfalls besser als mein Vater, der sich nicht besonders dafür interessiert hat, wie viel Geld am Ende des Monats übrig war. Er war definitiv kein geborener Geschäftsmann. Nach meinem Collegeabschluss habe ich dann die Finanzen in die Hand genommen und auf Vordermann gebracht. In meinem ersten Jahr dort haben wir einen Gewinn erzielt, der so hoch war, dass wir die Löhne der nächsten Monate bereits hätten bezahlen können. Und so ging es weiter. Das Restaurant wuchs und wuchs. Es war eine großartige Zeit. Nur irgendwann vereinnahmte uns das Geschäft. Alles drehte sich nur noch um das Restaurant. Den Ruhetag hatten wir längst abgeschafft, über Privates redeten wir gar nicht mehr und Urlaub gab es auch nicht. Die Stimmung wurde immer angespannter und wir stritten immer häufiger.«

Sie zitterte, als wäre ihr kalt. Beruhigend strich ich ihr übers Haar. Es war eine unheimlich intime Situation. Wer weiß, wie häufig sie diese Geschichte überhaupt schon erzählt hatte. Sicher, Caitlin und sie schienen sich sehr nahe zu stehen. Aber sonst? Gab es jemanden, dem sie sich anvertrauen konnte? Einen Ex-Freund?

Besser nicht darüber nachdenken.

»Keine Ahnung, wie lange wir noch durchgehalten hätten. Keiner von uns wollte zugeben, dass wir uns zu nahestanden und kein Privatleben mehr hatten. Aber was wäre die Alternative gewesen? Nie im Leben hätte ich mir vorstellen können, irgendwo anders zu arbeiten als im *Soggiorno*.«

Sie schluckte hörbar, räusperte sich noch einmal und fuhr dann verhalten fort.

»Ich saß gerade am Jahresabschluss und war wieder einmal die letzte im Restaurant. Wie jeden Abend hatte ich noch einmal alles kontrolliert, bevor ich gegangen bin. Ich war mir sicher, dabei sorgfältig gewesen zu sein, aber ... in der Nacht ist das Restaurant bis auf die Grundmauern abgebrannt.«

Ach, du meine Güte! Mich überkam eine Gänsehaut, wenn ich mir vorstellte ... War etwa jemand ...

»Es ist zum Glück niemand zu Schaden gekommen. Ich weiß nicht, was ich getan hätte, wenn jemand ums Leben gekommen wäre.«

Nein, ich wüsste es auch nicht. Ich zog sie noch etwas fester an mich. Nur allzu gut konnte ich mir vorstellen, welcher Gefühlscocktail durch ihre Venen jagte. Nicht auszudenken, was hätte passieren können.

»Mein Vater hat mit dem Geld der Versicherung ein Café eröffnet. Jetzt kommt offenbar noch eine Pension dazu.«

»Und warum arbeitest du in der Stadt?«

»Weil er mich nach dem Brand rausgeworfen hat – um des Familienfriedens willen, nicht weil er mir die Schuld an dem Brand gibt. Es war ein Kurzschluss.«

Was war das denn für eine kranke Scheiße? Ihr eigener Vater hatte Monica rausgeworfen? Hatte er denn nicht erkannt, was ihr das Restaurant bedeutet und wie viel Herzblut sie hineingesteckt hatte?

Ich sollte mich dringend beruhigen, bevor ich noch auf die Idee kam, nach Bay Shore zu fahren und Signor de Luca meine Meinung zu geigen.

Monica

Bis auf Caitlin hatte ich noch nie jemandem vom letzten Abend im *Soggiorno* erzählt. Zu Hause wurde das Thema totgeschwiegen. Scheinbar waren meine Eltern besser darin, nach vorne zu blicken, als ich.

Wenigstens hatte mein Vater auf mich gehört und einen fähigen Buchhalter eingestellt. Ihm fehlte zwar die Leidenschaft fürs Lokal, aber offenbar machte er einen guten Job. Das Café florierte, soweit ich es beurteilen konnte.

Wie sehr es mir fehlte, dort zu arbeiten, war mir an Adams Kochabend aufgefallen. Nicht nur, selbst ab und zu den Kochlöffel schwingen zu können, sondern auch die vielen glücklichen Gesichter nach einem perfekten Abend fehlten mir.

Adam hielt mich noch immer eng umschlungen. Unglaublich, wie stark ich mich mit ihm verbunden fühlte. Wir kannten uns erst so kurz und doch hatte ich ihm von meinen dunkelsten Stunden erzählt.

»Danke«, sagte ich müde. Ich fühlte mich wie erschlagen und gleichzeitig unheimlich erleichtert. Keine Ahnung, warum ausgerechnet heute all die alten Gefühle wieder hochgekommen waren. Ich war jedoch unglaublich froh, nicht allein zu sein. »Bleibst du?«

»Natürlich. Und jetzt versuch zu schlafen.« Ich spürte noch seine Lippen an meinem Scheitel, bevor mich die Müdigkeit übermannte.

Um sieben Uhr in der Früh wurde ich erbarmungslos von meinem Handy geweckt. Auch wenn ich mich am liebsten wieder hingelegt hätte, weil mein Kopf beinahe zersprang, konnte ich heute unmöglich im Büro fehlen. Ich blickte neben mich auf die andere Seite des Bettes und entdeckte Adam friedlich auf dem Rücken schlummernd. Dass er wirklich geblieben war, rechnete ich ihm hoch an.

Gerade, als ich vorsichtig über ihn drüber klettern wollte, schnappte er mich an den Hüften und zog mich zu sich herunter. »Guten Morgen«, murmelte er mit geschlossenen Augen.

»Guten Morgen«, erwiderte ich etwas verschämt. Was musste er nur von mir denken, dass ich mich so hatte gehen lassen? »Du kannst noch liegenbleiben, wenn du willst, ich muss leider ins Büro.« Meine Augen fühlten sich geschwollener an als gestern. Ich musste sie dringend kühlen und hoffen, dass die Schwellung so weit zurückging, dass im Büro niemand etwas von meinem emotionalen Zusammenbruch mitbekam. Wenn mich jemand darauf ansprach, würde ich einfach eine Allergie vorschieben.

»Nein, ich bin wach.« Er öffnete die Augen und musterte mich besorgt. Ich mochte den Blick nicht. Das Mitleid war nicht zu übersehen. Enttäuscht wandte ich mich ab. Wie blöd war ich eigentlich? Hatte ich ernsthaft angenommen, ich könnte Adam ewig die gutgelaunte und selbstsichere Monica vorspielen? Nur, weil er mir gesagt hatte, wie sehr er sie mochte? Tja, das hatte wohl nicht geklappt.

»Lass das!« Sein scharfer Ton, als ich aufstehen wollte, ließ mich zusammenzucken. Er packte mich an der Taille und zog mich zurück ins Bett. Ich spürte seine Erektion deutlich an meiner Hüfte. Doch anstatt mit mir zu schlafen, hielt er mich mit einem Arm fest an sich gepresst, während er mir mit der freien Hand sanft über den Rücken streichelte.

»Ich will nicht, dass du dir die Schuld für etwas gibst, für das du nichts konntest. Und noch weniger will ich, dass du dich wieder in das schüchterne Mädchen verwandelst, dass sich am liebsten unsichtbar machen würde, weil es denkt, keinen Platz auf dieser Welt zu haben.«

Woher wusste er das? Erstaunt setzte ich mich auf, um ihm in die Augen zu sehen. Ein Lächeln umspielte seinen Mund. »Die Schwester meines besten Freundes ist Psychologin. Man wird also entweder selbst das Analyseobjekt oder hört sich hunderte Vorträge an und wird so zum Hobbypsychologen.« Sein Grinsen wurde noch breiter, bevor er wieder ernst wurde, mich zu sich zog und küsste.

Offenbar störte ihn nicht, dass ich noch nicht im Bad gewesen war. Ganz anders als mein pedanter Ex, der gerne vor und nach dem Sex geduscht und mehrmals täglich die Zähne geputzt hatte. Mein Ex ... Wie unpassend, dass ich ausgerechnet jetzt an ihn denken musste.

»Besser wir verschieben das, sonst kommst du noch zu spät ins Büro.«

Dass Adam gemerkt hatte, dass ich gerade geistig ganz woanders war, konnte ich ihm deutlich ansehen. Er stand auf, zog sich seine Hose und die Schuhe an und war bereits an der Tür, als er sich nochmals umdrehte.

»Ich würde mich freuen, wenn du heute Abend zu mir kommst. Ich sollte um halb neun zu Hause sein.«

Als ich nickte, verabschiedete er sich mit einem Lächeln und schon war er verschwunden.

KAPITEL DREIZEHN

Adam

Nachdem ich zu Hause angekommen war, hatte ich geduscht und mich fürs Restaurant zurechtgemacht. Mit einer Tasse Kaffee setzte ich mich in die Küche und klappte den Laptop auf, um nach dem *Soggiorno* zu googeln. Ich fand nur eine kurze Meldung, die über drei Jahre alt war.

Es war ein klarer Fall gewesen und die Versicherung hatte ohne Probleme gezahlt. Da ich keine Ahnung hatte, wie das neue Café hieß, tippte ich *de Luca* und *Bay Shore* in die Suchmaschine und fand ein Bild von einem leicht untersetzten dunkelhaarigen Mann, der fröhlich in die Kamera lächelte und dabei eine schlanke Frau, die große Ähnlichkeit mit Monica aufwies, im Arm hielt. Sie standen vor einem hübschen Haus mit Veranda, das *Café de Luca*.

Doch auch in diesem kurzen Artikel stand nichts vom Brand, sondern nur, dass die de Lucas das Café von einem anderen Paar übernommen hatten, das in Pension gegangen war. Mehr nicht.

Dass sich hinter diesem vermeintlich glücklichen Neuanfang ein persönliches Drama verbarg, sah niemand. Monica hatte keine Geschwister erwähnt. Wie schrecklich allein musste sie sich vorkommen? Denn egal, ob zehn oder fünfundzwanzig Jahre, das Gefühl, von der eigenen Familie verstoßen worden zu sein, war hart.

Genauso hart, wie die eigene Familie zu verstoßen?

Natürlich kannte ich die Antwort, was aber nicht hieß, dass ich mich damit beschäftigen wollte. Ob ich Monica davon erzählen würde, ließ ich mir offen. Es ging schließlich nicht darum, wer von uns mehr Ballast mit sich rumschleppte.

Aber um Offenheit und Vertrauen?

Mein Gewissen schien heute früh richtig in Fahrt zu kommen. Nachdem ich meine Kaffeetasse ausgewaschen hatte, schnappte ich mir meine Schlüssel und fuhr ins Restaurant. Ich hatte noch einiges zu erledigen, bevor ich übermorgen ins lange Wochenende startete.

Monica

Ich fuhr zwar ins Büro, doch der Drang umzudrehen, nahm immer mehr zu. Auf einmal schien es mir unmöglich, mich heute auf meine Arbeit zu konzentrieren, geschweige denn, mich auf das Interview in zwei Tagen vorzubereiten. Nein, ich würde mich jetzt nicht verkriechen. Nach dem Brand war ich kurzzeitig in eine leichte Depression verfallen. Das wollte ich nicht mehr durchleben müssen. Somit verwarf ich den Gedanken, mich krankschreiben zu lassen, sofort wieder.

Ich hatte schon einmal den Neuanfang geschafft und war nicht bereit, mir das kaputtmachen zu lassen. Es war an der Zeit, in die Zukunft zu blicken und endlich wieder zu leben.

Viel zu lange trauerte ich nun schon längst vergangenen Zeiten hinterher und versteckte mich in meinen Dramen. Das musste anders werden.

Kaum in Manhattan angekommen, lief ich zum nahegelegenen Madison Square Garden, stellte mich vor den Eingang und schoss ein Selfie – direkt unter dem riesigen Plakat von Billy Joel, der in Kürze hier auftreten sollte.

– Wer sagt, dass Buchhaltung langweilig ist? Ich wünsche dir einen wundervollen Tag. –
– Dachte ich mir doch, dass dein Buchhalterjob nur Tarnung ist. Ich freue mich auf heute Abend xoxoxo –

Adams Antwort zauberte ein Lächeln auf mein Gesicht. Ich freute mich auch. Jedes Mal, wenn ich an ihn dachte, durchflutete mich ein warmes Gefühl und ich musste automatisch grinsen. Unglaublich, aber ich hatte mich wirklich in Adam verliebt. Wann ich es ihm gestehen würde, wusste ich noch nicht, doch heute Abend würde ich es ihm auf jedem Fall zeigen.

Als ich ins Büro kam, sah ich eine kleine Menschentraube in der Kaffeeecke stehen. Hatte sich noch jemand verlobt? Neugierig trat ich näher.

»Ich wusste, dass du der Glückspilz sein wirst. Die haben Jessica doch nur ausgewählt, weil klar war, dass sie den Job nicht antreten würde«, bemerkte Tyler, einer meiner männlichen Arbeitskollegen. Ich kannte ihn nicht besonders gut, aber er gehörte zur ehrgeizigen Fraktion, wollte am liebsten schon mit dreißig CEO sein.

»Ich wäre an deiner Stelle vorsichtig mit solchen Behauptungen, Tyler«, bemerkte mein Kollege Jake, der bereits zwölf Jahre Teil des Teams war und schon hart auf die vierzig zuging. Sein Metier war die Betreuung unserer Großkunden. Er beriet sie auf allen Ebenen, nicht nur in der Buchhaltung, sondern auch bei Finanz- oder Versicherungsprodukten.

»Ach, komm schon Jake, war doch klar, dass Matt den Job bekommt«, ließ sich Tyler nicht den Mund verbieten. Matt selbst kommentierte die Aussagen nicht, doch sein selbstgefälliger Blick sprach Bände.

»Nichts ist oder war klar. Und ich sage es nur noch ein einziges Mal. Die Interviews laufen noch, also würde ich an deiner Stelle besser den Mund halten und nicht irgendwelche haltlosen Gerüchte verbreiten.«

Für Jake war damit das Gespräch beendet. Er warf Tyler einen letzten scharfen Blick zu und steuerte mit langen Schritten sein Einzelbüro an, das sich am anderen Ende des Raumes befand. Als er dabei an mir vorbeiging, grüßte er mich freundlich und nickte mir aufmunternd zu.

Vermutlich wusste er, dass ich mich auch beworben hatte. Wollte er mir Mut machen, um zu verhindern, dass ich das Handtuch warf? Aber warum sollte ich jetzt aufgeben? Auch wenn ich die Stelle nicht bekam, war es eine gute Gelegenheit zu üben. Denn Caitlin hatte recht, ich war nicht mit *Financial Experts Inc.* verheiratet. Niemand zwang mich, die nächsten Jahre für diese Firma zu arbeiten.

Bevor ich an die Arbeit ging, holte ich mir eine Tasse Tee. An meinem Schreibtisch kritzelte ich dann alle Dinge auf einen Zettel, die ich in der Mittagspause erledigen wollte. Dazu gehörte auch, meine Eltern anzurufen und für das kommende Wochenende abzusagen. Sie wussten noch nicht, dass ich verreisen wollte.

Kurz vor zwölf Uhr rief überraschend Stephan an.

»Hast du Zeit, dich mit mir zu treffen? Ich habe die Pläne für die Pension dabei und würde sie dir gerne zeigen.«

»Du willst sie mir zeigen?«, fragte ich verdutzt.

»Ja, natürlich.« Er lachte. »Dein Vater meinte, du arbeitest in der Nähe des Madison Square Gardens. Kennst du das Friedman's? Wir können uns dort in dreißig Minuten treffen.«

»Ja, das kenne ich. Okay, dann sehen wir uns in einer halben Stunde.«

»Hast du ein Date?«, fragte mich Amber neugierig und schaute von ihrem Monitor auf.

Hatte sie mich etwa belauscht? Moment, hatte ich nicht etwas offener sein wollen?

»Ich treffe mich mit einem Bekannten.« Das war nicht mal gelogen.

»Du kannst es ruhig zugeben.« Jetzt zwinkerte sie mir frech zu.

Offenbar interpretierte sie meine heißen Wangen falsch. Stephan hatte mich schlichtweg überrumpelt. Außerdem war er ein sehr attraktiver Mann, aber viel wichtiger noch – er würde bald zur Familie gehören. Denn mit meinen Eltern zusammenzuarbeiten, kam einer Adoption gleich. Besser ich ging mich frisch machen.

Das Friedman's war für seine Burger berühmt und sorgte mit seiner rustikalen Einrichtung für das besondere Ambiente. Alles war aus Holz und man kam sich wie in einem alten Wild West Film vor. In seinem dunklen Anzug und dem moosgrünen Hemd hätte ich Stephan beinahe nicht erkannt. Trugen Architekten Anzüge?

Hattest du an Rollkragenpullover und Chucks gedacht?

Keine Ahnung, im Moment drängte sich mir der Verdacht auf, dass mein Vater mich doch verkuppeln wollte.

»Monica, wie schön, dich zu sehen.«

»Hallo Stephan.«

Er küsste mich zu Begrüßung auf die Wange. Nur flüchtig, aber das hieß nichts. Irgendwie traten alle Kerle, die mein Vater aussuchte, ziemlich forsch auf ... Stephan war anders, der formvollendete Gentleman. Er hielt mir die Tür zum Lokal auf, ließ mich vorgehen und hatte natürlich einen Tisch reserviert.

Nachdem wir uns gesetzt und bestellt hatten – ich einen Salat, Stephan den berühmten Hausburger –, wischte er auf seinem Tablet herum und reichte es mir. Ein Schlafzimmer, nein, eine Wohlfühloase war darauf zu sehen. Unglaublich, aber er hatte das Bild, das mir am Sonntag bei seinen Ausführungen in den Sinn gekommen war, getroffen.

Natürlich hatte ich angenommen, dass er gut war, sonst hätten ihn meine Eltern wohl nicht in Betracht gezogen, aber trotzdem übertrafen seine Skizzen meine Erwartungen bei weitem. Ich wollte dort einziehen!

»Ein paar Dinge muss ich noch überprüfen, doch im Großen und Ganzen steht die Planung. Außerdem will ich noch den Dachstuhl ausbauen und dort eine Hochzeitssuite einrichten. Okay, Suite klingt vielleicht ein wenig zu pompös, aber der Ausblick ist wundervoll, es wäre ein Jammer das nicht zu nutzen. Was hältst du davon?«

»Ich?« Perplex sah ich ihn an.

»Ja, natürlich du. Oder siehst du hier noch jemand anderen am Tisch?«

Flirtete er mit mir?

»Das Projekt ist viel größer, als ich gedacht hätte. Wie finanziert ihr alles?«

»Wie meinst du das?«

»Na, meine Eltern und du, ihr seid doch Partner, also jeder die Hälfte? Oder wirst du die Pension exklusiv führen und den ganzen Umbau stemmen? Ich habe keine Ahnung, mein Vater bespricht seine Finanzen nicht mehr mit mir.«

Glücklicherweise wurden in dem Moment die Getränke serviert, sodass ich den bitteren Geschmack, der sich in meinem Mund gebildet hatte, herunterspülen konnte.

»Dein Vater verkauft alles an mich, das Gebäude, das Café.«

Vor Schreck verschluckte ich mich an meinem Wasser und musste husten. Als ich wieder zu Atem kam, liefen mir bereits Tränen über die Wangen. Stephan war aufgesprungen, um mir auf den Rücken zu klopfen.

»Es geht schon, danke.«

Kaum, dass er wieder saß, wurde das Essen serviert. Leider war mir der Appetit gründlich vergangen.

»Ich hatte keine Ahnung«, murmelte ich, während ich in meinem Salat herumstocherte.

»Dann weißt du also auch nicht, dass ich dich gern mit an Board hätte?«

»Mit an Board? Du willst mich einstellen?« Er und ich?

»Warum nicht? Ich habe eure Bilanzen sehr genau studiert – auch die von früher. Du bist clever und charmant. So jemanden wie dich könnte ich gut im Team brauchen.« Er sah mich unumwunden an und ich hatte große Mühe, seinem Blick auszuweichen.

Das wäre der perfekte Moment gewesen, ihm zu sagen, dass ich andere Pläne hatte und ganz sicher nicht zurückgehen würde – aber ich brachte es nicht fertig, denn ich hatte so lange auf dieses Angebot gewartet.

Das Schicksal schien mich gerade gewaltig zu veräppeln. Hatte ich nicht erst vor ein paar Stunden beschlossen, mich endlich von meiner Vergangenheit zu lösen?

»Überleg es dir. Das Angebot steht noch ein paar Tage.« Er lächelte mich wissend an. War meinem Gesicht anzusehen, dass ich unbedingt wollte? Aber ich wollte doch gar nicht, oder? Moment, ein paar Tage?

»Und meine Eltern?« Hatte mein Vater kein Veto eingelegt?

»Sie pachten das Café bis auf weiteres. Ich glaube, dein Vater will einfach sichergehen, dass sein Lebenswerk fortbesteht, wenn er es nicht mehr führen will oder kann.«

Aber, es mir zu geben, auf die Idee war er nicht gekommen, dachte ich bitter.

Hättest du es denn gewollt?

Wenn nicht, würde ich dann für Stephan arbeiten wollen? Zurück nach Bay Shore ziehen? Und was war mit Adam und meinen Reiseplänen?

Ich war gerade total überfordert und zum ersten Mal froh, dass ein Mann den größten Teil der Unterhaltung bestritt.

Als ich auf dem Weg zurück ins Büro Caitlin in wenigen Sätzen schrieb, was passiert war, antwortete sie mir:

. . .

– Dein Vater ist echt raffiniert. Du fällst hoffentlich nicht darauf rein. Wir sehen uns Montagabend, ich freue mich! –

KAPITEL VIERZEHN

Adam

Kurz vor halb neun war ich endlich zu Hause und schaffte es sogar noch, zu duschen und mich umzuziehen, bevor Monica mit einer vollen Einkaufstasche klingelte.

»Was hast du vor?«

»Für dich kochen, natürlich. Als Dankeschön!«

Sie stellte sich auf die Zehenspitzen und küsste mich sanft. »Danke.«

Mir lagen einige blöde Sprüche auf der Zunge, um herunterzuspielen, was mir ihr Vertrauen bedeutete, doch ich schluckte sie herunter. Stattdessen nahm ich ihr die Tüte ab und küsste sie richtig. Sie reagierte sofort und schmiegte sich eng an mich. Würden ab jetzt all unsere gemeinsamen Abende so beginnen? Es wäre gelogen, zu behaupten, dass es mir nicht gefiel. Das Kleid, das sie heute trug war wirklich mehr als perfekt, denn so konnte sie ihre Beine um mich schlingen, nachdem ich sie hochgehoben hatte.

Nur würden wir es so nie bis ins Schlafzimmer schaffen. Vor

allem, da sie bereits an meinem Shirt nestelte. Die Hitze, die von uns beiden ausging, war kaum auszuhalten.

»Lass uns hochgehen.«

»Nein.« Erwiderte sie zwischen unseren Küssen. »Ich will dich hier.«

»Ich aber nicht.«

Sie musterte mich stumm, bevor sie nickte und langsam von meinen Hüften glitt. Als sie sich dann ihre Einkaufstüte schnappte, verfluchte ich mich schon. Doch ich hatte mich geirrt. Sie verstaute nur schnell das Essen im Kühlschrank, bevor sie meine Hand ergriff und mich hinter sich her ins Schlafzimmer zog. Dort knüpften wir genauso stürmisch an der Stelle an, wo wir aufgehört hatten. Wir waren so weit von einer bedeutungslosen Sexnummer entfernt, dass keiner von uns das L-Wort aussprechen musste – es war uns beiden klar.

»UND WAS SOLL ich in der Zwischenzeit tun?« Eine Stunde später stand ich hinter Monica und lenkte sie mit Nackenküssen vom Kochen ab.

»Keine Ahnung. Aber lass mich jetzt, sonst essen wir erst um Mitternacht und eigentlich wollte ich diese Nacht auch etwas schlafen.«

»Hmm, Schlaf wird überwertet.«

»Keine Ahnung, was dieser Spruch bedeuten soll, aber er stammt ganz sicher von einem Mann«, kicherte sie, als ich sie zur Strafe kitzelte.

»Was kochst du eigentlich?«

»Eine Reispfanne mit Lachs, indisch gewürzt.«

»Und das hat dieser Engländer vorgekocht?«

»Jasper, genau.«

Vielleicht sollte ich mir den Blog, von dem Monica so schwärmte, in der Zwischenzeit einmal genauer ansehen. Wenige Klicks später wurde ich fündig. Krass, die Kerle hatten über eine Million Follower – allesamt fast ausschließlich

Frauen. Bei ihrem Aussehen war das auch nicht weiter verwunderlich.

»Nicht dein Ernst.«

»Was denn?«

»Du siehst dir die Show natürlich nur an, weil sie so gut kochen«, bemerkte ich sarkastisch.

»Selbstverständlich, aber ihr Sexappeal ist sicher ein Pluspunkt. Eifersüchtig?«

Und ob ich das war! Selbst ihre Lebensläufe waren beeindruckend. Jasper hatte den Blog vor Jahren gegründet und war damit durch die Decke geschossen. Neben Kochkursen, was auf der Hand lag, bot er in London offenbar auch ein Catering an. Während Lorenzo und Robert gemeinsam in Paris arbeiteten, lebte Franco Fratelli, anders als sein Name suggerierte, nicht in Italien, sondern in Texas. Seine drei Restaurants in Europa – Paris, London und Rom um genau zu sein – hatte er in fähige Hände übergeben und war ins Eventmanagement eingestiegen. Ein faszinierender Typ, den ich wirklich gern mal kennenlernen würde. Bei der Erfolgsgeschichte waren Francos Tipps sicher Gold wert. Aber deswegen nach Texas fliegen, war doch zu abwegig. Außerdem konnten sie sich vor Anfragen sicher nicht retten. Ich verwarf den Gedanken gleich wieder.

»Sie sind übrigens alle verheiratet oder verlobt.«

»Als hätte das irgendetwas zu bedeuten«, rutschte es mir heraus.

»Wie meinst du das? Natürlich hat das etwas zu bedeuten.«

»Ja, klar.« Ich sollte besser meinen Mund halten, doch irgendwie fiel mir das total schwer. Keine Ahnung, was speziell dieser Franco gerade in mir auslöste. Neid?

Je länger ich durchs Netz surfte und je mehr Infos ich fand, desto mehr sank meine Laune. Ein verdammter Tausendsassa, der alles zum Erfolg führte, was er anfasste. Ihm gehörten nicht nur drei Restaurants, nein, er betrieb auch noch mit seinem besten Kumpel und seiner Verlobten eine Ranch in der Nähe von Austin, die Hochzeiten ausrichtete und Abenteuerurlaube anbot.

Auf allen Fotos, die ich entdeckte, strahlten sie um die Wette. Doch nicht nur er und seine Freundin, auch der Rest der Familie Fratelli schien nur die Sonnenseite des Lebens zu kennen.

Glaubst du das wirklich?

Nein, nicht wirklich. Mir war bewusst, was alles dazu gehörte, sich in der Gastronomiebranche einen Namen zu machen. Aber sie waren eine Familie und füreinander da. Im Gegensatz zu mir kannte Monica zumindest einen gewissen familiären Zusammenhalt. Und doch waren wir jetzt beide allein. Ach was, ich hatte Clay, er würde immer an meiner Seite stehen.

»Hey, wie wäre es, wenn du mir doch hilfst? Dann sind wir viel schneller und ich komme früher ins Bett.« Monica schmiegte sich von hinten an mich und küsste jetzt ihrerseits meinen Nacken, während sie mir mein Handy aus der Hand nahm und es weglegte. »Na, was hältst du von meiner Idee?«

»Gefällt mir.« Mit einer schnellen Drehung zog ich sie auf meinen Schoss und küsste sie.

DIE REISPFANNE SCHMECKTE AUSGEZEICHNET, das konnte ich beim Abendessen neidlos zugeben. Mehr jedoch nicht. Und obwohl Monica sanft drängte, erzählte ich ihr nichts von meiner Familie. Es war nicht der richtige Zeitpunkt. Vielleicht am Wochenende, auch wenn ich unsere gemeinsame Zeit lieber anders nutzen wollte.

Monica

ENDE DER WOCHE wusste ich nicht, was mich nervöser machte – mein Interview oder das bevorstehende Wochenende mit Adam. Irgendwie wurde ich das Gefühl nicht los, dass mir zwei ereignisreiche Tage bevorstanden. Meinen Eltern hatte ich zwar abgesagt, auf die Gründe bin ich aber nicht eingegangen. Wenn sie es nicht für nötig hielten, mich über Stephan und ihre neusten Geschäftspläne zu unterrichten, brauchte ich ihnen auch nicht auf die Nase binden, dass ich mit einem Mann verreiste, für den ich bereits starke Gefühle entwickelt hatte.

Zumal ich es ihm noch nicht mal gestanden hatte. Wann auch? Gestern Abend hatten wir uns nicht gesehen, weil er alles im Restaurant regeln wollte und ich mich auf mein Interview vorbereiten musste. Adam wusste zwar, dass ich einen wichtigen Termin hatte, aber keine Details.

Ich wollte lieber mehr über ihn erfahren. Bisher hatte ich ihm kaum etwas entlocken können. Er sprach offenbar sehr ungern über sich, oder war das nur mit mir so? Das Wochenende würde hoffentlich auch hier etwas Licht ins Dunkel bringen.

Als es Zeit wurde, machte ich mich auf dem Weg zum Besprechungsraum, indem das Interview stattfinden würde. Keiner meiner Kollegen hatte mich bisher darauf angesprochen, offenbar war es mir gelungen, es geheim zu halten. Leider hielten sich hartnäckig die Gerüchte, dass die Entscheidung längst gefallen wäre. Dennoch hatte ich mich akribisch vorbereitet und alle meine Aufträge und Kunden abrufbereit in meinem Kopf. Außerdem hatte ich auch eine Liste von Zielen erarbeitet, die über das normale *unsere Zusammenarbeit stärken* hinausgingen, wenn jemand nach meiner Motivation fragen würde.

Erstaunlicherweise war das Interview schon nach einer halben Stunde vorüber. Viele der Fragen hätte meine Personalakte beantwortet. Zum Beispiel meinen Werdegang. Und plötzlich war die Frage, ob ich Italienisch sprach, wichtig.

Mit einem »Wir melden uns bei Ihnen« wurde ich vom Personalmanager verabschiedet. Mein Chef war nicht einmal anwesend gewesen. Dafür sollte ich jetzt bei ihm vorbeischauen.

Etwas nervös klopfte ich an Franks Tür und nachdem er mich hereingebeten hatte, trat ich ein.

»Monica, setz dich bitte.«

Sein Büro war so penibel aufgeräumt, dass ich mich jedes Mal fragte, ob er überhaupt arbeitete. Was er natürlich tat. Jeder von uns hatte auch monetäre Zielvorgaben. Was nicht bedeutete, dass ich in der Akquise tätig war, sondern möglichst viele Aufträge abarbeiten musste, die Mitarbeiter wie mein Chef an Land zogen.

Frank wirkte äußerst entspannt. Trotz der grauen Haare sah er deutlich jünger als fünfzig aus. Fit und ausgeglichen. Beneidenswert, wenn ich bedachte, wie viel er auch noch reiste.

»Wie ist es gelaufen?«

»Ganz okay. Nichts, was nicht auch in meiner Personalakte stehen würde.«

Der Eindruck wuchs, dass vielleicht doch längst entschieden war, wer nach London ging. War ich vielleicht nur die Frauenquote?

»Die Motivationsschreiben waren alle sehr ähnlich – mit Ausnahme von deinem.«

Ach ja? Natürlich hatte ich auch die Erfahrung erwähnt, die ein Auslandsjob mit sich brachte. Hatte ich mit meiner Ausführung meines Interesses an der Kultur Kontinentaleuropas übertrieben? Die Menschen dort waren so vielfältig und ich konnte mir vorstellen, dass sie die Welt mit anderen Augen sahen. Auch erinnerte ich mich, wie ausgewechselt Caitlin von ihrer ersten Auslandreise zurückgekommen war.

»Europa interessiert mich schon eine ganze Weile.« Nur wüsste ich zu gern, warum er mit mir über die anderen Bewerber sprach. Durfte er das überhaupt?

»Offenbar.« Er musterte mich nachdenklich und so lange, dass es mir unangenehm wurde. Bevor ich fragen konnte, ob sonst noch etwas wäre, bemerkte er: »Ich möchte dir für deine ausgezeichnete Arbeit danken. Es war kein Fehler, dich einzustellen. Wir werden uns in den nächsten vierzehn Tagen entscheiden und geben dir dann Bescheid.«

Es war kein Fehler dich einzustellen? Hatte er das etwa gedacht? Aber das ergab doch keinen Sinn, denn wieso hätte er mich dann überhaupt einstellen sollen? Mit einem mulmigen Gefühl verabschiedete ich mich, während er mich wieder freundlich anlächelte.

Als ich Caitlin schrieb, antwortete sie bloß:

– SIE KÖNNEN FROH SEIN, dich zu haben. Männer! –

ZWEI WOCHEN VOLLER UNGEWISSHEIT. Eine lange Zeit, vor allem, da klar war, dass Stephan sicher nicht so lange auf meine Antwort warten und sich sicher nicht mit Platz zwei zufriedengeben würde. Ganz oder gar nicht. Ich musste hundertprozentig überzeugt sein, mit Stephan arbeiten zu wollen. Tja, das war ich aber nicht.

FROH, für ein paar Tage den vielen beruflichen Fragen aus dem Weg gehen zu können, kam ich pünktlich am Flughafen LaGuardia an und ich platzte beinahe vor Neugier. Adam wartete, wie versprochen, in der Abflughalle von Terminal B.

Wir strahlten beide förmlich um die Wette. Jetzt würde ich gleich erfahren, wo es hinging.

Nach Wilmington, North Carolina?

»Du bist total verrück, Adam.«

»Long Island kann jeder, North Carolina nicht.«

»Auch Kelly Slater hat schon am Wrightsville Beach gesurft, wusstest du das?« Gott, ich vergötterte unseren mehrfachen Surfweltmeister, seit ich ein kleines Kind gewesen war.

»Ich glaube Kelly Slater hat schon an jedem Strand dieser Welt gesurft, das machen elffache Weltmeister so.« Der Schuft lachte mich aus.

Ich boxte ihn in die Rippen, damit er aufhörte, mich zu veräppeln. »Wie sind denn die Wellen Ende April? Eher für Anfänger oder doch ein bisschen herausfordernder?«, neckte ich ihn.

Eigentlich war es mir absolut egal, Hauptsache wir fuhren ans Meer.

»Ich habe keine Ahnung, wir fragen in einem der Surf-Shops, die können uns sicher sagen, wo wir hinmüssen, um ein paar anständige Wellen zu reiten.«

»Ich kann es kaum erwarten.«

»Ich auch nicht.«

Es klang wie ein Versprechen nach etwas viel Größerem als unserem gemeinsamen Wochenende.

KAPITEL FÜNFZEHN

Adam

Nein, ich würde das Wort *Liebe* nicht über die Lippen bringen. Und sie auch nicht. Der intime Moment verging und wir schlenderten zur Gepäckabgabe. Dennoch hielten wir die ganze Zeit Händchen und sie schmiegte sich an mich, als wir in der Schlange vor der Sicherheitskontrolle standen.

Der Flug dauerte knapp zwei Stunden und zum ersten Mal war mir nicht langweilig, obwohl wir eigentlich nichts taten, außer aneinander gekuschelt zu dösen.

Fast hätte ich erwartet, dass uns die Leute zur Hochzeit gratulierten, denn wir sahen bestimmt wie ein Flitterwochenpärchen aus.

Ich hatte ein Hotel direkt am Strand gebucht. Leider eines dieser riesigen Betonpaläste. Tja, dafür war das Zimmer schön groß und die Aussicht aufs Meer phänomenal. Wäre sie zumindest, wenn es nicht schon dunkel wäre. Monica trat dennoch als erstes auf unseren Balkon hinaus und atmete die salzige Luft ein. Plötzlich drehte sie sich zu mir um und fiel mir kreischend um den Hals.

»Endlich darf ich!«, rief sie, bevor sie mich innig küsste. Hatte sie sich die ganze Zeit zurückgehalten? Damit war jetzt definitiv Schluss. »Ich kann nicht glauben, dass wir hier sind«, keuchte sie atemlos an meine Lippen.

»Ich kann so manches nicht glauben«, gestand ich genauso erregt. Ich hob sie hoch und legte sie aufs Bett. Es war verrückt, wie sehr ich sie begehrte. Kaum waren wir allein, wollte ich sie spüren, sie überall berühren und mich in ihr verlieren. Die Frage, ob es immer so bleiben würde, würde ich sofort mit *Nein* beantworten. Kaum verschmolzen wir miteinander, musste ich mir jedoch eingestehen, dass ich es nicht wusste, denn ich hätte mir genauso wenig vorstellen können, dass ich mich mit jedem Orgasmus, den ich mit Monica erlebte, freier und lebendiger fühlte.

»Du verdirbst mich für jeden anderen Mann«, stöhnte sie und begann zu zittern, bevor sie aus tiefster Kehle meinen Namen schrie.

Oh Baby, wenn es nach mir ginge, würdest du nie mehr einen anderen Mann anfassen.

Am nächsten Tag, als wir im Atlantik auf die perfekte Welle warteten, dachte ich noch immer über ihren Ausspruch nach. Vielleicht erinnerte Monica sich nicht einmal mehr daran, aber er beschäftigte mich in zweierlei Hinsicht. Erstens irritierte mich die Tatsache, dass sie an andere Männer dachte, wenn sie mit mir schlief, und zweitens, dass ich es mir wirklich nicht mehr vorstellen konnte, sie gehen zu lassen.

»Adam, was ist denn los? Wenn du weiterhin so in den Tag träumst, wirst du noch die beste Welle verpassen.«

»Das hättest du gerne.« Sie war eine tolle Surferin, schnell und wach. Sie ritt selbst Wellen, die ich von vornherein ablehnte, weil sie zu klein waren.

Ja, ich hängte den harten Kerl raus, aber es machte mir auch Spaß, Monica einfach nur zu beobachten – bis ich die perfekte

Welle sich aufbauen sah. Monica hatte sie natürlich auch entdeckt, wie die Dutzend Kerle, die um uns herumschwammen.

Ich saß ungünstig und würde unweigerlich in einen von ihnen reindonnern, sobald mich die Welle erfasste. So paddelte ich rasch nach rechts und war just bereit, als ich spürte, wie sie mich anhob.

Wie hatte ich das Gefühl der Schwerelosigkeit vermisst. Jetzt ging es nur darum, ob ich die Welle zu Ende reiten könnte oder ob sie mich bezwang. Ich hatte das wage Gefühl, das letzteres der Fall sein würde.

Monica

ICH HATTE Adam gerade noch im Blick und dann war er weg. Für meinen Geschmack drängten sich zu viele Surfer um mich, denn so konnte ich mich nicht auf die Welle konzentrieren, sondern musste viel zu sehr auf alle anderen achten. Auslassen?

Ich musste mich entscheiden und zwar schnell. Mein Herz raste und in letzter Sekunde erinnerte ich mich an meinen Surflehrer. Die Wellen kamen häufig paarweise und manchmal war es klüger, die erste auszulassen und die zweite zu reiten, denn wenn mich die erste bezwang, konnte mir die zweite richtig gefährlich werden. Eine gute Idee, wenn mich die anderen Surfer nicht so bedrängen und automatisch nach vorne treiben würden. Ich spürte das Adrenalin durch meine Adern pumpen, während ich genau in dem Moment aufs Brett schnellte, als die Welle mein Board hochhob. Es war der absolut richtige Zeitpunkt gewesen, ich hatte das Gefühl zu fliegen. So lebendig hatte ich mich seit Jahren nicht gefühlt!

Überglücklich, aber leider viel zu schnell kam ich am Strand an, stoppte und plumpste im Weißwasser vom Brett. Nochmal! Ich will nochmal!

Als ich mich umsah und Adam nicht finden konnte, schlug

meine Euphorie jedoch rasch in Sorge um. Wo war er? Hektisch ließ ich meinen Blick schweifen. Hoffentlich war ihm nichts passiert.

Als mich plötzlich jemand von hinten packte, herumwirbelte und hochhob, kreischte ich überrascht auf. »Adam, verdammt, wo warst du? Ich habe mir Sorgen gemacht und jetzt lass mich runter!«

»Ach, du hast dir Sorgen gemacht?«, neckte er mich.

»Ja, du ... du ...«

»Was ich?« Gespannt wartete er auf das Schimpfwort, das mir partout nicht einfallen wollte.

»War ich so beeindruckend, dass dir nichts mehr einfällt?« Er zwinkerte mir zu und ließ mich endlich runter. Dabei kam er meinem Gesicht so nah, dass ich die dunklen Sprenkel in seinen blauen Augen sehen konnte. In diesem Augenblick gab es nur ihn und mich und diese unglaublichen Glücksgefühle, die durch mich hindurchströmten.

»Mache ich alles kaputt, wenn ich dir sage, dass ich glaube, mich in dich verliebt zu haben?« Die Zeit schien stillzustehen, bevor er langsam den Kopf schüttelte, sanft meinen Nacken umfasste und mich küsste.

»Nein«, antwortete er mit belegter Stimme, als wir uns voneinander trennten, »denn es geht mir genauso.«

War ich paranoid oder hörte ich ein Aber? Und wenn schon, in den nächsten Stunden würde ich es ignorieren.

Wir verbrachten den restlichen Tag am Strand und natürlich ließen wir uns auch nicht den Sonnenuntergang entgehen. Es war unglaublich romantisch. Ich hätte für immer so am Strand sitzen können – eng an Adam gekuschelt und nur das Rauschen des Meeres im Ohr.

»Ich würde dir gerne etwas erzählen«, hörte ich Adam sagen, während er sanft über meine Arme strich.

Kam jetzt das Aber? Ich drehte mich um, damit ich ihm in die Augen sehen konnte.

»Über meine Gefühle zu reden, liegt mir nicht, schließlich bin ich ein Kerl.« Er lächelte, aber seine Anspannung könnte nicht deutlicher sein.

Ich nickte ihm aufmunternd zu, bevor ich meinen Blick aufs Meer lenkte. Vielleicht fiel es ihm leichter, wenn ich ihn dabei nicht ansah. Er atmete tief aus, dann begann er zu erzählen:

»Wie du bereits weißt, bin ich in Huntington aufgewachsen. Clayton ist seit Kindertagen mein bester Freund, wir waren schon immer unzertrennlich und hatten nur Blödsinn im Kopf. Meine Mom hatte im örtlichen Krankenhaus gearbeitet, Teilzeit, damit sie zu Hause war, wenn ich von der Schule kam. Eigentlich war es eine schöne Zeit.« Adams kühle Stimme passte irgendwie nicht zu seinen Ausführungen. »Jedenfalls wurde mein Dad arbeitslos, als ich elf war. Die Versicherung, für die er gearbeitet hatte, war aufgekauft worden und viele Mitarbeiter wurden entlassen. Bis mein Dad eine neue Stelle gefunden hatte, musste meine Mom doppelt so viele Schichten im Krankenhaus übernehmen. Ich habe sie in der Zeit kaum noch gesehen. Mein Dad hingegen war immer zu Hause, was ich am Anfang toll fand, bis er mit der Zeit immer teilnahmsloser wurde. Ich hatte damals keine Ahnung, dass ihn die ganze Situation depressiv gemacht hatte. Ob er sich behandeln ließ, weiß ich nicht. Ich hatte davon nichts mitbekommen, denn meine Eltern schickten mich andauernd zu Claytons Familie. Irgendwann war er dann wieder ganz der Alte und hatte plötzlich auch wieder die Aussicht auf einen neuen Job.« Angespannt wartete ich auf den Rest der Geschichte. »Eines Tages war die Schule früher aus und ich habe meinen Dad ... mit einer anderen Frau erwischt.«

Was?!

Adam schnaubte wütend und ich spürte die Anspannung in seinem ganzen Körper. »Er hat mir geschworen, dass es ein einmaliger Ausrutscher war und mich bekniet, nichts davon meiner Mom zu sagen. Natürlich habe ich ihm geglaubt und meinen Mund gehalten. Schließlich war ich erst elf, ich hätte meinem Dad alles geglaubt. Leider hatte er mich belogen und es seit damals immer und immer wieder getan.«

Fremdgehen oder anlügen? Beides?

»Haben sich deine Eltern scheiden lassen?«

»Nein, sie sind noch immer zusammen und tun so, als wäre es normal, untreu zu sein.«

Nicht sein Ernst? Ungläubig sah ich ihn an.

»Keine Angst, meine Mutter ist nicht besser.«

»Sie führen eine offene Ehe?«

Adams Gesicht verzog sich zu einer Grimasse. »Keine Ahnung, was sie führen, wir reden nicht mehr groß miteinander. Als ich volljährig wurde, sind sie nach Kalifornien gezogen und erst vor kurzem wieder nach Huntington zurückgekehrt. Im Grunde sind sie Fremde für mich. Meine Mom ruft dauernd an, will, dass wir uns wieder regelmäßig sehen und am Leben des anderen teilhaben. Jetzt, nach über fünfzehn Jahren. Was soll denn das noch bringen? Und wie soll ich überhaupt wissen, dass sie mir nicht nur Lügen auftischen?«

»Deshalb glaubst du nicht mehr an die Institution Ehe, oder?«

»Ich glaube nicht einmal an die Liebe. Ich war noch nie verliebt und habe auch niemals eine Beziehung geführt«, sagte er, während er mir sanft übers Gesicht strich und mich flüchtig küsste.

»Und jetzt, was glaubst du jetzt?«, wagte ich zu fragen.

»Keine Ahnung, Monica. Ich kann dir nichts versprechen, das habe ich schon gesagt. Dass ich tiefe Gefühle für dich hege, weiß ich, aber wie lange sie halten werden, kann ich nicht sagen. Und das ist schon mehr, als ich je zuvor geschafft habe.«

Vertraute er überhaupt einem Menschen außer sich selbst? Wahrscheinlich seinem besten Freund Clayton. Aber sonst? Und doch wollte sich Adam auf uns einlassen – nach so kurzer Zeit? Offenbar, sonst wären wir nicht hier, außerdem hätte er mir sicher nicht so etwas Intimes erzählt. Vielleicht sollte ich unsere gemeinsame Zeit einfach genießen.

Adam zog jedenfalls alle Register, dass ich unseren gemeinsamen Kurzurlaub nie vergessen würde. Zum Abendessen gingen wir in ein Restaurant im historischen Viertel von Wilmington. Inmitten der alten Herrenhäuser kam ich mir vor wie im neunzehnten Jahrhundert, nur die Autos passten nicht so ganz dazu.

Unser Restaurant war auf lokale Speisen spezialisiert. Dass es zur gehobenen Klasse gehörte, wurde bereits deutlich, als wir das Lokal betraten – ein Backsteingebäude, das im Inneren dessen rustikales Flair aufgriff und mit einer edlen Ausstattung kombinierte. Dunkelrote Vorhänge markierten die Durchgänge zur Küche und zum Barbereich, den ich schon von außen durch die Schiebefenster gesehen hatte.

»Das Restaurant ist auf typisch amerikanische Küche spezialisiert«, bemerkte Adam, nachdem er am Empfang seinen Namen genannt hatte und wir zu unserem Tisch geführt wurden.

Auch Adams Restaurant war auf amerikanische Küche ausgerichtet, allerdings mit mediterranen und asiatischen Einflüssen, wie mir seine Homepage verraten hatte.

Ich war schon jetzt auf die Karte gespannt und ob wir bei unserem Dinner Adams Konkurrenz ausspionierten.

Als wir uns gesetzt und ein Glas Champagner als Aperitif bestellte hatten, fragte ich ihn flüsternd, ob ich mit meiner Vermutung richtig lag.

Er lachte herzlich. »Auch. Du hast mein Arbeitszimmer noch nicht gesehen, aber da hängt eine Landkarte der USA. In jedem Bundesstaat habe ich die fünf Top-Restaurants markiert. Einige davon habe ich bereits besucht, aber noch lange nicht alle. Ist wohl eine Berufskrankheit von mir. Als ich mir überlegt hatte, wohin ich dich ausführen will, ist mir dieses Lokal ins Auge gestochen. Der Koch hat eine Schwäche für die puerto-ricanische Küche.«

Wie gerne würde ich diese Landkarte sehen. Ob mich Adam auf seinen kulinarischen Reisen mitnehmen würde? Neugierig warf ich einen Blick auf die Speisekarte, die uns ein Kellner im klassisch weißen Hemd und schwarzer Hose reichte.

Adam

Es war unglaublich, wie einfach es war, Monica zum Strahlen zu bringen. Ich war mir sicher, dass sie sich genauso gefreut hätte, wenn wir auf Long Island surfen und anschließend in einem gemütlichen Lokal in New York essen gegangen wären. Dass sie North Carolina in Ekstase versetzte, war unheimlich. Als wäre sie jahrelang weggesperrt gewesen.

»Ich kann es kaum erwarten«, murmelte Monica zu sich selbst.

»Bist du am Verhungern?«

»Das auch. Nein, ich meinte, ich kann es kaum erwarten, etwas von der Welt zu sehen. Ich bin noch nicht viel rumgekommen. Mit dem Restaurant ging das nicht und später ...«

Ich hatte also recht. Nur, was war später gewesen?

Sie klappte die Speisekarte zu und sah mich ernst an.

»Ich habe mich auf eine auf sechs Monate zeitlich begrenzte Stelle in London beworben. Keine Ahnung, wie meine Chancen stehen. Falls es nicht klappt, werde ich mir wohl eine Auszeit nehmen.«

Natürlich fragte ich mich jetzt unweigerlich, was das für uns bedeuten würde? *Uns*, ein großes Wort. Wenn ich bisher an meine Zukunftspläne gedacht hatte, war da immer nur das *Eve's II* gewesen.

Nichts und Niemand hätte daneben Platz. Meine Restaurants würden meine ganze Aufmerksamkeit fordern, was mir ganz gelegen kam. Denn dann müsste ich mich nicht mit meinen Problemen auseinandersetzen. Nur könnte ich mich dann auch nicht auf Monica einlassen, nicht wahr? Was ich wollte und was ich können würde, lagen im Moment weit auseinander.

Wenn ich es mir aussuchen könnte, würde ich meine Koffer packen und Monica begleiten, ihr all das zeigen, was ich auf meinen Reisen erlebt und was mich nachhaltig beeindruckt hatte.

Und genau aus diesem Grund würde ich sie auch nicht aufhalten. Egal, wie mies es sich anfühlte, sie gehen lassen zu müssen.

»Und Italien steht ganz oben auf deiner Liste, oder?«

»Das war jetzt nicht schwer zu erraten. Ich wünschte, du könntest mitkommen.« Sie berührte meine Hand, als wolle sie sich vergewissern, dass die Verbindung zwischen uns weiterhin intakt war.

»Oder du kommst einfach mit mir, wenn ich wieder die Konkurrenz ausspioniere«, zwinkerte ich ihr zu.

»Oder das.« Sie versuchte ihre Enttäuschung zu überspielen, in dem sie betont heiter wieder nach der Speisekarte griff. »Hast du Lust zu teilen? Die Gerichte klingen alle köstlich.«

»Klar, ich habe nichts dagegen.« Teilen. Ich war nie ein großer Fan davon gewesen, wenn sich Paare gegenseitig fütterten, aber Monica hatte recht, es wäre ein Jammer, nicht von verschiedenen Gerichten zu kosten.

Wir wählten die Pilze an einer Suppe aus Mais, verfeinerten mit Frischkäse und Sprossen, das Filet an Blumenkohl- und Selleriepüree, sowie das Rindfleisch Tataki an Quittenpüree und Manchego, gefolgt vom Gelbflossentunfisch.

»Habe ich mich schon für das traumhafte Wochenende bedankt?« Feierlich hob sie das Champagnerglas.

»Schon mehrmals«, antwortete ich wahrheitsgetreu.

»Es ist unglaublich. Danke, dass du dir so viele Gedanken gemacht hast.«

Sie blinzelte mehrmals, aber ich hatte die verräterische Feuchte bereits in ihren Augen gesehen. Und es ging mir unheimlich nahe, dass ich ihr solch eine große Freude hatte machen können. Ich würde sie definitiv nicht gehen lassen können und ich wollte lieber nicht wissen, was das aus mir machte.

KAPITEL SECHZEHN

Monica

Selbst am Montag schwebte ich noch auf Wolke sieben. Wie selbstverständlich waren wir vom Flughafen direkt zu ihm gefahren und ich wäre am nächsten Morgen am liebsten liegengeblieben. Was ich natürlich nicht tat. Stattdessen dachte ich dauernd an Adam und vermisste ihn den ganzen Tag. Ihm schien es ähnlich zu gehen, denn wir schickten uns pausenlos kurze Textnachrichten. Ich war bis über beide Ohren in ihn verliebt und endlich würde ich es auch Caitlin erzählen können.

Kurz nachdem sie ihre Wohnung am Central Park erreicht hatte, stand auch ich vor der Tür und wir fielen uns zur Begrüßung in die Arme.

»Ah, wie habe ich dich vermisst!«, kreischte sie freudig.

»Ich dich auch, du kannst nicht glauben, was mir passiert ist!«

»Na, dann warte mal erst meine Überraschung ab! Du wirst aus den Schuhen kippen.«

»Du hast dich mit einem italienischen Grafen verlobt, der dir die Welt und sein Weingut zu Füssen legen will.«

»Ach du, das nächste Mal kommst du einfach mit. Dann lernst du deinen Grafen selbst kennen.«

Sie löste sich lachend von mir und ging in die offene Küche, um den Champagner zu öffnen, der in einem Weinkühler bereitstand.

»Ich denke, ich habe ihn bereits gefunden. Kommt noch wer?«, fragte ich leicht irritiert, denn ich sah vier Gläser, wir waren aber bekanntlich nur zu zweit.

»Ja, aber dazu gleich mehr. Zuerst will ich deine Geschichte hören. Du hast ihn bereits gefunden?! Erzähl, hast du dich verliebt? Etwa in Stephan? Haben es dir seine grünen Augen angetan? Oh, ich liebe grüne Augen, vor allem in Kombination mit dunklen Haaren.«

»Nein, nicht Stephan.« Ein Klingeln unterbrach mich.

»Perfektes Timing würde ich sagen. Du wirst stauen, oh, ich platze fast.«

Adam

»WOHIN FAHREN WIR DENN?«

Überrascht sah ich, dass wir in Richtung Upper West Side fuhren. Hier befanden sich zwar einige ausgezeichnete Restaurants, aber eigentlich hatte ich gedacht, dass wir uns in der Nähe unseres Stammclubs ein paar Steaks gönnen würden und dann ... ja, was dann? Normalerweise machten wir die Montagnacht zum Tag, ich zumindest. Nur hatte ich heute keine Lust dazu. Im Grunde wollte ich den Abend mit Clayton verbringen und ihm von Monica erzählen. Wir hatten uns in der letzten Zeit kaum gesehen und wenn dann nur kurz. Bevor ich Lynn um Rat bat, würde ich zuerst mit Clay reden. Er war mein ältester und bester Freund und zum Glück mit all dem Beziehungskram vertraut.

Unser Taxi hielt jetzt direkt vor dem *Majestic*.

»Ich muss nur noch etwas erledigen.«

»Du schleppst mich aber nicht auf eine dieser Neureichenpartys, oder?«

»Nein, sicher nicht, zumindest nicht heute«, grinste er.

Seufzend folgte ich ihm durch die Lobby. Hier gab's nicht nur einen Türsteher, sondern auch einen Liftboy. Der Portier winkte uns durch, natürlich hatte sich Clay im Vorfeld angemeldet. Himmel, wer wohnte hier nur?

Ich sollte es sehr schnell herausfinden. Freudestrahlend empfing uns Caitlin nur wenige Augenblicke später. Sie glühte regelrecht, als hätte sie im Lotto gewonnen. Moment mal, Clayton wirkte plötzlich ebenfalls sehr zufrieden.

»Kommt doch rein.« Sie scheuchte uns buchstäblich in ihre elegante Wohnung, die zugegeben einen fulminanten Ausblick auf den Central Park bot. »Monica, du kannst dich doch noch an Adam erinnern?«

War ich im falschen Film? Was wurde hier gespielt? Monica starrte mich genauso perplex an wie ich sie. Wie angewurzelt standen wir uns gegenüber, beide zu baff und überfordert, weil keiner von uns zu wissen schien, wie wir uns überhaupt begrüßen sollten. Schnell wurde mir klar, dass sie Caitlin genauso wenig von uns erzählte hatte, wie ich Clay.

»Ja, natürlich erinnere ich mich an Adam. Guten Abend.« Monica kam zaghaft näher und streckte mir die Hand entgegen.

»Er beißt nicht, weißt du«, bemerkte Caitlin amüsiert und interpretierte Monicas Zögern falsch.

Monica räusperte sich und blickte dann zu Clayton, der uns beide stirnrunzelnd betrachtete. Scheinbar versuchte er herauszufinden, was zwischen uns vorging. Denn im Gegensatz zu Caitlin war ihm sehr wohl klar, dass etwas nicht stimmte.

»Der Champagner steht bereit, lasst uns anstoßen.«

»Würde mich bitte jemand aufklären, was hier los ist?« Erst jetzt merkte ich, dass ich Monicas Hand noch immer hielt. Rasch ließ ich sie los und steckte meine Hände in die Hosentaschen.

»Genau, was soll das Ganze?« Monica überkreuzte demonstrativ ihre Arme über der Brust. Sie sah in ihrem hellroten Kleid und mit den dunklen Locken, die sie heute mal offen trug, einfach bezaubernd aus. Ich musste mich zusammenreißen, sie nicht anzustarren. Oder wäre es geschickter, die Katze aus dem Sack zu lassen, allen einen schönen Abend zu wünschen und mit Monica zu verschwinden?

Und der Abend mit Clayton?

Stimmt, den hatte ich kurzzeitig vollkommen vergessen. Obwohl er sicher Verständnis hätte.

»Adam ist auf der Suche nach einem Partner für sein zweites Restaurant und ich habe beschlossen einzusteigen. Also wir zusammen.«

»Was?!«, rief Monica in dem Moment und sah mich mit großen Augen an.

»Wie bitte?«, fragte ich genauso verdutzt. Wer waren denn wir?

»Adam hat damit nichts zu tun. Die geniale Idee stammt einzig und allein von Clayton und mir«, erklärte Caitlin an Monica gewandt, während sie mir ein Glas Champagner reichte. »Auf uns, Partner. Du hast natürlich freie Hand. Keine Angst, ich mische mich bestimmt nicht ein. Im Gegensatz zu Monica.« Sie zwinkerte mir zu.

»Was heißt, *im Gegensatz zu Monica.*«

»Einzige Bedingung ist, dass du sie als Geschäftsführerin einstellst. Sie kann das, wirklich«, betonte Caitlin, als ich nicht reagierte. Monica sah entgeistert zwischen uns dreien hin und her.

Tja, ich wusste genauso wenig, was ich jetzt sagen sollte. Mein spontaner Gedanke war, wie gut sie ins *Eve's* passen würde.

Der nächste Gedanke zerstörte leider gerade unsere Beziehung oder das, was wir hatten. Nie im Leben würde ich mein Privat- und mein Geschäftsleben mischen.

Clay wusste das ganz genau. Warum hatte er zugestimmt?

Weil er nichts von Monica wusste?

Stimmt. Niemand wusste von uns. Ein Blick zu Monica bestätigte mir, dass sie ahnte, was ich dachte. Noch bevor ich es aussprechen konnte, war ihr klar, dass ich mit ihr Schluss machen würde. So rasch würde ich ihr Herz brechen.

Und deines?

Meines ... als spielte das eine Rolle.

»Irgendwie hatte ich mehr Enthusiasmus erwartet«, bemerkte Caitlin sichtlich enttäuscht.

»Es kommt nur völlig überraschend. Ich kann jetzt nicht einfach kündigen«, warf Monica ein. Sie suchte Blickkontakt, doch ich wich ihr aus, um meine Entscheidung nicht gleich zu revidieren.

Ich war ein Idiot, wenn ich dachte, dass wir jetzt noch zusammenarbeiten könnten. Wie gerne hätte ich jetzt einen richtigen Drink und fünf Minuten, um meine Gefühle zu ordnen.

»Es wird noch Monate dauern, bis ich überhaupt alle Lizenzen habe, außerdem muss ich noch eine passende Location finden.« Monate ... Monica wäre dann auf Reisen. Unsere Gefühle hätten sich abgekühlt und wir wären wahrscheinlich sowieso nicht mehr zusammen. Wäre es dann überhaupt nötig, jetzt schon mit ihr Schluss zu machen?

»Ich bin sicher, wenn du erst einmal loslegst, wird alles ganz schnell gehen«, startete mein bester Freund einen Motivationsversuch und stürzte mich damit ins nächste Gefühlschaos.

Zum Glück blieben wir nicht mehr lange. Erst, als ich auf der Straße stand, konnte ich wieder halbwegs durchatmen. Was für eine beschissene Situation: Mein Lebenstraum von einem zweiten Restaurant oder die Beziehung zu einer Frau, die mir mehr bedeutete als jede andere zuvor. Egal, wie ich mich entschied, ich hatte verloren.

»Was ist los? Hattet ihr eine Affäre?«, fragte mich Clay unumwunden.

»Eine Affäre!«, lachte ich bitter auf. »Nein, eine Affäre sicher nicht.« Frustriert strich ich mir durchs Haar.

»Was dann?« Clayton war hartnäckig, aber an seiner Stelle hätte ich auch nachgebohrt.

»Erinnerst du dich noch an deine Ansage, *wenn ich noch einmal auf die hirnrissige Idee komme, Beruf- und Privatleben zu mischen, redest du mir das gefälligst aus?*«

»Natürlich, du wolltest mir stattdessen eine reinhauen.« Und jetzt dämmerte Clay, was ich damit sagen wollte.

»Nein! Hatte ich also doch recht? Du hast dich in Monica verliebt?«, raunte er, als wäre es ein Staatsgeheimnis.

»Ich wollte dir heute Abend von ihr erzählen.«

Ratlos standen wir auf dem Gehsteig herum. Ich konnte sehen, dass Clayton noch unzählige Fragen quälten.

»Lass uns gehen.« Wir machten uns zu Fuß auf in Richtung Columbus Circle. Ich kannte Clay, immer wenn er nachdenken musste, brauchte er die Bewegung. Ein Tick von ihm.

»Ich suche einen neuen Partner«, bemerkte er, nachdem wir circa zehn Minuten schweigend nebeneinander hergegangen waren. »Es gibt genügend Investoren.«

Natürlich gab es die. Wir waren gerade an ihren luxuriösen Wohnungen vorbeigelaufen. Durch seinen Job als Modelagent hatte Clayton die nötigen Kontakte zu den Reichen und Schönen der Stadt. Das war nur nie das Problem gewesen.

»Nein.«

»Nein? Was heißt das? Ich dachte, Monica bedeutet dir etwas? Und wenn du nicht mir ihr arbeiten willst, war's das.«

»Ja, sie bedeutete mir was, viel sogar, und ja, unter anderen Umständen würde ich sehr gern mit ihr arbeiten wollen. Ich habe sie an meinem letzten Kochabend kennengelernt. Du hättest das Feuer in ihren Augen sehen sollen, als sie die Gerichte zubereitet hat. Außerdem hat sie genug Erfahrung in der Führung eines Restaurants und würde sicherlich auch das nötige Herzblut fürs *Eve's* aufbringen.«

Es wäre ihre Chance, in der Branche wieder Fuß zu fassen – und das wollte sie doch. Sonst hätte sie sicher nicht so emotional auf den Rauswurf ihres Vaters reagiert. Das Büro war lediglich eine Notlösung, das würde sie keinesfalls abstreiten können.

»Vielleicht solltet ihr das gemeinsam entscheiden. Natürlich weiß ich, was ich gesagt habe, aber ich halte mich selbst nicht daran.«

Nein, Jamie und er arbeiteten gemeinsam in seiner neuen Agentur – trotz der schlechten Erfahrungen mit seiner Ex, mit der er ebenfalls eine enge Geschäftsbeziehung hatte.

»Du warst schon immer der Mutigere von uns beiden.«

»Und du redest wie immer Quatsch. Die Opferrolle steht dir überhaupt nicht.«

»Und ich dachte, ich mache ausnahmsweise einmal alles richtig«, bemerkte ich verstimmt.

»Das richtige wäre, sie endlich anzurufen und mit ihr gemeinsam zu entscheiden.«

Daraufhin rief sich Clayton ein Taxi, verabschiedete sich und war weg.

Und ich stand noch immer unschlüssig an der 8thAvenue. Schließlich holte ich mein Handy hervor und fragte Monica schlicht, ob wir uns bei mir zu Hause treffen könnten. Egal um welche Uhrzeit.

Sie antwortete mit einem schlichten »Okay«. Nachdem ich mit dem Taxi nach Hause gefahren war, saß ich dennoch wie auf heißen Kohlen, bis sie endlich an meiner Tür klingelte.

KAPITEL SIEBZEHN

Monica

Caitlin hatte nicht glauben können, dass ausgerechnet Adam der Mann war, dem ich mein Herz geschenkt hatte. Außerdem war sie ein wenig enttäuscht, dass ich es ihr nicht sofort erzählt hatte. Trotz überzeugender Argumente hatte ich alle Hände damit zu tun, sie zu besänftigen. Dass sie noch an ihrem Plan festhielt, musste am Schock liegen. Unter keinen Umständen würde ich den Job annehmen. Diesen Fehler hatte ich schon mal gemacht, das würde mir kein zweites Mal passieren. Außerdem wollte ich weder Adam aufgeben noch meine Pläne für Europa ändern. Es würde auch so eine Herausforderung werden, beides unter einen Hut zu bekommen, selbst wenn ich nicht nach London ging, sondern einfach nur eine längere Auszeit nahm.

Wie lange konnte eine Fernbeziehung überleben? Dazu gab es sicher verschiedene Statistiken. Mein Gefühl sagte mir jedoch, dass wir eine zeitliche Trennung nicht überstehen würden. Dafür stand unsere Beziehung noch auf viel zu wackeligen Beinen. Was im Umkehrschluss bedeutete, dass ich auf meine Reise verzichten sollte.

Oder verschieben? Ich musste ja nicht gleich morgen meine Koffer packen.

Das klang sogar in meinen Ohren nach Kapitulation. Aber ich konnte Adam unmöglich aufgeben.

Angespannt fuhr ich zu ihm. Dieses Mal fielen wir nicht schon in der Diele übereinander her. Die Stimmung war getrübt, zu viele Gedanken jagten durch meinen Kopf, denn die meisten Szenarien bereiteten mir Bauchschmerzen.

»Möchtest du ein Glas Wein?«

Ich bejahte dankbar und folgte Adam in die Küche. Wenige Minuten später saßen wir uns jedoch schweigend am Küchentisch gegenüber und ignorierten den kühlen und sicherlich köstlichen Weißwein.

»Ich will die Stelle nicht«, bemerkte ich, um diese angespannte Situation endlich zu entschärfen.

Adam hatte sein Pokerface aufgesetzt. Normalerweise nutzte er es nicht in meiner Anwesenheit, das letzte Mal bei unserem kleinen Disput in seinem Restaurant. »Ich wusste auch nichts von Caitlins Plänen. Ich hoffe, du glaubst mir.« Langsam streckte ich meine Hand nach seiner aus. Vielleicht dachte er, ich hätte ihn reingelegt, um mich bei ihm einzuschmeicheln. Nichts lag von der Wahrheit weiter entfernt.

»Ich hatte nichts dergleichen angenommen.« Er schüttelte den Kopf, wirkte einen Moment lang traurig, bevor er sachlich fortfuhr: »Ich bin mir noch nicht sicher, ob das zweite Restaurant das exakte Ebenbild vom *Eve's* sein soll oder nicht. Ich wollte mir diese Entscheidung noch offenlassen. Du kannst dir auch gerne Gedanken dazu machen, wenn du willst. Als meine Stellvertreterin erwarte ich, dass wir zu jedem Zeitpunkt alles wissen. Höchstmögliche Transparenz. Wenn es Probleme gibt, möchte ich es sofort erfahren, umgekehrt gilt dasselbe – auch bei Erfolgen. Beim Essen müssen wir etwas experimentieren, um zu sehen, ob unsere Gäste aus Manhattan anders ticken als die aus Brooklyn.«

»Adam, ich will die Stelle nicht. Ich habe einen Job, Pläne ...

und was ist mit uns?« Meine Stimme klang schrill, schon fast hysterisch. Am liebsten wäre ich aufgesprungen und hätte ihn geschüttelt, damit in seinen Schädel ging, dass ich nichts davon wollte.

»Ach, komm schon. Du wärst dumm, die Gelegenheit an dir vorbeiziehen zu lassen. Das wissen wir doch beide. Außerdem musst du nicht sofort kündigen, da alles noch eine Weile braucht. Ich halte dich auf dem Laufenden, wie schnell ich mit dem *Eve's II* vorankomme.« Adam ließ den kühlen Geschäftsmann heraushängen.

»Du machst also Schluss.«

»Ich halte nichts davon, Privat- und Geschäftsleben zu vermischen. Es ist zu kompliziert, da ist Ärger vorprogrammiert.«

»Aber mein *Nein* akzeptierst du auch nicht. Ich kann nichts an deinem Entschluss, uns aufzugeben, ändern?«

»Es ist besser so.«

»Ach ja?! Für wen denn!? Für dich? Für mich jedenfalls nicht. Ich verstehe dich nicht. Was hat sich seit heute Morgen geändert? Ist dir dein Restaurant so viel mehr wert als wir?«

Ich würde ihm sein Pokerface gerade gern aus dem Gesicht schütteln.

»Was hatten wir denn? Nichts, außer ein paar schöne Tage zusammen.«

»Wow, ich hatte mir eingebildet, dass es mehr war. Zumindest hatten wir uns das gegenseitig eingestanden. Aber wenn du selbst das leugnest, muss ich alles andere auch in Frage stellen und unter den Umständen ist es mir unmöglich, mit dir zusammenzuarbeiten. Scher dich zum Teufel, Adam Cooper!« Bevor er mich noch mehr verletzen konnte, schnappte ich mir meine Handtasche und stürmte zur Haustür.

Er hatte mich eingeholt, als ich nach der Klinke griff. »Was erwartest du, Monica? Du kennst meine Geschichte. Unsere Chancen standen von Anfang an schlecht. Du wünschst dir doch schon lange, wieder in der Gastronomie zu arbeiten. Sei ehrlich, dieser blöde Bürojob ist doch nur ein Alibi. In Wahrheit will dein Herz etwas ganz anderes.«

»Was weißt du schon von meinem Herzen? Du kapierst nicht mal, dass ich dich nicht aufgeben will. Nur weil du denkst, unsere Beziehung wäre nicht für die Ewigkeit. Nichts ist für die Ewigkeit, du Idiot, auch kein Job, egal, wie viel Herzblut man reinsteckt.«

»Es tut mir leid.«

Er trat zur Seite und ließ mich gehen – und hatte keine Ahnung, wie leid es mir tat.

Adam

»Sie will den Job nicht, also erspar mir deinen Vortrag.«

Clayton kam Dienstagmittag ins Büro im *Eve's* gerauscht, ganz klar auf einer Mission.

»Caitlin ist sich sicher, dass sie Monica überreden kann. Vor allem, wenn aus ihrem Job in London nichts wird.«

»Wow, sie ist ja eine tolle Freundin«, antwortete ich sarkastisch. Eine tolle beste Freundin! Wusste sie nicht, dass Europa Monicas anderer großer Traum war?

Dass sie mit der Gastronomiebranche wirklich abgeschlossen hatte, konnte ich mir zwar auch nicht vorstellen, aber wenn sie nicht mit mir zusammenarbeiten wollte, würde sie ihre Freundin kaum dazu überreden können.

»Und du?«

»Wir haben uns getrennt.«

Clay sah mich entgeistert an, als wäre ich der größte Idiot auf dem Planeten. Leider hatte er damit absolut recht. In jeder freien Minute dachte ich an Monica und zermarterte mir das Gehirn, wie wir es doch schaffen könnten.

»Wann machst du dich an die Arbeit?«

»Soll ich mich immer noch um die perfekte Location für das *Eve's II* kümmern?«

»Ich habe nie etwas anderes gesagt, nur dass Caitlin sicher ist, Monica überreden zu können.«

»Das kann niemals gutgehen.«

»Und doch wirst du dich darauf einlassen«, konterte Clayton siegessicher und setzte sich mir gegenüber. »Wo siehst du dich eigentlich in fünf Jahren?«

Ich dachte, mich verhört zu haben.

»Wie bitte? Es ist Mai, findest du nicht, dass es ein wenig zu spät für Zielsetzungsgespräche ist?«

»Wir führen nie Zielsetzungsgespräche, also kann es nicht zu spät dafür sein. Du hast dich nach der High-School komplett auf deine Karriere eingeschossen. Denkst du nicht, es ist langsam an der Zeit, noch einen anderen Sinn im Leben zu finden?«

»Meine Karriere ist mein Leben, das solltest du am besten verstehen. Außerdem erfüllt mich mein Job. Meistens habe ich nicht das Gefühl, zu arbeiten. Ich tue, was ich liebe. Auch das solltest du verstehen.«

»Ja, das ist mir schon klar. Aber da sollte noch mehr sein.«

»Clay, lass es bleiben. Warum redest du um den heißen Brei herum? Im Gegensatz zu dir träume ich nicht von Haus, Ehefrau, zwei Kindern und einem Hund. Ich glaube, man sollte seine Träume leben – und das tue ich. Mehr brauche ich nicht. Und wehe, du schickst wieder Lynn vorbei.« Natürlich war meine Drohung nur gespielt, das wusste Clay genau. Keiner kannte mich wie er.

»Wenn du Sonntag zum Essen kommst, muss ich sie nicht herzitieren.«

»Vielleicht tue ich das sogar.«

»Wirklich?«

»Nur nicht nächsten Sonntag. Ich kann unmöglich zwei Sonntage in Folge im Restaurant fehlen.«

»Wo warst du eigentlich am letzten Wochenende?«

Im Paradies.

»In North Carolina, mir ein Restaurant anschauen.«

»Sag nicht, du willst nach North Carolina expandieren!« Clays entsetzter Gesichtsausdruck war wirklich amüsant.

»Nein, natürlich nicht. Aber das heißt nicht, dass ich mir keine Inspiration holen darf. Ein anderes, das mich übrigens auch interessiert, liegt in Alabama.«

»Such einfach nach passenden Räumlichkeiten fürs Restaurant … in Manhattan. Ich bereite in der Zwischenzeit die Verträge vor.« Er verabschiedete sich kopfschüttelnd.

KAPITEL ACHTZEHN

Monica

Seit Montag schlief ich schlecht. Nicht nur wegen der Sache mit Adam, sondern auch, weil mich Caitlin seither mit Textnachrichten und Anrufen regelrecht bombardierte. Sie scheute sogar nicht mal davor zurück, alte Erinnerungen wachzurufen und in der Vergangenheit zu schwelgen. Ich wusste selbst, wie glücklich ich im *Soggiorno* gewesen war.

Leider änderte es nichts daran, dass ich Adam nicht aufgeben wollte. Ja, ich wartete noch immer auf eine Nachricht von ihm, doch stattdessen kamen weitere zwanzig von Caitlin. Warum konnte er mir nicht einfach sagen, dass er sich geirrt hatte. Aber je länger ich wartete, desto klarer wurde mir, dass das nicht passieren würde.

Frustriert steckte ich mein Handy zurück in meine Handtasche und konzentrierte mich wieder auf meine Arbeit. Zahlen beruhigten mich, also los! Leider wurde ich jäh von Amber unterbrochen, die sich vor meinem Schreibtisch aufbaute.

»Wann wolltest du mir eigentlich erzählen, dass du dich auch für London beworben hast?«

Sie sah mich aus zusammengekniffenen Augen an, die Hände in die Hüften gestützt. Was sollte das denn jetzt?

»Auch dir einen guten Morgen, Amber. Besser du kommst mir nicht zu nah, ich glaube, ich brüte etwas aus. Nicht, dass du dich ansteckst.«

Natürlich hatte sie eine andere Antwort erwartet, aber ich hatte weder Lust auf einen Zickenkrieg noch die Nerven, mich zu rechtfertigen. Amber musterte mich einen Moment lang von Kopf bis Fuß. Mein derangiertes Äußeres musste sie überzeugt haben. Kein Wunder, schließlich hatte ich die halbe Nacht lang geweint, weil ich Adam so sehr vermisste.

Bevor ich wieder zu heulen begann, schnäuzte ich mich ausgiebig, um meine Pseudo-Krankheit zu untermauern. Ich wollte um jeden Preis verhindern, dass jemand von meinem Liebeskummer Wind bekam.

Wieso hatte ich bloß schon so früh mein Herz verschenkt?

Weil du gar nicht anders konntest?

Und wieder brummte mein Handy, eine weitere Nachricht von Caitlin.

– Komm heute Abend zu mir. Und wehe du machst Überstunden! Du kannst mir nicht aus dem Weg gehen, ich finde dich überall. –

– Ich gehe dir nicht aus dem Weg. Bin gegen sieben bei dir. –

– Warum so spät? –

– Ich arbeite! –

FRUSTRIERT SCHMISS ich mein Handy zurück in die Tasche und packte diese unter den Tisch. Aus den Augen, aus dem Sinn. Leider funktionierte das mit Adam überhaupt nicht.

. . .

»Du siehst furchtbar aus, Schätzchen.«

»Danke, darf ich dich daran erinnern, dass das allein deine Schuld ist!« Nein, ich hatte keine Lust freundlich zu sein.

»Ach, komm schon. Ich hatte keine Ahnung, dass ihr die Hauptrolle in der nächsten großen Love-Story spielt.«

»Das ist kein Spiel! Von wegen *Love-Story*. Die Hauptdarstellerin ist am Ende des Filmes gestorben, schon vergessen?«

»Also gut, ich muss hier wohl härtere Geschütze auffahren.«

»Essen wir Pizza und schauen uns dabei alle Thor- und Avengers-Filme in der chronologischen Reihenfolge an?«

»Sicher nicht! Es gibt Take-away und wir entwerfen einen Schlachtplan.«

»Einen Schlachtplan, wie ich dich ein für alle Mal loswerde?«

»Nein, wie du es schaffst, dass Adam erkennt, wie dämlich er war, dich gehen zu lassen.«

»Autsch.« Nur nicht wieder heulen.

»Ach, Schätzchen, weine doch nicht. Er ist ein Idiot, sorry, aber es gibt unzählige Dreamteams auf dieser Welt. Zum Beispiel Michelle und Barack Obama. Goldie Hawn und Kurt Russell. Oder meine Eltern, zugegeben in zweiter Ehe, aber trotzdem.«

»Du solltest unbedingt als Motivations-Coach arbeiten. Deine Methoden, einen aufzubauen, sind phänomenal.« Keine Ahnung, ob Caitlin den Spott bemerkte, sie lachte bloß, zuckte mit den Schultern und ging zum Kühlschrank ihrer zweihunderttausend Dollarküche. Keine Ahnung, warum sie eine Designerküche brauchte, sie nutzte sie eh nie.

»Womit sollen wir beginnen?« Sie musterte den Inhalt ihres Kühlschrankes so intensiv, dass ich mich fragte, was sie dort versteckt hielt.

»Ach, entscheide du, dann kann ich in der Zwischenzeit eine Liste anfertigen, obwohl wir die gar nicht brauchen. Der sicherste Weg, Adam zurückzugewinnen, ist ihn eifersüchtig zu machen.«

»Du spinnst doch. Mit wem sollte ich ihn denn bitte eifersüchtig machen?«

Ich schubste sie zur Seite, um mir anzusehen, was wir essen könnten. Der Kühlschrank war voll mit in Alu verpackten Kartons. Was war denn hier los?

»Mit Stephan natürlich! Oder hast du den Halbgott mit den grünen Augen bereits vergessen? Und das, was du hier siehst, meine Liebe, ist ein Querschnitt der Speisekarte des *Eve's*. Na, was sagst du? Überrascht, wie genial ich bin?«

Allerdings war ich überrascht, aber nicht über Caitlins Genialität, sondern darüber, dass sie wirklich zu glauben schien, dass ihr irrer Plan aufgehen könnte.

Adam

Es gab viele leerstehende Restaurants in Manhattan. Mir war klar, dass die meisten nicht den notwendigen Standards entsprachen, die ich suchte, aber, dass ich so schnell bereits einen Favoriten hatte, überraschte mich. Die nächsten Schritte waren einfach, Besichtigung, Bestandsaufnahme, Genehmigungen und Lizenzen kontrollieren und beantragen, falls der Mietvertrag zufriedenstellend wäre.

Nur zögerte ich nur schon beim ersten Schritt. Denn ich wartete noch immer auf den Vertrag zwischen Caitlin, Clayton und mir. Würde Caitlin doch einen Rückzieher machen, weil sie Monica nicht überzeugen konnte? Noch einmal wollte ich nicht alles umsonst organisieren.

Und wieder verfluchte ich Claytons Einstellung zu Krediten. Vielleicht sollte ich einen Alleingang wagen, nur auf meine Kappe, volles Risiko.

Stattdessen griff ich zu meinem Handy und rief Clay an. Mir war herzlich egal, ob er gerade bei einem Shooting war. Ich würde es noch früh genug herausfinden.

»Hey Adam, hier spricht Jamie. Clay ist in einer Sitzung, kann ich dir helfen?«

»Spielst du jetzt schon seine Sekretärin?«, fragte ich amüsiert.

»Nein, ich bin nur rangegangen, weil ich deinen Namen gesehen habe. Wie geht es dir?«

»Ging schon mal besser.« Warum ich ihr die Wahrheit sagte, wusste ich nicht. Vielleicht, weil sie wusste, wie sich eine unglückliche Liebe anfühlte. Auch Jamie und Clayton hatten eine harte Zeit hinter sich. Beide lebten in Scheidung von ihren jeweiligen Ex-Partnern und mussten einige Hürden meistern, bis sie ihr Glück miteinander fanden. Daran erinnerte nichts mehr, wenn man die Turteltäubchen heute sah. Sie waren füreinander bestimmt und wirkten wie ein glückliches, altes Ehepaar.

»Das tut mir leid. Wie kann ich dir helfen?«

»Weißt du, also … Hat Clay vielleicht erwähnt ... Wie steht es denn mit den Verträgen für *Eve's II*?«

»Sind bei seinem Anwalt, soweit ich weiß. Hast du schon ein passendes Lokal gefunden?«

»Ich bin mir nicht sicher. Aber ich gehe es mir bald anschauen.«

»Willst du, dass Clay dich wegen einer zweiten Meinung begleitet?«

Eine zweite Meinung ... die hätte ich gerne von jemand anderem. Ich verneinte und wir verabschiedeten uns. Als wir aufgelegt hatten, wählte ich Monicas Nummer. Sie hatte mich wohl nicht sperren lassen, nahm aber auch nicht ab. Ich hinterließ eine Nachricht, in der ich sie um Rückruf bat. So, was nun?

Auf mein Handy starren und hoffen, dass es klingelte? Und dann? Wie sollte ich mich Monica gegenüber verhalten? Sie als Angestellte behandeln? Das würde nie im Leben funktionieren. Ich hatte sie seit zwei Tagen weder gesehen noch gesprochen und fühlte mich mies. Warum war alles nur so kompliziert? Warum konnten wir nicht zwei ganz normale Menschen sein, die sich getroffen und Gefühle für einander entwickelt hatten und jetzt einfach schauten, wohin sie die gemeinsame Reise führte?

Wäre auch zu einfach gewesen. Bevor ich mich wieder im Drama suhlen konnte, begann ich die verschiedenen Locations abzuklappern und für den nächsten Montag Termine zu vereinbaren. Leider würde Monica an meinem freien Tag arbeiten müssen, was blöd war. Wobei … Wie kam ich eigentlich drauf, dass sie mich begleiten würde? Schließlich hatte sie mir deutlich gemacht, dass sie nicht für mich arbeiten würde. Außerdem hatte ich das zwischen uns beendet. Wieso hatte ich sie überhaupt angerufen?

Weil du sie vermisst, Idiot!

Leider war es so.

Monica

UNGLAUBLICH, aber sobald ich Adams Namen auf dem Display sah, schossen mir Caitlins Worte durch den Kopf. Vielleicht sollte ich ihn doch eifersüchtig machen … Nein, das war die dümmste Idee überhaupt. Ich wollte nichts von Stephan, ihn nur zu benutzen, war überhaupt nicht meine Art.

Er hielt mich, trotz meiner Absage, mit der Pension auf dem Laufenden. Vielleicht hoffte er, dass ich meine Meinung doch noch änderte, wenn er erst mal Eröffnung feierte. Leider konnte ich mich mit dem Gedanken so gar nicht anfreunden. Und mit dem *Eve's II*? Und was, wenn ich den Job in London doch bekam?

Wie lange würde ich überhaupt noch für *Financial Experts Inc.* arbeiten wollen? Wie viele Bilanzen bereinigen, wie viele Geschäftsabschlüsse schreiben? Was kam als nächstes? Nichts?

In Wahrheit steckte ich fest. Damals hatte mir der Job geholfen, um wieder zu mir selbst zu finden, aber jetzt, drei Jahre später, fühlte er sich beinahe wie eine Zwangsjacke an. Mein Leben war beständig, planbar – und langweilig.

Ich mochte meine unzähligen Tabellen noch immer, aber das reichte mir nicht mehr. Ich wollte wieder das prickelnde Gefühl spüren, wenn ich vor dem Weckerklingen wach wurde und es kaum erwarten konnte, dass der Tag startete.

Und wenn ich meinen Kollege Matt mit siegessicherem Lächeln durch die kahlen Gänge spazieren sah, fragte ich mich, ob ich wirklich nur die Quote für London gewesen war.

Das Spiel ist noch nicht zu Ende.

Nein, aber was käme danach? Das war doch die viel wichtigere Frage.

KAPITEL NEUNZEHN

Monica

»Wir haben die Verträge unterschrieben. Allerdings kündige ich ihn wieder, wenn du nicht einsteigst.« Caitlin griff jetzt also zu härteren Geschützen. »Ach, übrigens, Adam hat bereits ein Lokal gefunden.«

»Hat dir schon mal jemand gesagt, dass du mit unfairen Mitteln kämpfst?« Keuchend blieb ich neben einer Parkbank stehen. Meine Strategie, eine Runde zu joggen und einfach alles auszublenden, in der Hoffnung, dass ich in Ruhe gelassen wurde, war nicht aufgegangen. Ich hatte Adam nicht zurückgerufen und er sich auch nicht mehr gemeldet. Dafür ließ Caitlin einfach nicht locker. Hätte ich mein Handy besser zu Hause gelassen.

Ich brauchte die Zeit, um herauszufinden, was ich selbst wollte.

»Du bist aber auch stur. Was bleibt mir denn anderes übrig?«

»Es ist jedenfalls nicht sehr seriös, zuerst einen Vertrag zu unterschreiben, und ihn wenig später wieder platzen zu lassen. Wärst du dann nicht schadenersatzpflichtig? Es wäre verwunderlich, wenn die Anwälte von Adam und Clayton nicht einen entsprechenden Paragraphen eingebaut hätten.« Wenn ich es mir recht überlegte, konnten die beiden nicht so dumm sein. »Sie haben ihn eingebaut, stimmt's?«

»Gut, du hast gewonnen. Nein, ich kann nicht einfach wieder aussteigen. Dieses Recht ist ihnen jedoch vorbehalten, wenn es Probleme in der Partnerschaft gibt.«

»Bist du sicher, dass du einen guten Vertrag ausgehandelt hast?«

»Ehrlichgesagt war mir nur wichtig, dich ins Spiel zu bringen. Du bist doch nicht glücklich, Monica.«

»Nein, aber wieso überlässt du es nicht mir, über mein Leben zu entscheiden?«

»Wir sind doch wie Schwestern, natürlich mische ich mich gern in dein Leben ein. Außerdem würde ich jederzeit einen Tisch im neuen Restaurant bekommen, wenn du die Geschäftsführerin bist.«

Warum konnte ich nicht einfach Ja sagen und sehen, was passierte? War es nur wegen Adam, weil ich ihn nicht aufgegeben wollte? Aber wir waren gar nicht mehr zusammen, daran änderte sich auch nichts, wenn ich den Job ausschlug.

Oder lag es noch an etwas anderem? Vielleicht war es an der Zeit, ins kalte Wasser zu springen. Ich hatte mir doch schon längst eingestanden, dass ich meinen jetzigen Job nicht länger machen wollte, warum also nicht endlich das tun, was mir gefiel?

»Gut, ich rufe Adam an und frage ihn, ob er mir das Lokal zeigen kann und ob ...«, weiter kam ich nicht, denn Caitlins freudiges Kreischen unterbrach mich jäh. » ... er mir seine Pläne unterbreiten möchte.«

»Mach das am besten sofort und ruf mich an, wenn du dir alles angesehen hast. Ich bin ja so gespannt. Mein eigenes Restaurant in Manhattan, ist das nicht toll?«

Äh, ja? Nicht nur toll, sondern auch mit sehr viel Arbeit und Stress verbunden. Nachdem wir uns verabschiedet hatten, atmete ich ein paar Mal tief durch und dann wählte ich Adams Nummer. Es war Samstagvormittag, er müsste eigentlich im *Eve's* sein.

»Hey.«

Toll, sein nichtssagendes *Hey* half mir keineswegs, meine Nervosität in den Griff zu bekommen. Freute er sich, dass ich angerufen hatte, oder war er sauer?

Aber wieso sollte er sich freuen, schließlich hatte ich nicht auf seinen Anruf reagiert.

»Hallo Adam, störe ich?«

»Was willst du?«

Wow, ich hatte zwar geahnt, dass er es mir nicht leichtmachen würde, aber das verschlug mir jetzt glatt die Sprache. »Es tut mir leid, dass ich nicht zurückgerufen habe.«

»Das spielt keine Rolle mehr. Sonst noch was?«

Seine Stimme war erschreckend emotionslos. Ich hätte es besser ertragen, wenn er mich angeschrien hätte, alles war besser als diese Gleichgültigkeit.

»Können wir uns sehen?«

»Wozu?«

»Du machst es mir echt schwer, weißt du? Caitlin hat mir erzählt, dass ihr die Verträge unterzeichnet habt. Willst du noch, dass ich dabei bin oder nicht?«

»Ich wollte nie, dass du ein Teil vom *Eve's II* bist, Monica«, antwortete er wütend.

»Warum glaube ich dir nicht?«, provozierte ich ihn.

»Es ist mir egal, was du glaubst oder nicht. Wenn du im Team sein willst, erwarte ich hundertzehn Prozent Einsatz. Mit weniger brauchst du gar nicht aufzukreuzen. Ich muss mich auf dich verlassen können, verstanden?«

»Du brauchst mir sicher nichts über Verlässlichkeit zu erzählen, ich weiß ganz genau, wie ein Restaurant geführt wird. Also Caitlin sagt, du hast bereits ein Lokal gefunden. Wann kann ich es mir ansehen?« Er wollte einen Profi? Den konnte er haben. Dass unsere Beziehung Geschichte war, hätte er mir nicht klarer beweisen können.

»Ich kann für Montag einen weiteren Termin vereinbaren.«

»Entweder in der Mittagspause oder am Abend, falls du vergessen hast, dass ich noch einen anderen Job habe.«

»Ich habe gar nichts vergessen. Du hörst von mir.«
Bevor ich etwas erwidern konnte, hatte er aufgelegt.

Adam

WÜTEND KNALLTE ich mein Handy auf den Tisch. Verdammt, gar nichts hatte sich geändert. Schon ihre Stimme zu hören, brachte mich um den Verstand. Wie hatte ich annehmen können, dass wir zusammenarbeiten könnten und die Finger voneinander ließen. Das würde nur klappen, wenn sie über mehr Willensstärke verfügte als ich.

Nicht sie würde das Problem sein, sondern ich, was bedeutete, ich müsste mich vom neuen Lokal fernhalten. Das war doch lächerlich, schließlich war es mein Restaurant, mein Traum in Manhattan Fuß zu fassen.

Erneut griff ich nach meinem Telefon und rief Clayton an. »Ich habe ein Problem«, eröffnete ich das Gespräch, froh, dass er direkt selbst abnahm.

»Nur eines?«, lachte er herzlich.

»Du bist doch der Beziehungsexperte von uns beiden.«

»Ich könnte jetzt auf meinen Dad oder Lynn verweisen, aber ich berate dich sicher günstiger.« Wieder lachte er. Offenbar schien ich ihn unheimlich zu amüsieren. Die beiden würden mit Sicherheit keinen Cent von mir annehmen, nur war es mir peinlich seinen Dad anzurufen – oder Lynn. Selbst ich wusste, dass es nicht sehr schlau war, mit seiner Verflossenen über die Neue zu reden. Wobei ich Lynn und Monica nicht vergleichen konnte.

Im Grunde hatte ich Lynn damals vor eine Wahl gestellt, die gar keine gewesen war. Ich hatte nie vorgehabt, unsere Freundschaft auf ein anderes Level zu heben und damit zu riskieren, alles was wir hatten, zu verlieren. Das war mir plötzlich sonnenklar, jetzt da ich Monica getroffen hatte.

»Wenn du mich weiter anschweigst, kann ich dir nicht helfen.«

Wo sollte ich nur anfangen? »Ich denke nicht, dass Monica und ich zusammenarbeiten können.«

»Was du gemacht hast, war in der Tat ziemlich dumm. Sag ihr, es war eine Kurzschlussreaktion. Vielleicht nimmt sie deine Entschuldigung an.«

Clayton kam wohl nicht in den Sinn, ich könnte meine Gefühle für Monica verleugnen.

»Du denkst, damit regelt sich alles? Damit fängt der schwierige Teil doch erst an.«

»Du stehst dir nur selbst im Weg, siehst du das denn nicht? Komm schon, natürlich weiß ich, dass ein Beziehungsende das Schlechteste in einem hervorbringen kann, aber geh doch nicht jetzt schon davon aus. Dass ich dir das als Geschäftspartner rate ... Ich muss verrückt sein.«

Oder verliebt.

AM FRÜHEN MONTAGABEND stand ich an der Spring Street Ecke Hudson in Soho. Der Hudson River lag zu Fuß nur fünf Minuten von unserem potenziellen neuen Lokal entfernt. Ich bezweifelte jedoch, dass wir deswegen mit Touristenströmen rechnen könnten. Es gab ein paar Bars in der Nähe, nur war ich mir noch immer nicht sicher, ob die Lage passte.

Pünktlich zur verabredeten Zeit bog Monica um die Ecke. Sie trug eine dunkelblaue Hose zu einer hellen kurzärmligen Bluse, ihre Haare hatte sie hochgesteckt. Mein Herz schlug mir bis zum Hals, als sie nähertrat und mir ihr Duft um die Nase wehte. Ob sie ebenso aufgeregt war wie ich? Ihre Augen waren gerötet, sie wirkte abgekämpft.

»Hast du Heuschnupfen?« Was war denn das für eine Begrüßung?

»Nein. Ist das hier die Location?«, überging sie meine schräge Bemerkung. Interessiert blickte sie sich um. Es schien, als würden wir wirklich einfach nur zusammenarbeiten und die letzten Wochen wären nie passiert. Hatte ich es nicht genauso gewollt? Professionell. Warum verhielt ich mich auf einmal selbst so amateurhaft?

»Ja, ich bin nur nicht ganz sicher, ob mich die Lage überzeugt.«

»Schwer zu sagen.« Sie betrachtete die Straße, die trotz Rush-Hour erstaunlich leer wirkte.

»Wir stehen über dem Holland Tunnel.« Der Verkehr wurde somit umgelenkt, was der Wohngegend zwar zugutekam, einem Lokal aber potenzielle Kundschaft entzog.

»Hast du dir noch andere Optionen angeschaut?«

»Ein paar. Leider nicht viel Brauchbares dabei. Das hier war mein Favorit.«

»Aber jetzt nicht mehr. Okay, dann lass uns reingehen.«

Und genau da lag das Problem, von innen war es perfekt. Der Restaurantbereich war großzügig und offen und wurde auf der linken Seite von einer Bar gesäumt. Die Fläche vor dem Restaurant konnte dazu gemietet werden. Insgesamt standen uns knapp dreihundert Quadratmeter zur Verfügung, voll ausgebaut. Nur am Interieur müssten wir noch arbeiten.

»Wow, das sieht echt toll aus. Wo geht's zur Küche?«

Ich ging vor, nicht erstaunt, dass es Monica gefiel. Ja, das Restaurant war top.

»Warum steht das Lokal zur Verfügung?«, fragte sie nach.

»Offenbar sind die Vormieter weggezogen.«

»Klingt nach einer Standardantwort. Ich schlage vor, wir suchen weiter. Oder hast du schon zugesagt?« Endlich sah sie mich an. Doch mit Sicherheit würde sie mir Eine scheuern, wenn ich sie jetzt küssen würde. Oder doch nicht?

»Nein, ich habe mir Bedenkzeit ausgebeten. Lass uns gehen.«

Sie trat aus der Küche und ging direkt zum Ausgang.

»Warte.«

»Was ist? Ich wollte mir nochmal die Gegend ansehen.«

Dennoch wartete sie, jetzt oder nie.

»Ich wollte mich bei dir entschuldigen. Keine Ahnung, was ich mir dabei gedacht habe, mit dir Schluss zu machen. Ich wollte dich nicht verletzen, auch wenn mir bewusst war, dass ich genau das tat. Es tut mir wirklich leid, das wollte ich dir einfach sagen.«

»Aber es ist trotzdem aus.« War das eine Aussage oder eine Frage. Noch immer war ihre Miene undurchdringlich. Die Situation überforderte mich, denn ich wusste nicht, ob ich nein sagen sollte, so wie ich es wollte, oder sie besser in Ruhe ließ.

»Ich habe kein Recht, dich um eine zweite Chance zu bitten, nachdem was ich abgezogen habe.«

Sie sah mich lange einfach nur an. »Was würde sich denn ändern?«

»Ich kann dir noch immer nichts garantieren.«

»Eine Garantie gibt es nie, hast du das nicht gewusst?«

»Und wenn ich gerne eine hätte?«, fragte ich, bevor ich sie endlich küsste. Nichts hatte mich auf die Gefühle vorbereitet, die durch mich hindurchströmten, als meine Lippen wieder auf ihren lagen. Zwar konnte ich nichts versprechen und schon gar nichts garantieren, aber ich würde alles daransetzen, sie nicht noch einmal zu enttäuschen.

»Solange du mir nicht nochmal das Herz brichst, ist alles in Ordnung«, bemerkte Monica, als wir uns voneinander lösten.

»Ich gebe mir Mühe.« Das war das Einzige, was ich mit Sicherheit sagen konnte. Aber reichte ihr das?

Sie nickte und schmiegte sich an mich. Es war ein wundervolles Gefühl, sie im Arm zu halten. Verdammt, ich war zum Softie mutiert – und mochte es.

Nachdem ich das Lokal abgeschlossen hatte, schlenderten wir am Hudson River entlang Richtung Süden. Die Aussicht auf New Jersey war atemberaubend.

»Lass uns weitersuchen. Ich bin nicht hundertprozentig überzeugt, dass wir uns mit dem Standort einen Gefallen tun.«

»Wie läuft es eigentlich bei dir auf der Arbeit?«, lenkte ich das Thema auf Monica.

»Eigentlich gut, wenn die Stimmung nicht so mies wäre. Die

Entscheidung, wer nach London geht, zieht sich und keiner weiß warum. Viele denken, es sei ein abgekartetes Spiel, andere feiern sich bereits selbst.«

»Was würdest du tun, wenn dein Chef dich wählt?«

»Die Wahrscheinlichkeit ist unheimlich klein.«

»Was würdest du tun?«

»Ich würde ablehnen. Du hast dich sehr klar ausgedrückt, alles oder nichts.«

Ihre Antwort hätte mich freuen sollen, aus irgendeinem Grund bereitete sie mir aber ein Grummeln im Bauch.

KAPITEL ZWANZIG

Monica

So leicht knüpften wir wieder an, wo wir aufgehört hatten. Wenn ich bei Adam war, verblasste alles – meine Arbeit, meine Kunden, die Kollegen, meine Zukunftspläne, selbst meine Familie. Es gab nur ihn und mich. Akute Verliebtheit lautete wohl die Diagnose.

Die nächsten beruflichen Schritte waren klar, aber was war mit uns privat?

»Willst du meine Familie kennenlernen?«

Er versteifte sich augenblicklich.

»Nur so eine Idee und es soll auch nicht heißen, dass ich deine treffen will.«

Gestern hatte ich erneut den typischen Sonntagsbesuch in Bay Shore geschwänzt. Mich nervte, dass ich so tun sollte, als wüsste ich nicht, dass Stephan auch das Café übernehmen würde. Und alles nur, weil meine Eltern nicht den Arsch in der Hose hatten, mir reinen Wein einzuschenken. Was sollte diese blöde Geheimniskrämerei? Natürlich hätte ich meinen Vater auch direkt fragen können, aber ich wollte mich erst gar nicht auf seine Spielchen einlassen.

»Ich hätte nichts dagegen, wenn wir es langsam angehen«, gestand Adam und sah mir tief in die Augen.

»Das heißt, ich übernachte nur jede zweite Nacht bei dir?«, neckte ich ihn.

Er zog mich in einen Kuss, der mir weiche Knie bescherte. »Okay, die anderen Nächte übernachtest du bei mir«, schlug ich vor, als er mich langsam wieder losließ.

»Solange du noch als Finanzbuchhalterin arbeitest, werden wir uns wohl erst einmal nur an den Montagabenden sehen, schließlich habe ich noch das *Eve's*.«

»Apropos, willst du den Namen wirklich behalten? *Eve's II* klingt wie die kleine Schwester von ...«

»Was schlägst du vor? *Eve's Reloaded* oder *Eve's the next level*?«

»Das ist weder ein Actionfilm noch ein Computerspiel.« Ich boxte ihm in die Seite, weil er nicht aufhören konnte, mich auszulachen. »Denk darüber nach, vor allem vor dem Hintergrund, falls du planst, auch außerhalb von New York zu expandieren. Boston wäre schick, oder wir schauen uns die Ostküste an. Vielleicht sollten wir uns erst ein Gesamtkonzept überlegen. Was ist möglich in fünf Jahren, was in zehn? Wenn wir zu schnell wachsen, werden wir pleitegehen, das ist sicher. Langsam und beständig, aber wir brauchen Wiedererkennungswerte. Oder du bleibst bei zweien oder du schließt das Restaurant in Brooklyn, wenn das in Manhattan gut läuft. Es gibt unzählige Möglichkeiten, wir könnten ein paar durchspielen und du überlegst dir, bei welchen du dich am wohlsten fühlst. Was ist?«

»Nichts, ich bin nur überrascht. Wann hast du dir denn all diese Fragen gestellt?«

»Ehrlich? Jetzt gerade. Aber ich war schon immer der Meinung, dass eine gründliche Planung einem viel Ärger erspart. Mein Vater hat es gehasst. Er hat immer behauptet, ich würde ihn in seiner Kreativität beschneiden. Dabei schlitterte er in einer beängstigenden Regelmäßigkeit am Konkurs vorbei.« Wenn ich an unser Restaurant zurückdachte, konnte ich über die Geschäftspolitik meiner Eltern nur den Kopf schütteln.

»Und wie läuft das jetzt mit ihrem Café? Ist ihr neuer Geschäftsführer ähnlich wie du gestrickt.«

»Sie haben nur einen Buchhalter eingestellt. Ich habe noch nie eine ihrer Bilanzen vom Café gesehen. Vielleicht verkaufen sie ja aus dem Grund alles«, spann ich den Faden laut weiter. Hatten sie finanzielle Probleme? Auf den Gedanken war ich überhaupt nicht gekommen.

»Sie verkaufen das Café?«, fragte Adam erstaunt.

»Ja, Stephan hat das ganze Gebäude gekauft.« Nächsten Sonntag würde ich definitiv nach Bay Shore fahren müssen. Da stimmte doch etwas ganz und gar nicht.

»Stephan?«

»Lange Geschichte«, wiegelte ich ab, denn ich wollte unter keinen Umständen über Stephan sprechen. »Also was nun? Gehen wir zu mir oder zu dir?«, fragte ich stattdessen, denn wir waren bereits am Battery Park angekommen.

Ich liebte den Mai in der Stadt. Die Bäume standen in voller Blüte, jeder schien gut gelaunt, meine Kollegen im Büro mal ausgenommen. Vielleicht lag meine Euphorie gerade auch daran, dass ich wieder die rosarote Brille aufgesetzt hatte.

»Zu dir«, entschied Adam. »Schließlich musst du morgen früh raus.«

»Oder ich hole ein paar Sachen und wir treffen uns später bei dir. Was hältst du davon?«

»Da sage ich nicht nein.«

Ob ich den Vorschlag gemacht hätte, wenn ich die verpassten Anrufe meines Vaters schon früher entdeckt hätte? Jedenfalls erwartete er mich vor meiner Wohnung und ich fühlte mich wieder wie zehn.

»Papa, was machst du hier?«

»Wenn du nicht zu mir kommst, muss ich eben zu dir kommen. Lässt du mich rein?«

Unweigerlich betrachtete ich ihn genauer. Ich konnte keine

äußerlichen Indizien für irgendwelche Geldprobleme entdecken. Weder sein Hemd noch sein grauer Anzug wirkten abgetragen, und auch seine immer noch fast schwarzen Haare waren akkurat geschnitten. Nur sein Chevy, der direkt vor dem Haus parkte, war in die Jahre gekommen. Aber das war ein Liebhaberstück, wie er mir immer versicherte.

»Möchtest du etwas trinken? Ich bin nicht auf Besuch einstellt, sonst hätte ich uns etwas gekocht.«

»Danke, aber ich habe keinen Hunger.«

Meine Eltern besuchten mich kaum. Ich konnte an einer Hand abzählen, wie oft sie in meiner Einzimmerwohnung bereits waren. Trotzdem achtete ich immer penibel darauf, dass es sauber und aufgeräumt war.

»Setz dich doch. Ich muss nur kurz eine Nachricht schreiben, dann können wir reden.«

»Warst du mit Caitlin verabredet?« Anstatt sich zu setzen, begann mein Vater mein Appartement zu inspizieren.

»Nein, nicht mit Caitlin.« Weil Adam sich gewünscht hatte, dass wir es langsam angingen, war es sicher besser, dass wir unsere Beziehung nicht an die große Glocke hängten und so den Druck erhöhten. »Aber erzähl, was machst du hier? Hat es mit Stephan zu tun? Er hat mir erzählt, dass ihr alles verkauft. Was ist los? Habt ihr Geldprobleme?«

»Nein, es geht uns gut. Nicht so gut wie damals, als du dich um alles gekümmert hast.« Er strich sich verlegen über sein glattrasiertes Kinn und ich stellte fest, dass er sich in den letzten Jahren eigentlich kaum verändert hatte. »Das ist auch der Grund, warum ich hier bin. Ich möchte dich fragen, ob du zurückkommst? Es war ein Fehler, dich wegzustoßen, aber ich hatte Angst, dass du zugrunde gehen würdest. Du hattest überhaupt kein Leben außerhalb unserer Öffnungszeiten. Ich wollte, dass du glücklich wirst.«

»Und du denkst wirklich, du hattest das Recht, das zu bestimmen? Glaubst du, deine Entscheidung hat mich glücklich gemacht oder die Tatsache, dass ich nie zu Besuch kommen konnte, ohne dass du mir einen potenziellen Schwiegersohn präsentiert hast?« Ich versuchte nicht laut zu werden, aber es fiel mir sehr schwer. »Ich bin kein Kleinkind, weißt du?«

»Du bist *mein* Kind, Monica. Ich wollte immer nur das Beste für dich.«

»Nun, ich bin erwachsen. Du hättest mich meine eigenen Entscheidungen treffen lassen sollen.«

Er nickte, aber ich nahm ihm nicht ab, dass er seine Entscheidung bereute. Das war doch sicher wieder eine Masche. Keine Ahnung warum mich mein Vater pausenlos zu manipulieren versuchte.

»Ich möchte nicht zurückkommen.«

»Du bist also glücklich in der Firma?«

»Mal sehen. Vielleicht verreise ich auch für eine Weile.«

»Allein? Wohin?«

»Papa! Es reicht.« Fast hätte ich ihn daran erinnert, wie alt ich war, konnte es mir aber gerade noch verkneifen. Er würde mich nur wieder daran erinnern, dass meine biologische Uhr tickte.

»Entschuldige. Ich soll dich übrigens von deiner Mutter grüßen. Kommst du am Sonntag zum Essen?«

»Danke, wahrscheinlich. Ich gebe euch noch Bescheid.«

Falls ihm ein *allein* auf der Zunge lag, schluckte er es herunter. Erleichtert atmete ich auf, als ich die Tür hinter ihm schloss.

Rasch packte ich meine Sachen für morgen zusammen und machte mich auf den Weg zu Adam. Erst als ich bei ihm klingelte und er mir freudestrahlend öffnete, fiel die Anspannung von mir ab.

Adam

WÜRDE ich jemals genug von Monica bekommen? Kaum hatte ich die Tür hinter ihr geschlossen, küssten wir uns leidenschaftlich. Unsere Körper schmiegten sich aneinander, sodass ich nicht wusste, wo ich anfing und sie aufhörte. Nur Monicas knurrender Magen hielt mich davon ab, sie wieder direkt in mein Schlafzimmer zu führen.

»Das Essen ist in wenigen Minuten fertig«, keuchte ich an ihre Lippen.

»Was gibt es denn?«, fragte sie atemlos.

»Pasta mit Lachs.« Mit Mühe brachte ich ein wenig Abstand zwischen uns »Willst du den Weißwein aussuchen?« Meine Stimme klang ganz rau. Keine Ahnung, wie ich mich unter Kontrolle bringen sollte.

Sie nickte, wollte mich jedoch genauso wenig loslassen wie ich sie. Ich spürte ihre Hände an meinem Rücken langsam auf- und abstreichen, was wohlige Schauer in mir auslöste. Ich musste mich dringend ablenken.

»Was wollte dein Vater?« Ihre Nachricht war knapp gewesen, was mich ziemlich beunruhigt hatte. Fast hätte ich damit gerechnet, dass sie nicht kommen würde.

»Mich zurückholen. Nach Bay Shore. Ausgerechnet jetzt.« Sie klang bitter. »Ich habe abgelehnt. Keine Angst, ich habe ihm nichts von uns erzählt. Weil *ich* es nicht wollte.«

Sie beantwortete alle meine ungestellten Fragen. Dennoch war mir nicht wohl. Nicht einmal meinetwegen, sondern ihretwegen. Aber ich sollte mich nicht einmischen und ihr keine klugen Ratschläge geben, die ich selbst nie befolgen würde.

»Dann lass uns essen, damit du für das Dessert genug Energie hast.« Ich zwinkerte ihr zu und plusterte mich ein wenig auf. Wie geplant entlockte ich ihr damit ein Lachen. Es würde mir schon reichen, wenn ich ihr ein paar schöne Stunden bescheren konnte.

DER WEIN WAR SCHNELL AUSGESUCHT. Sie hatte sich, wen wundert's, für einen aus der Toskana entschieden.

»Ich muss mir den Blog wirklich bald mal genauer ansehen. Schließlich sollte ein Mann seine Konkurrenz kennen.«

»Die Jungs sind alle vergeben, das habe ich dir doch schon gesagt.«

»Deine Schwäche für Italien kommt also nicht daher, dass dir der Italiener so gut gefällt?«, neckte ich sie weiter, während ich das Essen zubereitete. Zum Glück würde es nur wenige Minuten dauern. Denn obwohl ich gerne kochte, hatte ich nicht vor den ganzen Abend in der Küche zu stehen.

»Natürlich gefällt mir Franco. Aber es wäre nicht sehr nett, dir jetzt seine ganzen Vorzüge vorzubeten, oder?« Ich sah die Herzchen in ihren Augen. Solange der Kerl in Texas blieb, hatte ich wohl nichts zu befürchten.

»Soll ich in der Zwischenzeit nach Lokalen suchen?«

»Klar, mein Laptop ist im Büro. Zweite Tür rechts.«

»Falls ich länger weg bin, sehe ich mir deine Landkarte an oder durchforste deinen Schreibtisch.« Sie warf mir einen Handkuss zu, bevor sie im richtigen Zimmer verschwand.

Monica hatte von Anfang an gut in dieses Haus gepasst. Allerdings bereitete mir der Gedanke Sorge, dass wir uns in nächster Zeit kaum treffen würden. Und ohne es zu wollen, begann ich mir wieder einzureden, dass wir es nicht schaffen würden.

Um mich nicht weiter verrückt zu machen, konzentrierte ich mich besser darauf, dass die Pasta nicht komplett verkochte und der Fisch schön saftig blieb. Ich brauchte dringend Ablenkung.

»Ist dein Haus eigentlich immer so penibel aufgeräumt?«, fragte mich Monica, als sie mit meinem Laptop zurückkam.

»Ich bin ja kaum zu Hause.« Natürlich hätte ich kein so großes Haus für mich allein gebraucht, aber mit der Industrieküche im Erdgeschoß war es die perfekte Investitionsanlage gewesen.

»Willst du eigentlich irgendwann mal Kinder haben?«

Ihre Frage traf mich eiskalt und ich starrte sie an wie ein Fisch auf dem Trockenen. Leider konnte ich ihrem Gesicht nicht entnehmen, auf welche Antwort sie hoffte.

»Nein, eigentlich nicht.« Ich hatte mich nie als Vater gesehen, das war Claytons Traum. Für mich zählte nur mein Restaurant – hoffentlich bald in der Mehrzahl. Da passte keine Familie rein.

»Und du?«, traute ich mich zurückzufragen.

»Im Moment nicht.« Sie lächelte mich an. »Das sieht sehr lecker aus. Wollen wir essen?«

»Gern.«

An Monicas Art, heikle Themen von einem Moment auf den anderen auf den Tisch zu bringen und genauso rasch wieder fallenzulassen, musste ich mich erst noch gewöhnen.

Sie deckte den Esszimmertisch anstelle der Küchentheke, während ich die Teller anrichtete. »Danke fürs Kochen, das nächste Mal bin ich dran.« Sie schmiegte sich von hinten an mich und ich hätte am liebsten in ihrer Wärme gebadet, es fühlte sich so gut an.

»Mal schauen. Ich wasche nämlich nicht so gerne ab.«

»Ach ja? Was sollte ich noch von dir wissen?«

Sie folgte mir mit dem Wein an den Tisch, während ich die Teller abstellte und ihr den Stuhl zurechtrückte. Was sollte sie sonst noch von mir wissen?

»Hast du vielleicht irgendwelche Macken?«

Natürlich hatte ich die. »Vielleicht fragst du lieber Clayton, er kann dir sicher eine ganze Liste aufschreiben«, wich ich aus. Sie behielt mich jedoch weiter im Blick, selbst als sie verzückt seufzte, weil ihr die Pasta offenbar so gut schmeckte. Schon klar, sie würde mich nicht so leicht vom Haken lassen.

»Mal überlegen. Ich ziehe Football Baseball jederzeit vor. Ich gebe immer Trinkgeld, egal wie gut der Service war. Ich behalte von jedem Restaurant, das ich besucht habe, die Visitenkarte. Ich habe eine Liste von jedem Top-Restaurant in den USA. Okay, was noch. Ich schlafe immer rechts, auch wenn ich allein bin. Ich verliere nicht gerne, darum kannst du mich mit Gesellschaftsspielen jagen. Ich liebe aber eine gute Herausforderung.«

»Zum Beispiel?«

»Warst du schon mal in Las Vegas?«

»Nein.«

»Dann wird es höchste Zeit. Außerdem zeige ich dir, wie sich der freie Fall anfühlt.«

»Du spinnst doch.« Sie schüttelte ungläubig den Kopf. Tja, Pech gehabt. Vom Stratosphere Tower zu springen, war so einmalig, dass ich Monica auf jeden Fall dazu überreden würde.

»Wir werden sowieso keine Zeit haben, um zu verreisen.« Sie schob den leeren Teller von sich. »Das war sehr lecker, danke.«

»Du magst italienisches Essen.«

»Sehr sogar, aber das wusstest du ja schon.«

»Was noch?«

KAPITEL EINUNDZWANZIG

Monica

Ich erzählte ihm, dass ich dunkle Schokolade liebte, die mit Chili. Ebenfalls nicht gerne abwusch, nie nach Rezept kochte und im Restaurant immer nachwürzte. Aber ich erzählte ihm nicht, dass ich den Herd immer zweimal kontrollierte, bevor ich meine Wohnung verließ und keine Geräte auf Stand-by hielt. Nicht, dass ich die erste im Büro sein wollte und mich wohlfühlte, wenn ich Überstunden anhäufte. Und auch nicht, dass ich Mühe hatte, anderen Menschen zu vertrauen.

»Ich schlafe gerne links, da haben wir ja nochmal Glück gehabt.«

Er griff nach meiner Hand und verflocht unsere Finger. »Wir werden nicht viel Zeit füreinander haben.«

Das war mir ebenso klar geworden. Unsere Leben liefen in einem anderen Rhythmus und spielten sich zu anderen Tages- und Nachtzeiten ab.

Eine Beziehung würde zwangsläufig darauf hinauslaufen, dass wir uns nur stundenweise sahen oder dass wir einfach nur beieinander übernachteten. Wann wir uns besser kennenlernen würden, war völlig unklar.

»Wie hast du dir eigentlich die Arbeitsaufteilung vorgestellt, wenn beide Restaurants laufen?« Im Grunde müssten wir gut ausgebildete Stellvertreter haben. Nur kannte ich den Drang alles allein zu tun und alles besser zu wissen. Das Gefühl, dass niemand den Job genauso gut ausführte wie ich. Mein Vater war in diesem Punkt noch schlimmer. Lieber arbeitete er sich zu Tode, als das Zepter aus der Hand zu geben. »Und wie hast du eigentlich organisiert, ein ganzes Wochenende frei nehmen zu können?« Ich hatte Adam nie danach gefragt.

»Ich habe einen Stellvertreter. Oder so etwas Ähnliches. Manchmal springt auch Clayton ein, aber er hat ja alle Hände mit seinem eigenen Geschäft zu tun. Außerdem ist das Restaurant den ganzen Montag geschlossen und öffnet erst Dienstagabend wieder.«

Was nicht bedeutete, dass er viele Pausen einlegte. Der Laden musste ja auch hinter den Kulissen wie geschmiert laufen. Es war nötig, die Lieferanten genau im Auge zu behalten, sonst tanzten sie einem ganz schnell auf der Nase rum. Wow, ich schäumte regelrecht über vor Euphorie. War ich sicher, dass ich zurückwollte?

Wahrscheinlich war ich bloß müde, da ich in letzter Zeit nicht viel geschlafen und auch der heutige Besuch meines Vaters mir aufs Gemüt geschlagen hatte. Das war sicher schon alles.

»Lass uns hochgehen«, schlug Adam vor, der mich die ganze Zeit beobachtete, als wolle er keine meiner Regungen verpassen.

»Nachdem ich die Küche aufgeräumt habe.« Ich beglich meine Schulden lieber sofort. Adam wollte helfen, damit wir schneller fertig wären, doch seine durchaus angenehmen Nackenküsse waren eher kontraproduktiv. Irgendwann hatten wir es dann doch geschafft. Länger hätte ich die sich aufheizende Stimmung auch nicht mehr ausgehalten.

»Zählt der Abwasch als Vorspiel?«, fragte ich ihn, kaum dass wir unsere Kleider abgelegt hatten. Seine Küsse machten mich ganz schwindlig. Den Wein konnte ich ausschließen, ich hatte nur daran genippt. Nein, Adams Lippen und seine Hände gleichzeitig auf meiner Haut zu spüren, setzte mich komplett unter Strom.

»Wenn du willst.« Er sah mir fest in die Augen und drang dabei langsam in mich ein. Er fühlte sich so perfekt an, dass mich die Gefühle beinahe überwältigten. Seine hellen Augen hielten mich gefangen. Wieder hatte er alle Barrieren fallengelassen und zog mich mit an einen Ort, der ehrlicher nicht hätte sein können. Er öffnete sein Herz und ließ mich hoffen, dass es für immer so sein würde.

Adam

Es war bereits kurz nach zwei Uhr in der Früh, trotzdem konnte ich nicht schlafen. Zu viele Gedanken jagten durch meinen Kopf. Monica hatte keine Ahnung, was ihre kleine Ansprache am Hudson River in mir losgetreten hatte. Als sie von einer Restaurantkette angefangen hatte, hatten sich alle Puzzlesteine zusammengefügt. Mit einem Mal hatte sich mein ganzes Leben vor mir ausgebreitet und alles, einfach alles, hatte einen Sinn ergeben.

Ich war schon immer gut darin gewesen, Impulsen zu folgen, aber das war mehr gewesen, eher ein mittleres Erdbeben. Es war überwältigend, aber mit Monica an meiner Seite erschien mir plötzlich nichts unmöglich. Als hätte sie meine Gedanken gespürt, kuschelte sie sich noch etwas dichter an mich heran. Ich atmete den Duft ihrer Haare tief ein. Sie gehörte zu mir und ich zu ihr – und morgen würde ich ihr sowohl den Schlüssel für mein Haus als auch den Code für die Alarmanlage geben. Eine Premiere! Überhaupt hatte sich mit ihr alles geändert und ich begann bereits zu vergessen, wie mein Leben vor ihr gewesen war.

Ich konnte nicht glauben, dass mir Adam wirklich den Schlüssel zu seinem Haus gegeben hatte. Er lag gut versteckt in meiner Handtasche, die ich in der U-Bahn an mich presste, als würde ich darin Juwelen transportieren. Gar nicht verdächtig. Gut, dass die anderen Pendler in ihre Zeitungen vertieft waren, noch schliefen oder Löcher in die Luft starrten.

Wir hatten nicht besprochen, was er diese Woche in Bezug aufs Restaurant von mir erwartete. Dazu war schlicht keine Zeit gewesen, denn kaum hatte mein Wecker geklingelt, war er über mich hergefallen und hatte mich wieder vernascht. Adam verfügte über eine unheimlich gute Kondition, was an sich toll war, nur dass es meinen Tagesrhythmus gehörig durcheinanderbrachte. Ich war bereits viel zu spät dran, zumindest für meine Verhältnisse. Okay, es war erst kurz nach acht. Nur weil ich um diese Uhrzeit sonst schon an meinem Schreibtisch saß, hieß das nicht, dass es von mir erwartet wurde.

War ich eigentlich komplett verrückt? Jetzt hatte ich endlich den perfekten Mann gefunden und ich beschwerte mich darüber, dass er mit mir schlafen wollte?

Irgendwas stimmte doch nicht mit mir. Kopfschüttelnd stieg ich aus der U-Bahn und beschloss, Adam gleich einen romantischen Gruß zu schicken. Noch bevor ich mit Tippen fertig war, klingelte mein Handy und zu meinem großen Erstaunen tauchte Stephans Name auf. Kurz war ich versucht, ihn wegzudrücken, aber er wollte sicher wegen der Pension mit mir reden und das konnte ich genauso gut gleich erledigen. Auf die paar Minuten kam es jetzt auch nicht mehr an, beruhigte ich mich selbst.

»Hallo«, meldete ich mich fast barsch, dabei wollte ich nur den Lärm um mich herum übertönen.

»Guten Morgen, Monica. Störe ich dich gerade?«

»Nein, warte, hier ist es zu laut. Moment! Bleib dran ... ich muss nur kurz ... komme gleich wieder ...« Ich wich den anderen Passanten so gut es ging aus. Auch ein Grund, warum ich gerne früh dran war, ich wurde nicht dauernd angerempelt. Erleichtert betrat ich durch die Drehtür unser Bürogebäude und atmete auf, als ich in die viel ruhigere Empfangshalle trat. An den Fensterfronten links und rechts standen Besuchersofas. Ich setzte mich und begrüßte Stephan noch einmal.

»Dein Vater meinte, ich könne es ruhig so früh versuchen, aber ich wollte dich nicht zusätzlich stressen.«

»Alles gut, ich bin heute nur später dran als sonst. Also, wie kann ich dir helfen?«

Hoffentlich erzählte er Papa nicht, dass ich heute später dran war. Er würde sicher sofort wissen wollen, was los wäre. Gott, ich musste dringend am Verhältnis zu meinen Eltern arbeiten. Wie sollten sie mich ernst nehmen, wenn ich mich selbst wie ein Kind verhielt.

Ich räusperte mich und bemerkte leider zu spät, dass ich Stephan gar nicht zugehört hatte.

»Wenn es dir nicht passt, kannst du es offen sagen.«

Wenn ich nur wüsste, was er gefragt hatte.

»Entschuldige, ich war schon wieder abgelenkt. Könntest du die Frage bitte noch einmal wiederholen?« Ich spürte deutlich, wie mir die Röte ins Gesicht schoss. Mein Kopf brannte.

Sein herzliches Lachen beruhigte mich. Zum Glück nahm er es mit Humor. Nicht auszudenken, wenn er sich aufgrund meines unhöflichen Verhaltens ärgern würde und das Konsequenzen für den Deal mit meinem Vater hätte. Stopp!

»Ich habe gefragt, ob du am Wochenende vorbeikommen würdest? Samstag oder Sonntag ginge, falls du nicht schon etwas anderes vorhast. Wir kommen mit der Renovierung gut voran und ich wollte dir gern die Fortschritte zeigen. Deine Mutter meinte, du hättest ein gutes Auge für Farben und früher auch viel genäht.«

»Das hat sie erzählt? Du meine Güte, da war ich noch in der Schule.« Er war doch Architekt. Hatte er nicht selbst ein Auge für Farben?

»Es wäre schön, wenn ich dir alles zeigen könnte.«

War Stephans Stimme schon immer so hypnotisierend oder nur heute? Zum Glück stand er jetzt nicht vor mir. Die Stimme in Kombination mit den grünen Augen – ich würde ihm wohl nichts abschlagen können. Und das, obwohl ich vor einer Stunde noch mit Adam intim gewesen war.

»Ich würde mich wirklich freuen.«

»Wie hast du den Umbau bewerkstelligt, ohne dass meinem Vater die Gäste wegen des Baulärms weggelaufen sind?«, versuchte ich die Stimmung abzukühlen.

»Betriebsruhe. Aber in zwei Wochen ist bereits Neueröffnung.«

»Es ist zu?« Mein Vater hatte das Café in den letzten Jahren nie geschlossen gehabt.

»Natürlich, alles andere wäre eine Zumutung gewesen.«

»Und du bist schon fast fertig?«

»Wir. Ich mache ja nicht alles allein, ich habe Helfer«, erklärte er mir wie einem Kleinkind. »Aber wenn ich etwas will, dann will ich es sofort.«

Bezog sich das auch auf mich? Heute flirtete Stephan gewaltig mit mir. Aus dem Augenwinkel sah ich eine rote Mähne auftauchen. Amber war bereits hier?

»Ich melde mich wegen dem Wochenende nochmal bei dir. Aber ich schätze, ich kann einen der beiden Tage einrichten.« Hastig schnappte ich meine Tasche und begab mich ebenfalls zu den Aufzügen.

»Alles klar. Ich freue mich, egal ob Samstag oder Sonntag.«

Wir legten auf und ich schlüpfte erleichtert in den nächsten freien Fahrstuhl. Eigentlich hatte ich gehofft, am Wochenende Zeit mit Adam zu verbringen, wusste jedoch, wie anstrengend speziell diese Tage in der Gastronomie waren. Er würde kaum eine freie Minute finden. Seufzend packte ich mein Handy weg. Ich würde ihm in der Kaffeepause schreiben.

KAPITEL ZWEIUNDZWANZIG

Adam

Seit ich im Restaurant war, brütete ich über meiner Landkarte der USA. Zur jeweiligen Lage der Top fünf Restaurants hatte ich bereits verschiedene Expansions-Szenarien entworfen, dafür hatte ich die Karte in Ost- und Westküste, die Südstaaten und den Norden unterteilt – der simple Teil des Ganzen. Investoren an Land zu ziehen und überhaupt herauszufinden, nach welchen Kriterien und wohin ich würde expandieren wollen, entpuppte sich als viel schwerer. Großstädte oder doch etwas kleiner? Küste oder Landesinnere? Hotspots oder lieber Geheimtipps? Es gab unheimlich viele Möglichkeiten, die mich überwältigten und auf einer Welle der Euphorie schwimmen ließen.

»Hey, hier steckst du. Was machst du?« Clayton kam angerauscht, dieses Mal mit seiner bezaubernden Freundin im Schlepptau. Es wunderte mich sowieso, dass Jamie so lange nicht hier gewesen war, schließlich wohnten sie nur fünf Minuten zu Fuß entfernt.

»Wo soll ich denn sonst sein?« Ich wohnte praktisch im Restaurant.

»Was ist dir denn über die Leber gelaufen? Wenn du ans Telefon gehen würdest, hätte ich nicht vorbeikommen müssen.«

»Wir waren sowieso in der Gegend. Wie geht es dir? Wie läuft es mit dem neuen Restaurant?« Jamie begrüßte mich mit einem Wangenkuss und beugte sich dann verblüfft über die Karte, unter der wahrscheinlich auch mein auf lautlos gestelltes Telefon steckte.

Ich zog es hervor und sah nicht nur vier verpasste Anrufe von Clay, sondern auch eine eingegangene Nachricht von Monica. Sie fragte mich nach den Plänen fürs Wochenende und ich wusste nicht, was ich ihr antworten sollte.

»Schon wieder Ärger im Paradies?«, neckte mich Clay, der meinen Gesichtsausdruck wohl falsch interpretierte. Natürlich wollte ich, so wie jeder normale Mensch, das Wochenende mit meiner Freundin verbringen, nur ging das nicht. Wenigstens nicht so einfach. Vor allem aber nicht, wenn ich mit dem Kopf bei was ganz anderem war.

»Nein, alles in Ordnung. Und übrigens suche ich nach einem neuen Namen. *Eve's II* klingt langweilig. Also wenn ihr Vorschläge habt, nur her damit.«

»Gut, machen wir. Und wie läuft es denn mit Miss de Luca? Habt ihr euch bereits das Lokal zusammen angesehen, oder bereitet ihr schon die Eröffnungsfeier vor?« Jamie sah mich interessiert an, anders als Clayton ohne einen Hauch von Spott oder Hohn. Aber irgendwie verständlich, ich hatte bei all den Hochs und Tiefs in seinen Beziehungen über die Jahre nie hinter dem Berg gehalten, was ich von Beziehungen hielt. Jetzt kam die Retourkutsche.

»Das wüsste ich auch gerne. Was ist denn nun mit Miss de Luca?«, ergänzte Clay frech grinsend und ich hätte ihm am liebsten den Hals umgedreht.

Jamie sah verwirrt zwischen uns hin und her.

»Du musst wissen, Schatz, Miss de Luca ist nicht nur die Geschäftsführerin des neuen Restaurants, sondern auch Adams neue Freundin. Und dass, obwohl er überhaupt nichts davon hält,

Privates und Geschäftliches zu vermischen.« Clay küsste die verdatterte Jamie auf den Mund und sah mich wieder herausfordernd an.

»Deine Freundin? Wow, das ... ich gratuliere! Wann lerne ich sie denn kennen?« Jamie drückte Clayton sanft zur Seite und umarmte mich kurz, was ihm gar nicht passte. »Und es ist ja auch eine Herausforderung zusammen zu arbeiten.«

Ein *Ha!* lag mir auf der Zunge, schluckte es aber des Friedens wegen herunter.

»Dann kommst du Sonntag wohl nicht mit nach Huntington. Ich wollte dich gerade dazu überreden«, gab Jamie zu.

Früher hatte ich Clays Familie mindestens einmal im Monat besucht – bis meine Eltern zurückgezogen waren. Ich vermisste sie alle, vor allem seine Oma, die mich seit jeher wie einen ihrer Enkel behandelt hatte. Meine Großeltern waren früh gestorben und so hing ich sehr an der alten Dame, die immer einen Rat parat hatte und ihn in irgendeiner Anekdote verpackte. Das Beste aber war, dass sie mich nie verurteilte. Sie akzeptierte mich mit all meinen Schwächen.

»Gibt es etwas zu feiern, oder warum wolltest du mich überreden?«

»Na, du hast eine Freundin, das wäre doch ein Grund zu feiern«, grätschte Clay sofort dazwischen.

Keine Ahnung, warum ich mich so sträubte. Eigentlich wollte ich Monica meinen engsten Vertrauten vorstellen, aber war es dafür nicht noch zu früh?

»Und komm jetzt nicht mit der Ausrede, dass du keine Zeit hättest. Du wärst rechtzeitig zurück.«

Aber nur, wenn ich nicht noch bei meinen Eltern vorbeisehen würde. Danach wäre ich allerdings nicht mehr fähig zu arbeiten, sondern würde mich sinnlos betrinken wollen.

»Ich muss erst Monica fragen, vielleicht hat sie schon etwas vor«, wich ich erneut aus.

»Mach das. Und jetzt erzählst du uns endlich, was du hier machst«, sagte Clay und deutete auf die Karte auf dem Tisch.

Hier war doch etwas faul. Ich würde ihn später noch einmal ausquetschen. Vielleicht wollte er es nur nicht vor seiner Freundin ausplaudern.

Monica

Es war bereits Freitag und obwohl ich die restliche Woche bei Adam übernachtet hatte, kam es mir vor, als entfernten wir uns voneinander. Keinen Abend war er vor Mitternacht zu Hause gewesen. Nicht, dass ich auf ihn gewartet hätte, nur ich war jedes Mal wach geworden, sobald ich ihn neben mir im Bett gespürt hatte. Auch wenn sich unsere Körper noch immer ausgezeichnet verstanden, beschränkte sich unsere Kommunikation auf wenige Textnachrichten.

Eigentlich war ich nicht überrascht, hatte ich mir die Entwicklung doch genauso ausgemalt. Trotzdem war ich enttäuscht. Ich vermisste den ungezwungenen Umgang und die Gespräche mit ihm.

Ausgelassenes Gejohle aus dem hinteren Bürobereich holte mich aus meinen trüben Gedanken.

»War ja klar. Gott, wie gern ich manchmal einfach alles hinschmeißen möchte«, zischte Amber laut genug, dass ich sie verstand, meine Kollegen um uns herum aber offenbar nicht. Sie reckten ihre Köpfe, um zu sehen, was los war.

Ich konnte es mir ausrechnen. Als ich den Kopf drehte und Matts und Tylers grinsende Gesichter sah, war es klar – wir hatten also einen Sieger für London. Gut, dann war die leidige Warterei endlich zu Ende und ich konnte all meine Energie aufs neue Restaurant konzentrieren.

Das hatte ich Adam versprochen und daran würde ich mich halten. Die Wehmut, die mich erfasste, schob ich gleich wieder weg. Ich hatte schon meinen Plan B, dafür brauchte ich die Unterstützung der Firma nicht. Am Montag würde ich Urlaub beantragen und sobald ich mit Adam den Zeitplan für das Restaurant besprochen hatte, würde ich zwei Wochen verreisen.

Da ich in diesem Jahr noch keinen Urlaub genommen hatte, dürfte das problemlos klappen. Auch von Adams Seite her müsste das klargehen, denn er hatte mir noch keine weiteren Arbeitsaufträge bezüglich des Restaurants gegeben. Ich hatte zwar mal auf eigene Faust und ohne sein Wissen nach möglichen Räumlichkeiten geschaut, aber nichts gefunden, was mich überzeugt hätte.

Amber schnaubte. »Ich hole mir im Café um die Ecke einen Latte. Möchtest du auch etwas?« Sie hatte sich bereits ihr Portemonnaie geschnappt und sah mich fragend an. Noch bevor ich ihr antworten konnte, poppte eine Nachricht meines Chefs in meinem Postfach auf.

»Mach dir nichts daraus. Irgendwann sind auch wir dran und dann zeigen wir es allen Männern. Ich bringe dir einen doppelten Espresso mit. Bis gleich.«

Weg war sie.

Mein Chef wollte mich sehen – sofort. Vielleicht wollte er mir persönlich mitteilen, dass sie Matt gewählt hatten. Eigentlich ganz nett, nur hatte ich absolut keine Lust darauf, verständnisvoll zu nicken und mit einem falschen Lächeln meine Gesichtsmuskulatur übergebührlich zu beanspruchen. Scheinbar hatte Amber mit ihrer Vermutung recht, dass alles nur ein abgekartetes Spiel war. Ich würde es nicht beweisen können, aber es stank gerade gewaltig danach. Besser ich brachte das Gespräch rasch hinter mich.

Seine Sekretärin winkte mich gleich durch, sodass ich nach dem Klopfen eintrat.

Frank saß wie immer sehr entspannt an seinem aufgeräumten Schreibtisch. Zu meinem Erstaunen stand jedoch mein Kollege Jake am Fenster und sah mit in den Hosentaschen vergrabenen Händen hinaus. Seine Statur wirkte angespannt, was sich auch in seinem Gesicht widerspiegelte, als er sich zu mir umdrehte.

»Nimm bitte Platz, Monica«, Frank deutete an den Sitzungstisch, stand auf und setzte sich zu mir.

Komischerweise blieb Jake am Fester stehen und beobachtete mich, was mich extrem nervös machte. Wollte er sich nicht zu uns setzen?

Fast wirkte es, als wäre nicht Jake mein Kollege, sondern Frank. Gab es noch weitere Veränderungen im Team?

Wetten, sie würden es mir nicht sagen, wenn ich danach fragen würde.

»Monica, nach reiflicher Überlegung haben wir uns entschieden, dass Matt anstelle von Jessica die Möglichkeit erhält, sechs Monate in London zu arbeiten«, begann Frank.

Reifliche Überlegung? Dass ich nicht lache. Innerlich tobte ich, doch äußerlich bewahrte ich die Ruhe und versuchte, so gleichgültig wie möglich zu wirken. Es kostete mich eine Menge Kraft und ich hoffte, schnell erlöst zu werden.

»Er hat sich außerordentlich stark engagiert und einen ausgezeichneten Umsatz erwirtschaftet ...«

Ich schaltete meine Ohren auf Durchzug. Wir wussten alle, was Matt leistete. Ob an den Gerüchten, dass er Geschäftliches und Privates mischte, etwas dran war, wusste ich nicht. Es ging mich auch letztlich nichts an. Schließlich überprüfte wohl auch irgendjemand seine Arbeit.

»Danke Frank, aber wir wollen doch Monicas Zeit nicht über die Maße beanspruchen«, unterbrach ihn Jake erstaunlicherweise. Okay, was ging hier vor?

»Natürlich nicht. Also, ich weiß, das kommt jetzt unerwartet ...«

»Es gibt eine Möglichkeit in Rom. Drei Monate, eventuell vier. Du bist fleißig, diskret und auch sehr diplomatisch. Jedenfalls habe ich dich nie über andere herziehen hören. Dass du nicht fließend Italienisch sprichst, spielt keine Rolle. Wir hätten gerne einen Überblick, was die Kollegen den ganzen Tag tun und ich denke, den wirst du uns auch so geben können.«

Perplex saß ich da und wusste nicht, was ich sagen sollte.

Wollten sie mich als Spitzel? Ich meine, wenn *Financial Experts Inc.* der Meinung war, dass in Italien etwas nicht mit rechten Dingen zuging, könnten sie doch eine Untersuchung einleiten. Gott, Rom! Im Normalfall hätte ich für diese Möglichkeit getötet, aber so …

»Wie schnell braucht ihr meine Antwort?«

»Du hast Bedenken.« Es war keine Frage, Jake hatte mich durchschaut. War ja auch nicht besonders schwer gewesen.

»Wer hätte das nicht?« Oh, da würden mir ganz viele einfallen. Dumme Frage.

Jakes Mundwinkel zuckten. Er fand die Frage offenbar ziemlich lustig. Nach einem dezenten Räuspern erwähnte er zwei Wochen.

»Und wenn ich absage?«

»Ich bin sicher, es wird sich wieder eine Chance ergeben.«

Wieso glaubte ich Jake nicht?

»VERGISS ES, die suchen doch nur jemanden, der ihnen die Drecksarbeit erledigt«, ereiferte sich Caitlin, als ich sie in der Mittagspause erwischte.

»Aber Rom!« Ich hatte mir einen Salat geholt und war in den nahe gelegenen Bryant Park gelaufen.

»Ach, Rom ist gar nicht so toll«, schnaubte Caitlin.

»Spinnst du? Wie kannst du so etwas sagen? Wie kannst du so etwas überhaupt nur denken?«, jammerte ich und musste wieder an den Koch-Blog denken. Natürlich wollte ich sofort meine Koffer packen.

»Monica, deine Idee mit dem Urlaub ist viel besser, glaub mir. Du wirst dich bei deinen Kollegen so unbeliebt machen, dass sich die Zeit wie in einer Gefängniszelle anfühlen wird.«

»Warst du schon immer so dramatisch?«

»Und überhaupt, was ist mit Adam?«

»Du spielst jetzt aber nicht die Männerkarte aus, oder? Wir sind starke Frauen, die ihr Leben selbst in die Hand nehmen«, zitierte ich ihren Lieblingsspruch – den sie im Vergleich zu mir sogar befolgte.

»Ich halte es für einen Fehler, das ist alles.«

Es fühlte sich auch falsch an. Ich wusste nicht, was mich mehr enttäuschte, dass ich ablehnen würde, oder dass mir mein Arbeitgeber dieses Angebot überhaupt unterbreitet hatte.

»Ich gebe dir ja recht. Auch wenn ich aktuell nichts fürs Restaurant tun kann, wird sich das sicher in den nächsten drei Monaten ändern. Aber wie soll ich denn jetzt Urlaub beantragen? Sieht das nicht komisch aus? Außerdem kündige ich dann auch bald.«

»Das solltest du mit Adam besprechen. Nicht nur, weil er dein Freund ist, sondern weil du den Zeitplan kennen solltest. Habt ihr denn schon einen Eröffnungstermin?«

»Machst du Witze? Wir haben ja nicht mal ein Lokal.«

»Natürlich habt ihr das, was redest du denn?«

»Wir haben eins?« Wieso wusste ich nichts davon?

»Sag mal, ist der Sex so gut, dass ihr nicht mehr miteinander sprecht?« Sie lachte herzlich, bevor sie mir riet, zwischendrin auch mal ein paar Worte mit meinem Freund zu wechseln.

KAPITEL DREIUNDZWANZIG

Adam

Ich musste verrückt sein, komplett verrückt sein. Aber die Räumlichkeiten hatten mich bei der Besichtigung schlichtweg überwältigt und sowohl Clayton als auch Caitlin hatten mir ihr Okay gegeben. Madison Avenue. Mein Herz schlug mir noch immer bis zum Hals. Das *Eve's II,* oder wie auch immer mein zweites Lokal heißen würde, würde an einem der Hotspots New Yorks eröffnen. Neben knapp vierhundert Quadratmetern im Erdgeschoss könnte ich zusätzlich weitere sechshundert im Untergeschoss eines siebzehnstöckigen Hochhauses mit Ladenflächen bekommen.

Theoretisch könnte ich dann im Erdgeschoss eine große Bar mit Restaurantbetrieb für den raschen Hunger einrichten und im Untergeschoss vielleicht eher gehobenere Gerichte anbieten. Theoretisch, aber praktisch war mir das eine Nummer zu groß. Besser kleiner anfangen, bis ich wusste, wie unsere zukünftigen Gäste tickten.

Die Lage war ohne Frage absolut top! Nur wenige Schritte vom Bryant Park und der öffentlichen Bibliothek. Zugegeben, die Miete war horrend, aber da meine beiden Investoren bereits zugestimmt hatten, musste ich nur noch den Mumm haben, den Mietvertrag zu unterschreiben.

Auch wenn der Vermieter hocherfreut wirkte und mich gern den anderen Interessenten vorziehen würde, wollte ich ohne Monica nichts entscheiden. Sie hatte den klareren Blick von uns beiden und ich war im Moment total voreingenommen.

»Ich bin dann kurz weg«, rief ich meinem Barmann und Stellvertreter Dave zu.

Da Monicas Büro nicht weit vom zukünftigen *Eve's II* lag, wollte ich sie von der Arbeit abholen. Doch bevor ich Monica anrufen konnte, sah ich Lynn am Eingang des Restaurants stehen.

»Lynn, was machst du denn hier?«, entfuhr es mir.

»Ich wollte dich sprechen, solange es noch ruhig ist. Hast du eine Minute?«

Nein, eigentlich nicht. Aber ich konnte Lynn nicht einfach wegschicken, schließlich kam sie extra aus Huntington. Wir begrüßten uns mit Wangenkuss und sie roch so vertraut wie immer. Ein Stück Normalität, was ich sehr schätzte.

»Klar! Hast du Hunger? Die Küche hat noch geschlossen, aber die Jungs sind schon da und könnten dir etwas zubereiten.«

»Nein, ein Kaffee reicht schon, danke.«

Ich lotste sie durch den noch leeren Gastraum zur Bar und bereitete ihr einen Kaffee zu, während sie mich beobachtete. Für meinen Geschmack sah sie viel zu ernst aus.

»Lynn, ist alles in Ordnung?«

Sie seufzte, was mich bereits in Alarmbereitschaft versetzte, jedoch setzte sie noch einen drauf, in dem sie vorschlug, in meinem Büro weiterzusprechen. Schweigend ging ich diesmal vor.

Sie nahm auf dem Sofa Platz, nippte an ihrem Kaffee und wusste offenbar nicht, wie sie anfangen sollte.

Langsam machte sie mich nervös, sodass ich mich neben sie setzte. »Hey, du weißt, du kannst über alles mit mir reden«, versuchte ich das Eis zu brechen.

»Es geht nicht um mich, nicht nur. Also eigentlich schon. Das fällt mir jetzt tatsächlich schwer, dabei bin ich eigentlich nicht auf den Mund gefallen.«

Nein, das war Lynn ganz bestimmt nicht. Dass mich ihre dunklen Augen jetzt jedoch traurig musterten, gefiel mir überhaupt nicht.

»Denkst du manchmal an damals?«

Die Frage überrumpelte mich komplett.

»Du meinst, als wir ...«

»Unsere gemeinsame Nacht, bevor du nach Europa bist.«

Den ganzen Trip über hatte ich mich immer wieder gefragt, was wohl gewesen wäre, wenn sie eine andere Entscheidung getroffen hätte. Aber das hatte sie nicht. Sie war nicht mitgekommen. Ende der Geschichte. Ende einer möglichen Beziehung. Aber zum Glück nicht das Ende unserer Freundschaft.

»Warum fragst du mich das ausgerechnet jetzt?« Ich stand auf, um etwas Abstand zwischen uns zu bringen.

»Weil mir Clay erzählt hat, dass du eine Freundin hast. Etwas Ernstes, nicht nur eine Bettgeschichte, außerdem, dass ihr auch zusammenarbeiten werdet.«

»Ich verstehe nicht ganz, was das mit uns zu tun hat.«

Sie musterte mich stumm. Unbemerkt hatte ich eine abwehrende Haltung angenommen und die Arme vor die Brust verschränkt.

»Es hat alles mit allem zu tun. Deine Phobie gegen Beziehungen, dein Motiv, mich damals überhaupt zu fragen, dein Verhältnis zu anderen Menschen, deine Arbeitswut, deine innere Unruhe, deine Kompromisslosigkeit, dein ausgeprägter Gerechtigkeitssinn.«

Sie behielt mich genau im Blick, dabei wusste ich, dass sie mich nur mit einer einzigen Sache aus der Ruhe bringen konnte. »Wann setzt du dich endlich mit deinen Eltern an einen Tisch? Oder denkst du, sie wissen nicht, dass du Huntington meidest, seit sie zurück sind.«

»Bei allem Respekt, das geht dich nichts an, Lynn.«

»Ich bin deine Freundin. Du solltest die alten Geschichten endlich auflösen, das bist du dir und ihnen schuldig!«

»Ich bin niemandem irgendetwas schuldig.«

»Denkst du das wirklich?«

»Was soll das, Lynn?«

»Vergeben heißt nicht verzeihen, weißt du«, erklärte Lynn sanft.

Ich wusste das alles, aber das hieß nicht, dass ich mich darauf einlassen wollte. Claytons Dad hatte mir immer angeboten, ich könne zu ihm kommen und mich aussprechen. Er wusste, wie er mir würde helfen können, Lynn genauso, schließlich war es ihr Job, aber ich konnte einfach nicht über meinen Schatten springen. Ich wollte nicht mehr an den Tag denken, als meine heile Welt zerbrochen ist. Ich wollte ihn für immer vergessen. Natürlich war mir bewusst, dass ich dadurch Mühe hatte, Menschen an mich heranzulassen. Aus dem Grund hatte ich auch nur wenige Freunde. Auch wusste ich, dass ich die Anrufe von meiner Familie ignorierte, um mich nicht damit auseinander setzen zu müssen. War ich glücklich dabei? Nein, ganz sicher nicht. Ich vermisste meine Eltern. Meine Mom, die mir als Kind immer vorgesungen hatte, und meinen Dad, der immer mein Held gewesen war und auf den ich jeden Abend gewartet hatte, bis er aus der großen Stadt nach Hause gekommen war und mir von seinen Abenteuern erzählt hatte. New York war so lange mein Traum gewesen. Bis sie alles kaputt gemacht hatten.

Es war nicht mal ihr Fremdgehen an sich, dass mich so fertigmachte, es waren die Lügen, die sie mir aufgetischt hatten, nachdem ich sie gebeten hatte, mir zu erklären, was mit unserer Familie nicht stimmte.

Das Gerede der Leute hatte ich vor diesem einen schicksalhaften Tag gar nicht wahrgenommen. Mit elf Jahren war ich einfach zu jung gewesen und hatte nichts von alldem verstanden. Doch plötzlich war alles anders gewesen und das Vertrauen zerstört.

Und ich wusste auch, dass ich mir bei Monica selbst im Weg

stand. Wir hatten eine Chance, doch dafür müsste ich mich meiner Vergangenheit stellen. Doch lieber nahm ich in Kauf, die Beziehung zu Monica an die Wand zu fahren, als mein Privatleben aufzuräumen. Ich war ein feiger Idiot!

»Meinst du, wir hatten eine reelle Chance?«

»Ich denke schon. Aber wir hatten auch zu viel Angst, dass es schief geht. Die denkbar schlechteste Voraussetzung für eine Beziehung. Und dennoch habe ich mir oft gewünscht, anders entschieden zu haben«, ergänzte Lynn melancholisch.

»Das ging mir sehr lange auch so«, gestand ich.

»Aber jetzt ist es zu spät, oder?« Ihre Frage war kein Scherz unter Kumpels, sondern war ernst gemeint. Sehr ernst. Zu allem Überfluss klopfte es auch an der Tür und auf mein *Ja* kam Monica herein. Und sie sah alles andere als begeistert aus.

Ich stand noch immer mit verschränkten Armen am Schreibtisch, während Lynn ihre Schultern straffte und ein Lächeln aufsetzte, das ihr keiner abnahm.

Monica

EIGENTLICH HATTE ICH GEHOFFT, mich auf dem Weg zu Adam noch etwas zu beruhigen, aber es war mir nicht besonders gut gelungen. Ich war sauer, richtig sauer. Oder verletzt? Warum konnte ich mein privates *Ich* nicht von meinem geschäftlichen trennen? Dass Adam zuerst mit seinen Investoren sprach, konnte ich ja noch nachvollziehen, aber wo war das *Schatz, du glaubst es nicht, was ich gefunden habe. Ich bin so aufgeregt, ich kann kaum stillsitzen?* Oder waren nur Frauen so? Lag das Mitteilungsbedürfnis am doppelten X-Chromosom? Meine Familie quatschte ohne Punkt und Komma, und auch mein Ex hatte mir andauernd ein Ohr abgekaut. Vielleicht war das aber auch unser italienisches Blut. Keine Ahnung, ich wusste nur, dass unsere nicht vorhandene Kommunikation mich auf die Palme brachte und ich mich nach etwas Normalität sehnte. Ein Glück, dass ich Adam jetzt nicht engumschlungen mit dieser hübschen Frau erwischt hatte. Nur was bedeutete das jetzt wieder? Dass ich ihm nicht vertraute und das doch der Anfang vom Ende war? Die Erkenntnis traf mich hart.

»Ich kann draußen warten, bis ihr fertig seid«, sagte ich so gefasst, wie es mir möglich war. Eigentlich wollte ich mich gerade ganz weit weg, in meinem Bett verkriechen und die Decke bis über die Ohren ziehen.

»Darf ich dir Lynn vorstellen. Sie ist Claytons Schwester. Du hättest sie spätestens am Sonntag kennengelernt, aber sie ist mir zuvorgekommen.«

»Hallo, freut mich.« Mein Tonfall unterstrich meine Aussage überhaupt nicht, was sich Lynn jedoch nicht anmerken ließ. Sie streckte mir freundlich ihre Hand entgegen und schenkte mir sogar ein Lächeln.

»Ihr kommt am Sonntag zum Essen?«

»Du hast doch nichts vor, oder?«, fragte mich Adam. War er irre? In der Situation konnte ich wohl kaum ablehnen. Oder doch? Würde er allein fahren, wenn ich sagte, dass ich keine Zeit hätte? War es nicht er gewesen, der mir erklärt hatte, dass wir es langsam angehen wollten? Aus dem Grund hatte er doch meine Eltern nicht kennenlernen wollen.

Lynn sah mich abwartend an und ihr Blick huschte kurz zu Adam, als ich eine gefühlte Ewigkeit nicht antwortete. Ich war hereingeplatzt und hatte sie unterbrochen. Zu gerne hätte ich gewusst, bei was. Trotz meiner Wut auf Adam war ich eifersüchtig. Diese Verliebtheit machte mich viel zu emotional.

»Nein, ich habe nichts vor, danke für die Einladung«, antwortete ich schließlich und versuchte mich an einem Lächeln.

Lynn schien sich aufrichtig zu freuen ... zumindest, dass Adam kam. »Mom wird total aus dem Häuschen sein.«

Sie küsste Adam zum Abschied auf die Wange und sie umarmten sich für meinen Geschmack auch ein bisschen zu innig. Ich atmete erst wieder richtig, als nur noch ihr süßer Duft meine Nase umspielte.

»Ich war auf dem Weg zu dir, als mich Lynn überrascht hat.«

Ich stand noch immer wie festgenagelt auf derselben Stelle, sodass Adam auf mich zukam und mich zur Begrüßung umarmte. »Ich habe dich vermisst«, raunte er an mein Ohr. Er wusste ganz genau, wie er meinen Puls in die Höhe treiben und meine Knie in Gelee verwandeln konnte. Langsam begann er an meinem Ohrläppchen zu knabbern und meinen Hals entlang zu küssen ...

»Warte. Wir müssen reden«, unterbrach ich ihn, wenn auch schweren Herzens. Dass wir körperlich harmonierten, stand außer Frage, der Rest war leider das Problem.

»Gut, reden wir.«

Ich hasste es, dass er dabei seufzte. Warum tat er das? Mein Blut geriet sofort in Wallung – und nicht, weil ich scharf auf ihn war. Okay, ich musste mich beruhigen, bevor ich etwas sagte, was ich am Ende bereuen würde. Ich wollte mich nicht streiten, schon gar nicht im Büro seines Restaurants. Das war höchst unprofessionell. Aber wo sollten wir denn sonst diskutieren? Wir sahen uns ja kaum.

»Ich dachte, du wolltest reden«, provozierte er mich, als ich nichts sagte.

»Machst du das absichtlich? Oder liegt es an mir, dass du zwar mit mir schlafen möchtest, aber kaum, dass ich reden will, das Arschloch raushängst?«

Er hob eine Augenbraue und musterte mich langsam von oben bis unten. »Eine ausgezeichnete Idee, Baby.« Als er anfing, schallend zu lachen und es weder dreckig noch anzüglich klang, konnte ich nicht anders als einzustimmen.

»Die Idee ist gut, aber nicht, wenn du sauer bist. Hat dir Caitlin erzählt, dass ich ein Lokal gefunden habe?«

»Ja, hat sie«, gab ich zu.

»Es liegt ganz in der Nähe deines Büros, aber ich wollte dich während der Arbeitszeit nicht unnötig stören. Darum war ich auf dem Weg zu dir.« Mist und schon hatte er mich wieder um den kleinen Finger gewickelt. »Ich kann für etwa zwei Stunden weg.« Er warf einen Blick auf seine Uhr. »Okay, das war vorher. Lass mich kurz abklären, ob Dave soweit alles im Griff hat, dann können wir los.«

Er zog mich mit sich, schloss die Bürotür ab und ging zur Bar. Der Barkeeper nickte mir grinsend zu, bevor sich Adam verabschiedete.

»Ich schlage vor, wir nehmen die U-Bahn, dann sind wir am schnellsten.«

»Wohin fahren wir?«

»Zur Pennstation.«

Da kam ich doch gerade her. Mein Kopfschütteln quittierte Adam mit einem Achselzucken und einem umwerfenden Lächeln. »Es gibt auch Textnachrichten, hat dir das schon mal jemand erzählt?«

»Ach, komm schon. U-Bahnfahren ist doch lustig. Außerdem kann ich auf der Fahrt ja mal in deinen Koch-Blog reinschauen.«

»U-Bahn fahren wäre lustig, wenn ich nicht immer wieder die gleiche Strecke fahren müsste. Und wie du offenbar nicht weißt, gibt es dort auch keinen Empfang.«

»Dann knutschen wir halt wie zwei Teenager rum.«

Ja, klar, das würden wir auch ganz sicher tun. Adam bewies mir wenig später, dass es nicht nur leere Worte waren. Der Kerl hatte keine Hemmungen. »Das liegt nur an dir«, flüsterte er mir ins Ohr. Hatte er meine Gedanken erraten? »Dann halt später im Büro«, setzte er etwas lauter nach und ich lief rot an wie eine Tomate. »Ich meinte den Koch-Blog«, grinste er und leider erwähnte er diese Info so leise, dass nur ich sie hörte.

Ich hatte zwar einige passende Kontrasprüche auf der Zunge, war mir aber sicher, dass Adam nur darauf wartete. Also sagte ich nichts.

Am Madison Square Garden wollte ich dann doch eine spitze Bemerkung loswerden, aber Adam küsste mich, kaum dass ich meinen Mund geöffnet hatte. Und wie er mich küsste. Ich stand bereits nach kürzester Zeit in Flammen. *Bloß nicht laut aufstöhnen*, ermahnte ich mich selbst, doch leider gelang mir das ganz und gar nicht.

»Wie schön, dass meine Mund-zu-Mund Beatmung so gut anschlägt«, bemerkte er schmunzelnd, als er sich von mir löste.

»Himmel, du bist unverbesserlich. Also, wo müssen wir hin?« Hoffentlich würden wir nicht irgendeinem Kollegen oder, noch schlimmer, meinem Chef über den Weg laufen. Wir standen praktisch vor dem Hochhaus von *Financial Experts Inc.*

»Madison Avenue.« Er nahm meine Hand und zog mich Richtung Empire State Building. Auf einmal konnte es Adam nicht schnell genug gehen, dabei versuchte ich noch zu verdauen, dass er gerade Madison Avenue gesagt hatte.

»Warte, Adam, heißt das etwa, das Lokal liegt an der Madison Avenue?« Das konnte nur ein Scherz sein, denn wenn nicht ... Oh, mein Gott! Unter keinen Umständen würde ich ein Restaurant an der Madison Avenue führen können. Das war mir eine Nummer zu groß.

»Genau, das heißt es. Und ja, mir geht mein Arsch auch auf Grundeis, wenn ich daran denke. Aber könntest du jetzt bitte aufhören, meine Hand zu zerquetschen.« Er ließ mich los, legte dafür aber den Arm um mich. »Schon besser, ich spüre das Blut wieder.«

»Also, je mehr blöde Sprüche du klopfst, desto nervöser bist du?«

»Scheint so.«

Gut, zu wissen, denn als er das Essen am Sonntag erwähnt hatte, war er ganz ruhig gewesen.

»Die Leute, die wir am Sonntag treffen, wer sind die?«

»Claytons Familie.«

»Aber nicht deine.«

»Sie sind besser als meine.«

Wir gingen schweigend weiter, ich wollte nicht weiter nachbohren. Das könnte ich später immer noch tun. Zuerst einmal musste ich verkraften, dass Adam vor einem sehr gepflegt aussehenden Gebäude stehen blieb.

»Neben dem Marriott?«

Offensichtlich. Wow, das war eine ganze andere Klasse als die Location Anfang der Woche.

»Wir könnten tausend Quadratmeter haben, aber ehrlichgesagt, ist mir das zu viel. Ich würde nur die vierhundert im Erdgeschoss mieten.«

Himmel, wie viel kostete in dieser Lage eigentlich der Quadratmeter?

»Schau es dir einfach mal an, bevor du in deinem süßen Kopf die Zahlen wälzt. Was du aber ohnehin schon tust, so wie du guckst.«

Natürlich, ich konnte gar nicht anders. Leider konnte ich auch das Gefühl nicht abschütteln, dass sich Adam mit dieser Nummer heillos übernehmen würde.

Natürlich waren die Räume ein Traum. Wir bräuchten nicht viel umzubauen. Aber das war nicht der springende Punkt. Es passte nicht, jedenfalls nicht für mich.

»Es ist toll, wirklich.« Edel, sehr, sehr edel.

»Aber?«

»Nicht das *Eve's*. Hast du schon unterschrieben?«

»Nein, ich wollte es dir zuerst zeigen. Auch wenn es nicht immer den Eindruck macht, mir ist deine Meinung wichtig.« Er schloss mich fest in seine Arme.

»Was hältst du davon, wenn wir zurückfahren und ich nachher selbst ein wenig recherchiere?«

Das war mein Nein zu diesem Laden. Allerdings wollte ich es noch nicht direkt aussprechen. Auf keinen Fall wollte ich Adam im Weg stehen, nur weil ich Schiss hatte.

»Gut, obwohl, wenn ich dich schon im Büro habe ...«

In seinen Augen tanzte der Schalk.

KAPITEL VIERUNDZWANZIG

Adam

Monica war definitiv anders als alle Frauen, die ich bis jetzt getroffen hatte. Sie hätte mir auch einfach zustimmen, meine Genialität loben und meine Brillanz hervorheben können. Sie hätte meine eigenen Bedenken beiseite wischen können, aber stattdessen saß sie bis Mitternacht in meinem Büro, recherchierte und kalkulierte beinahe ununterbrochen. Immerhin hatte ich sie noch überreden können, etwas zu essen.

»Feierabend.« Ich trat hinter sie und begann ihren Nacken zu massieren.

»Schau, ich habe ein paar Lokale gefunden. Im Greenwich Village ist einiges zu haben. Die Preise liegen um die dreitausend Dollar pro Quadratmeter.«

Das waren noch immer horrende Preise. Auch wenn das zweite Restaurant ebenfalls wie das *Eve's* auf Monate hin ausgebucht sein sollte, müsste das Geld erst einmal verdient werden. Monica sah viel zu besorgt aus, das gefiel mir ganz und gar nicht. Vielleicht lag es auch daran, dass sie sich nicht schon wie ich Jahre mit dem Thema, ein Restaurant in Manhattan zu eröffnen, befasste. Jedenfalls gefiel ihr meine kleine Massage, denn sie seufzte wohlig. Bestimmt hatte sie auch längst ihre Augen geschlossen.

»Lass uns nach Hause fahren.« Ich wollte das Gespräch in einer ruhigen Minute nochmals aufnehmen und auch die Frage, ob sie sich der Führung des Restaurants wirklich gewachsen fühlte. Morgen war Samstag, ich musste zwar früh raus, aber sie nicht und somit blieb uns dennoch etwas mehr Zeit als unter der Woche.

KAUM WAREN wir eine halbe Stunde später ins Bett gefallen, war sie auch schon eingeschlafen. Ich brauchte wie immer viel länger, um mich zu entspannen. Zum Glück kam ich mit wenig Schlaf aus, sonst würde ich mein tägliches Pensum nie schaffen. Dann könnte ich das Restaurant nur an den Abenden öffnen, womit mir aber die üppigen Einnahmen der Mittagsgäste fehlen würden. Auch das wäre in Manhattan anders. Je nachdem wie unsere Marktstudie ausfiel, würden wir zusätzlich Frühstück anbieten und den Ruhetag streichen.

Es war ein Mammutprojekt, das mittlerweile schon zwei Ordner füllte. Darin befanden sich allerlei Analysen: Werbemaßnahmen, Konkurrenzverhalten, Menüvorschläge, Personalfragebögen, Versicherungen. Und, schon komisch, trotz des Umfangs und des Aufwands dachte ich bereits über weitere Restaurants nach.

Irgendwann musste ich eingeschlafen sein. Als ich erwachte, war es zwar noch stockdunkel draußen, doch Monica lag nicht mehr neben mir. Ich fand sie im Arbeitszimmer vor meiner riesigen Landkarte. Nur etwa ein Viertel der Stecknadeln waren grün, alle anderen rot und markierten die Restaurants, die ich noch besuchen wollte. Irgendwann einmal.

»Hey, ich wollte dich nicht wecken.«

»Offenbar kann ich schon nicht mehr schlafen, wenn du nicht neben mir liegst.« Ich schmiegte mich von hinten an sie und genoss ihren warmen Körper. Sie trug nur ein einfaches Shirt und eine kurze Hose. Wie von selbst fuhren meine Hände unter dem Saum hindurch zu ihrem Bauch. Wie sehr ich sie schon wieder begehrte.

Ich war süchtig danach, diese innige Verbindung zwischen uns zu spüren, wenn wir intim waren. Das Gefühl und auch die Bestätigung waren berauschend. Und ich brauchte es, um mir zu versichern, dass alles zwischen uns in Ordnung war.

»Gehen wir zurück ins Bett?« Ich würde nichts tun, was sie nicht auch wollte, aber ich konnte meine Erregung kaum verbergen, weder in meiner Stimme noch an meinem Körper.

Aber das musste ich offenbar gar nicht, denn sie presste sich eng an mich, bevor sie ihren Kopf drehte, mich ansah und küsste.

»Oder auf dem Schreibtisch?«, keuchte sie zwischen unseren Küssen.

»Im Schlafzimmer«, bestimmte ich. Keine Ahnung, warum ich plötzlich so konventionell eingestellt war. Wer weiß, ob es mir jemals gelingen würde, jeden Ort in meiner Wohnung mit Monica einzuweihen. Im Moment kam es mir jedenfalls nicht richtig vor, ich wollte mehr als meine Triebe zu befriedigen, wollte unsere Verbindung stärken, ihr in die Augen sehen, sie lieben. Das war für mich aktuell die einzige Möglichkeit, hundertprozentig ehrlich zu sein. Egal ob es mir gefiel oder nicht.

Monica

Ich hatte Kopfschmerzen. Zum Glück hatte ich die Tablettenverpackung schon wieder in meiner Tasche verstaut und das Glas zurückgestellt, als mich Adam im Büro überraschte. Sicher hätte er Fragen gestellt und sich Sorgen gemacht. Er war sehr feinfühlig, auch wenn er es gerne versteckte. Vielleicht war er auch nur mir gegenüber so, ich kannte ihn nicht gut genug, um das beurteilen zu können. Nur wusste ich, dass mir das ungute Gefühl, wenn ich an sein zweites Restaurant dachte, ganz und gar nicht gefiel. Vielleicht war ich auch nur durcheinander. Gestern war viel passiert und wenn ich nur an das Gespräch mit Jake und meinem Chef zurückdachte, wurde mir bereits ganz anders.

Auf jeden Fall brauchte ich Zeit, um nachzudenken. Automatisch war ich vor der Landkarte gelandet. Es würde ihn Jahre kosten, alle Restaurants zu besuchen, und doch war ich mir sicher, dass Adam es schaffen würde. Er brannte für die Gastronomie und tat, was er liebte – ohne Kompromisse.

Was war mit mir? Würde ich ihm genügen? Oder machte ich mir selbst etwas vor? Ich wollte ihn auf keinen Fall enttäuschen, aber was, wenn mein Bestes nicht gut genug wäre?

Am nächsten Tag fuhr ich zu meinen Eltern. Ich parkte neben einem staubigen dunklen Pick-up direkt vor dem Café. Es war komisch, das Gebäude so verlassen vorzufinden. Im Normalfall platzte die Veranda bei diesem schönen Wetter bereits aus allen Nähten. Stattdessen lagen jetzt überall Planen, die Tür stand halb offen. »Hallo, wo seid ihr?«, rief ich durch den Verkaufsbereich. Auch hier war alles feinsäuberlich abgedeckt.

»Oben«, hörte ich eine tiefe Männerstimme rufen, als meine Mutter aus der Küche kam.

»Hallo Schatz, schön, dass du da bist.«

Mir lagen tausend Fragen auf der Zunge, vor allem ihre Finanzlage betreffend, aber ich blieb still und genoss ihre Umarmung.

»Die Männer sind oben. Es ist ungewohnt, nichts zu tun zu haben«, gestand sie mir. »Obwohl das nicht ganz stimmt. Ich putze und putze, aber der Staub wird nicht weniger.« Sie lächelte und fuhr mir übers Haar.

»Glaubst du, es wird schön?«

»Es wird sehr schön. Mit Stephan haben wir genau den richtigen gefunden.«

»Aber euch geht es gut, oder?« Ihre Aussage klang, als würden sie bald sterben, was mich sofort in Alarmbereitschaft versetzte.

»Uns geht es gut. Wirklich. Ehrlich gesagt bin ich froh, dass wir etwas kürzertreten können. Wir haben immer nur gearbeitet und dadurch kaum etwas von der Welt gesehen. Ich versuche deinen Vater zu überreden, ein Wohnmobil zu kaufen. Aber erwähne bloß nichts, sonst stellt er sich absichtlich stur.« Sie zwinkerte mir verschwörerisch zu.

Das war bei meinem Vater schon immer so gewesen. Am erfolgreichsten war man, wenn er das Gefühl hatte, es wäre seine Idee gewesen. Allerdings musste ich den Gedanken, dass meine Eltern kürzertreten wollten, um von Campingplatz zu Campingplatz zu fahren, erst noch verdauen.

»Geh ruhig hoch. Du wirst staunen.«

Gespannt stieg ich über die hölzerne Treppe ins Obergeschoss. Ich erkannte es fast nicht wieder und das obwohl mir Stephan die Pläne gezeigt hatte.

Die Wände waren wie angekündigt verschoben worden. Schon in das erste Zimmer hätte ich einziehen wollen. Die meisten Möbel fehlten zwar noch, aber ein Bett war bereits vorhanden und das offene Bad fertig – es war ein Traum. Konnte Stephan zaubern? Wie hatte er den Umbau so schnell umsetzen können?

»Hallo Monica, du solltest dir lieber ein fertiges Zimmer ansehen. Hier muss noch gestrichen werden und auch der Schrank und die Kleinmöbel fehlen noch.«

Er stand so dicht hinter mir, dass ich sein Aftershave riechen konnte. Als ich mich umdrehte, sah ich ein paar Farbsprenkel auf seiner Wange, offenbar strich er gerade ein anderes Zimmer in blau. Ich widerstand dem Drang, die Farbe wegzuwischen.

Irgendwie wirkte er heute noch attraktiver als sonst. Das dunkle T-Shirt verbarg nicht viel, zumindest nicht seine sportliche Figur. Ich bemühte mich, ihm weiter in die Augen zu sehen, und den Blick nicht über seinen Körper schweifen zu lassen. Wobei das Funkeln seiner grünen Augen gefährlich war.

Unter anderen Umständen ... wer weiß, was aus uns geworden wäre.

»Wo muss ich denn hin?«

»Einfach mir nach.« Er drehte sich um, und steuerte das letzte Zimmer am Ende des Flurs an. Ein Traum in Hellgelb und Weiß empfing mich.

»Wir arbeiten sequenziell, weil ich die Handwerker zum Teil nur stundenweise bekomme. Das Obergeschoss kommt als letztes dran. Falls wir den Zeitplan nicht einhalten können, fehlen so hoffentlich nur noch Kleinarbeiten, die ich auch erledigen kann, wenn die ersten Gäste bereits hier wohnen.«

»Und in zwei Wochen feiert ihr wirklich schon Eröffnung?«

»Das ist der Plan. Wäre schön, wenn du auch kommen würdest. Es wäre noch schöner, wenn ich dich überreden könnte, doch hier zu arbeiten.«

Ja, sein Timing war wirklich lausig. Unter anderen Umständen hätte ich es mir überlegt. Ach, ich hätte mit Freude angenommen.

»Was hältst du davon, wenn ich euch ein bisschen helfe?«, bot ich ihm statt einer Zusage an.

»Immer gerne. Wenn wir unser Pensum heute früher schaffen, könnten wir noch eine Runde mit meinem Boot rausfahren.«

Sein Lächeln hätte einige Frauen vor Verzückung seufzen lassen. Solange er seine Hände bei sich behielt, wäre es eine gute Gelegenheit, etwas mehr über ihn zu erfahren. Und ich hatte Zeit, den ganzen Tag sogar. Also sagte ich zu und schnappte mir einen Pinsel und Farbeimer. Mein Vater freute sich wie ein Schneekönig über meine Hilfe und spielte eine Playlist mit italienischen Liedern ab. Dann konnte der Nachmittag ja nur gut werden.

Erst am frühen Abend schipperten Stephan und ich rüber nach Fire Island. Die Insel lag zwischen Long Island und der Long Island Barrier, also somit nicht direkt am Atlantik. Wir hätten anlegen und zum Leuchtturm laufen können, bevorzugten es aber, auf dem Boot zu bleiben und die Aussicht auf die Dünen und das Meer zu genießen. Es war ein toller Tag gewesen, der mir sehr viel Freude bereitet hatte. Außerdem hatte ich schon lange nicht mehr so viel Zeit mit meinem Vater verbracht. Er wirkte glücklich und sehr zufrieden. Das war mir erst heute aufgefallen.

»Die Pension wird unglaublich schön.«

»Es freut mich, dass sie dir gefällt.«

Wir saßen dicht beieinander, Stephans Boot war nicht sehr groß.

»Seit ich mit zwanzig in Costa Rica gewesen war, um extra Punkte fürs College zu sammeln, habe ich den Traum, ein kleines Hotel oder eine Pension zu führen. Die Gastfamilie, bei der ich damals wohnte, betrieb ein Bed and Breakfast. Ich fand es toll, neben der Arbeit auch genug Zeit zum Surfen zu haben.« Er lachte herzhaft, offenbar war ihm mittlerweile klar, dass seine Pension etwas mehr Arbeit bedeuten würde, als er es damals vermutet hatte.

»Und dennoch hast du Architektur studiert.«

»So ist es mit Träumen, sie rücken mitunter in den Hintergrund.«

Ja, das konnte ich sofort unterschreiben.

»Aber dann kommt dieser eine Impuls und du kannst an nichts anderes mehr denken, wirst regelrecht besessen. Das Verrückte ist, dass mein Kopf ab diesem Moment nur noch Dinge registriert hat, die etwas mit dem Thema zu tun haben. Freunde, die mir von irgendwelchen Hotels vorschwärmten, Arbeitskollegen, die bauen wollten, Zeitschriften über Inneneinrichtungen, die mir plötzlich im Supermarkt auffielen.«

»Ich kenne das auch.« Mein Filter stand auf Reisen, die ganze Welt schien plötzlich ihre Koffer zu packen, nur ich nicht.

»Was ist denn dein Traum, Monica?«

Er sah mir tief in die Augen und ich dachte eine Sekunde lang, er würde mich küssen.

»Ich würde mir gern Europa ansehen.«

Wir verharrten ein paar Sekunden, dann rückte er wieder etwas ab. Das Lächeln, das er mir schenkte, passte nicht zur Enttäuschung, die ich in seinen Augen erkennen konnte. Doch die währte nicht lange.

»Wieso machst du es dann nicht einfach? Wenn du willst, kann ich dir ein paar Insidertipps geben, also fernab des typischen Touristenkrams.«

»Ein wenig Touristenkram darf es schon sein.« Mein Herzschlag beschleunigte sich, wenn ich nur daran dachte. Wenigstens zwei Wochen sollten doch drin sein.

»Was wäre dein erstes Ziel?«

»Rom!«, kam wie aus der Pistole geschossen, sodass wir beide lachen mussten.

»Jetzt verstehe ich auch, warum dich die Pension nicht reizt. Du sitzt geistig schon längst im Flieger.«

Das wäre der Moment gewesen, ihm reinen Wein einzuschenken und ihm zu sagen, dass ich bereits eine neue Stelle in einem Top-Restaurant hatte, aber ich tat es nicht. Leider hatte er recht, ich saß geistig schon längst im Flieger.

KAPITEL FÜNFUNDZWANZIG

Adam

Natürlich hatte ich nicht erwartet, dass mir Monica stündlich eine Textnachricht schrieb, aber als ich den ganzen Tag nichts von ihr hörte, begann ich mir Sorgen zu machen. Es wurde auch nicht besser, als sie mir am Abend schrieb, dass sie bei sich übernachten und mich morgen früh treffen würde, damit wir zusammen nach Huntington fahren konnten. Dass sie ausgerechnet die Nacht, in der ich sie am meisten gebraucht hätte, nicht mit mir verbringen wollte, versetzte mir einen Stich.

Sie ist nicht deine emotionale Krücke, oder?

Nein, natürlich nicht. Es war mein Problem und Monica war bereits die ganze Woche gependelt. Vielleicht sollte ich morgen bei ihr übernachten. Schließlich war die Idee gewesen, dass wir abwechselten.

Verdammt, ich war ihr schon viel zu sehr verfallen. Unruhig begann ich in meinem Büro auf und ab zu tigern, bevor ich mir mein Jackett überzog und in den Gästebereich ging, um unsere Besucher zu begrüßen. Mir war gerade alles recht, um mich davon abzulenken, dass eine sehr lange Nacht vor mir lag.

. . .

Als ich nach Mitternacht zu Hause ankam, plünderte ich meine Hausbar und begann, mir jede Folge von Monicas Lieblings-Koch-Blog anzusehen. Ich googelte sogar die vier Kerle und las mir sämtliche Informationen durch, die ich finden konnte. Dass dieser Jasper von heute auf morgen berühmt geworden und seine Ehe daran zerbrochen war, weil er eine Affäre hatte, ging nicht spurlos an mir vorüber. Vor allem, dass er seine Frau nach Jahren wieder zurückerobert hatte, war ein Happy End, an das ich im Grunde nicht glaubte. Genauso wenig, wie an einen schnellen Erfolg. Ich kannte nur harte Arbeit. Je härter, desto größer der Erfolg. Lynn versuchte mich schon seit Jahren dazu zu bringen, weniger verbissen an meiner Karriere zu basteln. Aber ich glaubte nicht an vorbestimmte Wege, auch nicht daran, dass ich nur vertrauen musste und das Leben leicht und erfolgreich sein könnte. Das war mir alles zu esoterisch. Ohne Fleiß, kein Preis, oder? Ich war offenbar schon viel zu besoffen, wenn ich zu philosophieren begann.

Auf jeden Fall war ich jetzt auf einer Ranch in Texas gelandet, die mich mehr als beeindruckte. Zwei dunkelhaarige Kerle standen grinsend vor einem riesigen Anwesen mit etlichen Gebäuden, zwischen ihnen eine kleine blonde Frau, die genauso strahlte. Auf den nächsten Seiten konnte ich nicht nur das weitläufige Gelände mit einem offenbar künstlich angelegten See sehen, sondern auch diverse Gästehäuser, ein riesiges Haupthaus, ein Café und eine Scheune – vor allem aber glückliche Menschen. In Hochzeitskleidern, auf Pferden, an Felsvorsprüngen hängend, oder von Brücken springend.

Monicas Römer lebte, ich glaubte es kaum, in der Nähe von Austin. Da war jemand aber gewaltig über seinen Schatten gesprungen, oder er war verrückt? Anders konnte ich mir das nicht erklären. In seiner Biografie stand doch, dass er eine Restaurantkette in Europa geleitet hatte. Wer gab denn so was auf?

Ich wollte mir ein weiteres Glas einschenken, aber die Flasche war leer. Ich hatte meinen teuersten Whiskey innerhalb von zwei Stunden ausgetrunken. Ein Blick auf die Uhr verriet mir, es war erst drei in der Früh. Was jetzt?

Ich begann Francos Restaurants zu googeln, bis mir die Augen zufielen.

Nur wenige Stunden später riss mich mein Handywecker unsanft aus dem Schlaf. Ich wollte sterben. Wann hatte ich mich das letzte Mal so elend gefühlt? Zum Glück war meine Küche nur wenige Meter entfernt, ein Vorteil, wenn man sich im Wohnzimmer betrank. Blind tastete ich mich voran. Bis der Schmerz in meinem Schädel nachließ, würde ich kaum geradeaus sehen können.

Zwei Schmerztabletten und ein fettiges Frühstück später ging es mir etwas besser. Leider hatten die Rühreier nach Pappe geschmeckt und der Speck war verbrannt gewesen. Solange ich das Haus nicht abfackelte, war alles gut. Jetzt noch eine Dusche und ich war wie neu – oder so ähnlich.

Bis ich zu Monica fuhr, hatte ich mich wieder einigermaßen im Griff. Meine blutunterlaufenen Augen versteckte ich hinter einer Sonnenbrille. Ich würde sie auf eine Allergie oder einen langen Abend im Restaurant zurückführen. Nicht, dass mir das irgendwer abkaufen würde, am wenigsten Claytons Familie. Die kannten mich besser als ich mich selbst.

Monica kam herunter, kurz nachdem ich den Motor abgeschaltet hatte. Ihr blumiges Parfüm wehte um meine Nase, als sie gut gelaunt einstieg und mich zur Begrüßung sanft küsste.

»Guten Morgen, alles gut?« Sie sah mich fragend an. Ich hatte weder die Sonnenbrille abgenommen noch den Kuss voll ausgekostet, geschweige denn intensiviert. Irgendwie war ich noch immer sauer, dass wir uns gestern nicht mehr gesehen hatten, auch wenn ich wusste, wie kindisch das war.

»Bestens. Wie war dein Tag gestern?« Kaum hatte sie sich angeschnallt, fuhr ich los und ließ sie von Bay Shore erzählen. Sie plauderte über den Strand und das Café Schrägstrich Pension und einen gewissen Stephan.

»Ihr seid mit seinem Boot rausgefahren?«

»Nur kurz, es war ein so herrlicher Tag. Wann hast du denn Zeit, mit mir mal zu meinen Eltern zu fahren? Ich würde sie dir gern vorstellen. Am besten bevor sie sich in ihr Wohnmobil setzen und die Welt erkunden.«

An der nächsten Ampel betrachtete ich Monica etwas genauer. Sie wirkte eigentlich gar nicht so glücklich, wie es zuerst den Anschein gemacht hatte. War ihr Tag doch nicht so toll gewesen, wie es gerade geklungen hatte? Spielten wir uns beide etwas vor?

Aber jetzt war nicht der richtige Zeitpunkt, ein ernstes Gespräch zu führen.

»Ich kann es sicher bald einrichten«, versprach ich und es war nicht nur so dahingesagt. Ich wollte wirklich gern ihre Familie kennenlernen, aber vor allem mir auch diesen Stephan ansehen. Denn wenn er an Monica interessiert wäre, würde ich ihm schon klarmachen, dass er keine Chance hatte.

Monica

ANSTATT FRÖHLICH VOR MICH HINZUPLAPPERN, wollte ich viel lieber über uns reden und wie wir schaffen würden, uns neben der vielen Arbeit nicht zu verlieren. Denn dieser Punkt war mir genauso wichtig, wie mit dem zweiten Restaurant richtig durchzustarten. Ich wollte solche Momente wie gestern am Meer mit Adam erleben. Uns auch ab und an mal einen Wochenendausflug gönnen und mit ihm die vielen Restaurants besuchen, die er auf seiner Karte markiert hatte. Ich wollte ein Leben mit und nicht nur einen Job bei ihm. Ich wollte der Sache mit uns wirklich eine Chance geben. Er behauptete zwar, dass er nicht der Beziehungsmensch war, aber das glaubte ich ihm längst nicht mehr.

Und ich wollte ihm sagen, dass ich mir eine kleine Auszeit nehmen würde, sehr bald, denn ich musste Kraft tanken und den Kopf freibekommen, wenn es mit dem neuen Restaurant richtig losging. Natürlich hatte ich auch ein schlechtes Gewissen, ihn bereits jetzt im Stich zu lassen, aber zwei Wochen müssten drin sein. Auch andere Leute machten mal Ferien. Versuchte ich mich jetzt schon zu rechtfertigen.

»Möchtest du heute bei mir übernachten?« Verrückt, wie sehr ich mich bereits daran gewöhnt hatte, die Nächte gemeinsam zu verbringen. Mein Bett hatte sich gestern so leer und kalt ohne ihn angefühlt.

»Ich muss noch im Restaurant vorbeischauen. Wenn es nicht zu spät wird, komme ich natürlich vorbei.«

»Es ist egal, wie spät es wird.« Ich hätte mich gern an ihn geschmiegt, aber wir befanden uns mittlerweile auf der Schnellstraße und ich wollte ihn nicht ablenken.

Ein Lächeln umspielte seine Lippen, sein Blick blieb jedoch nach vorn gerichtet. Wahrscheinlich war er müde und so beschloss ich, ihn nicht weiter vollzuquatschen, sondern lieber die Landschaft auf mich wirken zu lassen. Ich hatte die Nordseite von Long Island noch nicht häufig besucht. Wieso auch, die schönsten Strände hatten direkt vor meiner Haustür gelegen. In dieser Ecke war es viel waldiger. Ich wusste, dass es in der Nähe von Huntington ein Schloss gab, ein im Privatbesitz befindliches Herrenhaus, das auch als Hotel genutzt wurde. Aber ich war noch nie dort gewesen. Adam sicher schon. Besser ich stellte mir nicht vor, wie er dort die Nächte mit anderen Frauen verbracht hatte.

»Wann bist du eigentlich weggezogen?« Unterbrach ich die Stille dann doch.

»Als ich auf die Columbia gegangen bin, wieso?«

»Nur so.« Dann hatte er wohl kaum das Geld gehabt, mit seinem Herzblatt eine romantische Nacht im Prinzengemach zu verbringen. Na super, jetzt war ich also schon auf seine Teenagerliebe eifersüchtig. Vielleicht hatte es gar keine gegeben.

Schließlich hielt er nichts von Beziehungen, also war er sicher der Typ, der nichts hatte anbrennen lassen. Wieso störte mich das jetzt? Er war siebenunddreißig, da hatte es vorher garantiert eine Menge Frauen gegeben. Oh, die Richtung, in die meine Gedanken schweiften, gefiel mir gar nicht.

Zum Glück passierten wir bereits das Ortschild und bogen auch bald in eine mit Einfamilienhäusern gesäumte Sackgasse ein. Wir parkten neben einer roten Corvette vor einem Haus, das vom Stil her einem Bauernhaus ähnelte.

»Clayton und seine Freundin Jamie sind schon da, Lynn offenbar noch nicht.«

Dann gehörte den beiden also das schnittige Auto. Clayton hatte ich ja bereits bei Caitlin getroffen und Lynn war die Frau, die ich schon in Adams Büro kennengelernt hatte. Somit fehlten noch Jamie und der Rest der Familie.

Adam schaltete den Motor aus und hielt mir wenig später galant die Tür auf. Er half mir sogar aus dem Auto, bevor er einen Strauß mehrfarbiger Tulpen und eine Flasche Wein aus dem Kofferraum holte. Ich blickte mich indes neugierig um. Der Garten wirkte gepflegt, das Haus sehr gut in Schuss, obwohl es sicher älter war. Die Veranda gefiel mir besonders gut, vor allem die schnucklige Hollywoodschaukel. So eine wollte ich auch einmal, am besten zu einem Haus am Meer.

Zu meinem Erstaunen klingelte Adam nicht, sondern schloss die Tür auf und rief »Wir sind da!«, als kämen wir seine Familie besuchen. Ich trat hinter ihm ein und schaute mich neugierig in der hellen und offenen Diele um. Sofort stieg mir der Geruch von Bohnerwachs in die Nase. Offenbar war das dunkle Parkett erst kürzlich blankpoliert worden.

»Küche!«, schrie eine Frau zurück.

»Logisch«, bemerkte Adam amüsiert mehr zu sich selbst.

Ich folgte ihm gespannt durch den Wohnbereich nach links in eine sehr geräumige Küche. Eine alte Frau saß auf einen Gehstock gestützt an einem riesigen Esstisch, der locker Platz für zehn Personen bot. Sie schien alles genau im Blick zu haben. Eine jüngere Frau stand am Herd, während der Mann mit hochrotem Kopf an der Küchentheke werkelte. Es roch köstlich nach Braten.

»Adam, auch zu früh! Und wie immer nicht mit leeren Händen.« Die Frau, die etwas kleiner war als ich, begrüßte Adam mit einer Umarmung, bevor sie sich mir zuwendete. »Hallo, ich bin Claytons Mutter, Pamela, nenn' mich doch bitte Pam. Das sind meine Schwiegermutter Ruth und mein Mann Jake. Komm, sag *Hallo*.«

»Freut mich sehr, ich bin Monica, Monica de Luca.«

Während wir uns die Hände schüttelten, ging Adam zu Ruth, umarmte sie sehr herzlich. Sie sprach leise mit ihm, woraufhin er lächelte und nickte, bevor er sich die Hände waschen und Jake mit den Kartoffeln helfen ging.

Jake hatte noch immer einen knallroten Kopf und sah aus, als könne er eine Dusche vertragen. Sichtlich erleichtert wischte er sich über die Stirn, als Adam ihm zur Hand ging und sich in der Küche nützlich machte. Für mich gab es nichts zu tun, wie mir von allen Seiten versichert wurde.

Als Clayton mit einer dunkelhaarigen Frau in den Raum trat, bemerkte ich sofort, wie ähnlich sich Vater und Sohn sahen. Nun, Clay war um einiges sportlicher.

Die Frau an Claytons Seite musterte mich neugierig, aber freundlich. Sie war eine Schönheit, die Kombination von dunklen Haaren, grauen Augen und der klassischen Gesichtsform zogen mich direkt in den Bann.

»Hi, ich bin Jamie. Lass dich nicht verunsichern, Claytons Familie kann etwas überwältigend sein.« Sie wirkte etwas schüchtern, zumindest im Vergleich zum Rest der Anwesenden.

Als dann noch Lynn in den Raum gerauscht kam und direkt auf Adam zusprang und ihm regelrecht in die Arme flog, stieg der Geräuschpegel nochmals deutlich an und ich fühlte mich komplett fehl am Platz.

»Dass ich das nochmal erlebe«, lachte sie, bevor er sie wieder auf die Füße stellte.

»Ach komm, so lange ist das doch noch nicht her.«

»Drei, vier Monate?«, sie zuckte mit den Achseln, bevor sie mich, um einiges kühler, ebenfalls begrüßte.

»Monica, setz dich doch zu mir. Dann können sich die anderen wieder aufs Kochen konzentrieren.«

Ruth blickte freundlich und ich setzte mich erleichtert neben sie. Es war schön und befremdlich zugleich, der ungewöhnlichen Familiendynamik zuzusehen.

»Trinken wir zur Feier des Tages Champagner?«, rief Lynn ins Gewusel.

»Nur weil wir zum Mittagessen hier sind?«, fragte Adam erstaunt.

»Nein, natürlich nicht, dafür würde ich dir ein Bier anbieten«, neckte sie ihn. »Weil du Mister Madison Avenue wirst!«

»Was?« Claytons Mutter hielt im Rühren inne und sah ihn mit großen Augen an. Es wurde gespenstisch still.

»Oh ja! Aber wir sind nicht wirklich erstaunt, oder? Adam bereitet seine Expansion schon seit wie vielen Jahre vor?«

»Junge, das ist ja großartig.« Claytons Vater wischte sich die Hände sauber und nahm Adam in eine Bärenumarmung, was ihm sichtlich peinlich war. Er wirkte auf einmal wie ein kleiner Junge. Doch schon bald sah ich den Stolz in seinem Gesicht und bekam ein unfassbares schlechtes Gewissen. Hatte ich ihm die Location nicht erst vor zwei Tagen auszureden versucht?

»Sorry, aber du weißt, wie Lynn sein kann«, entschuldigte sich Clay, der die Neuigkeit wohl ausgeplaudert hatte, halbherzig.

»Und du wirst das Restaurant leiten?«, erkundigte sich Jamie bei mir. Sie lächelte mich weiterhin freundlich an und schien ehrlich interessiert.

»Das machst du nicht selbst?«, fiel ihr Lynn ins Wort. Ihr Blick huschte von Adam zu mir und zurück.

»Kinder, jetzt lasst uns erst mal in Ruhe essen. Was können wir dir zu trinken anbieten?«, grätschte Claytons Oma dazwischen.

Lynn zuckte nur mit den Schultern. Mir war klar, dass sie mich später ganz gehörig löchern würde.

Nun denn, ich brauchte mich jedenfalls nicht zu verstecken.

Auch mein Angebot, den Tisch mit zu decken, wurde ausgeschlagen. Die Aufgabe hatte Jamie schon übernommen, die Tatkräftig von Clayton unterstützt wurde, während Adam neben Pam stand und sie übers Kochen fachsimpelten. Lynn versorgte alle mit Getränken.

»Wir sind laut und etwas einschüchternd, aber ganz liebenswert. Das wirst du sehen, wenn du uns näher kennst.«

Claytons Oma zwinkerte mir verschwörerisch zu, dabei war sie noch die ruhigste am Tisch.

Dass sie sich nur zurückgenommen hatte, wurde mir klar, als sie beim Essen anfing, Geschichten zu erzählen und dabei nichts ausließ, egal, wie peinlich es für die Beteiligten am Tisch auch wurde. Sie ließ keinen aus und so hörte ich Anekdoten aus den Kindertagen von Adam, Lynn und Clayton, aber auch ihr Sohn wurde nicht verschont. Am Ende kannte ich selbst den Tratsch aus dem Altenheim, das sie bewohnte.

Schnell wurde mir klar, dass Lynn und Adam eine ganz spezielle Beziehung zueinander hatten und ich fragte mich, ob sie mal zusammen gewesen waren? Ich würde Adam auf jeden Fall unter vier Augen danach fragen, denn ich wüsste wirklich gern, wer von ihnen Schluss gemacht hatte, falls sich mein Verdacht bestätigte.

»Monica, du sieht noch ziemlich jung aus. Wo arbeitest du denn jetzt, dass du dir zutraust, so ein großes Projekt wie das *Eve's II* zu leiten?«, fragte mich Lynn, nachdem sich die Männer einen Nachschlag genommen hatten. Der Braten war köstlich, die Kartoffeln cremig und das Gemüse knackig. Claytons Mutter war eine gute Köchin und eine angenehme Gastgeberin. Ich spürte, dass es ihr wichtig war, dass ich mich wohlfühlte. Auch meine Mutter hatte immer eine offene Tür für jeden gehabt. Jeder war willkommen und sollte sich wohlfühlen. Doch Lynns Stichelei ließ meine Alarmglocken aufschrillen.

»Ich bin dreißig, das ist ja nicht ganz so jung«, beantwortete ich nur die erste Frage. Adam hatte mir im Vornherein erzählt, dass sie Psychologin sei. Mir war klar, dass sie sich damit nicht zufriedengeben würde, nur hatte ich nicht vor, meine Lebensgeschichte offenzulegen. Sie ging niemanden etwas an.

»Nun, ziemlich jung, um so viel Verantwortung zu übernehmen. Du musst echt beindruckende Umsatzzahlen liefern, dass Adam dich einstellt. Warum gibst du die Leitung eigentlich ab, Adam?«

»Seit wann interessierst du dich so brennend für mein Restaurant?«, entgegnet Adam gereizt. Zu gereizt.

»Ich bin einfach erstaunt, das ist alles. Und ich frage mich, warum ich keine Antworten auf meine einfachen Fragen bekomme? Wie lange seid ihr eigentlich schon zusammen?«, setzte Lynn unbekümmert fort.

»Was hat das eine mit dem anderen zu tun?«

»Seit ein paar Wochen«, beantwortete ich Lynns Frage.

»Ich finde es total spannend«, gestand Jamie. Sie griff dabei nach Claytons Hand und sah ihn so verliebt an, dass mir ganz anders wurde. Wie lange die beiden wohl schon zusammen waren? »Sind deine Vorfahren Italiener? Hast du dort noch Verwandte? Ich war bis jetzt nur in Mailand, aber es hat mir sehr gut gefallen.«

»Das nächste Mal nehme ich dich mit nach Paris, dort wird es dir noch besser gefallen.« Clayton küsste sie sanft und ich hätte beinahe geseufzt.

»Das glaube ich kaum, wenn ich mir so eure Auftragslage ansehe, wirst du erst Ende des Jahres Zeit für einen Urlaub haben.« Jamie schien nicht verärgert darüber, sondern stolz. »Meine Schwester Andrea und Clay haben sich gerade erst selbstständig gemacht. Ich bin fürs Marketing zuständig und habe wirklich den besten Job überhaupt. Aber wahrscheinlich sagst du das auch über deinen.« Sie lächelte etwas verlegen. »Nur dass die beiden als Modelagenten dauernd in den schönsten Metropolen unterwegs sind, wurmt mich schon ein bisschen.«

»Warst du nicht kürzlich auf den Bahamas?«, neckte Clayton sie.

»Stimmt«, gab sie ihm mit leuchtenden Augen recht. »Aber erzähl, Monica, woher kommst du ursprünglich?«

»Ich bin in Bay Shore aufgewachsen, in dritter Generation. Ursprünglich stammt meine Familie aus einer Gegend südlich von Rom. Ich war noch nie dort und kenne auch keine Verwandten. Meine Großeltern leben nicht mehr und wir sind auch nie nach Italien gereist. Nicht mal nach Europa. Sie hatten weder Interesse noch Zeit. Meinem Vater war es immer wichtig gewesen, in Amerika Wurzeln zu schlagen und nicht in der Vergangenheit festzuhängen. Außerdem hatten wir mit unserem Restaurant alle Hände voll zu tun.« Ich gab ein paar Eckdaten wieder, erzählte jedoch nicht vom Brand oder den Folgen, nur dass meine Eltern sich verkleinert hätten und ich als Finanzexpertin arbeitete, bis ich wieder einen Job in der Gastronomiebranche gefunden hatte. Das musste genügen.

»Und du? Keine Lust zu reisen? Deine Vorfahren zu suchen?«, hakte Jamie nach.

»Doch schon«, gab ich zu. »Irgendwann mal werde ich das tun.« Jetzt griff ich nach Adams Hand. Es war mir wichtig, dass allen klar war, wo meine Prioritäten lagen. Lynn warf mir einen sehr skeptischen Blick zu, den ich ignorierte. Sollte sie doch denken, was sie wollte.

In Jamie könnte ich jedoch eine Freundin finden und das freute mich sehr. Sie war unglaublich begeisterungsfähig und sehr einnehmend, wenn sie ihre anfängliche Schüchternheit ablegte. Ich beschloss, mich bald mal mit ihr zu verabreden.

»Komm lass uns ein wenig frische Luft schöpfen, bevor wir zu Kaffee und Kuchen übergehen.« Claytons Grandma erhob sich und schlurfte langsam los.

Da die anderen bereits den Tisch abdeckten und mir zu verstehen gaben, dass ich nicht helfen solle, folgte ich ihr gespannt.

»Ich liebe diese Veranda. Schade, dass ich sie nicht mit ins Heim nehmen kann.«

Sie setzte sich in die Hollywoodschaukel und bedeutete mir, neben ihr Platz zu nehmen.

»Es ist herrlich, hier zu sitzen und den Frühling zu genießen – übrigens meine liebste Jahreszeit. Wenn die Vögel zwitschern und alles wieder zum Leben erwacht. Du bist die erste Frau, die Adam mitbringt.« Oha, jetzt begann das Verhör, oder? Ich bemühte mich, locker zu bleiben. Sie wirkte nicht, als wolle sie mich wie Lynn in die Mangel nehmen, dennoch versteifte ich mich augenblicklich. »Er mag dich, sehr.« Sie sah mich hocherfreut an. »Ich bin froh, dass er endlich jemanden gefunden hat. Ehrlich gesagt habe ich mir schon Sorgen gemacht, dass er allein bleibt. Ich glaube nicht daran, dass ein Mensch auf Dauer allein glücklich sein kann. Und ich glaube an die Liebe.« Sie zwinkerte mir zu und ich fragte mich augenblicklich, ob sie selbst gerade verliebt war.

»Und ich bin vielleicht alt, aber ich bin dennoch eine moderne Frau und egal wie sehr du jemanden liebst, darfst du dich selbst nicht aufgeben. Dein Partner wird vielleicht auf den ersten Blick zufrieden sein, aber auf lange Sicht, wird es nicht gutgehen. Verstehst du, was ich sagen will?«

Sie sah mich mit wachen Augen an und ich fragte mich, ob sie meine Gedanken lesen konnte? Mir wurde bewusst, dass ich dringend mit Adam reden musste. Später oder morgen, egal, doch er sollte als erstes erfahren, was mich beschäftigte. Schließlich ging es um uns. Und es wäre gelogen, wenn ich meine Kündigung auf die leichte Schulter nehmen würde. Das tat ich nicht. Ich hatte mir eine Karriere aufgebaut. Wenn ich nicht so unsicher wäre, würde es mich nicht so belasten, einen Neuanfang zu wagen.

Ich durfte mich nur auf gar keinen Fall wieder zurückziehen. Ich musste Adam reinen Wein einschenken und dann meinen Plan durchziehen.

Ruth sah mich aufmunternd an. Sie schien vollstes Vertrauen zu haben, dass wir es schaffen würden.

Nur ich nicht mehr. Denn, dass mir ein paar Wochen in Europa nicht reichen würden, war mir schon bei Jamies Erzählungen klar geworden. Im Moment waren meine Träume nicht die gleichen wie Adams. Oder noch nicht die gleichen. Ich war mir sicher, dass ich es lieben würde, im *Eve's* zu arbeiten – nur noch nicht jetzt.

Adam

»KANN ICH DICH KURZ SPRECHEN?«

Lynn wartete keine Sekunde. Kaum waren ihre Grandma und Monica nach draußen gegangen, schoss sie los. Die anderen brauchten mich nicht, also folgte ich ihr ins Wohnzimmer. »Ich verstehe dich nicht.«

»Du verstehst mal etwas nicht? Dass ich das noch erlebe«, scherzte ich.

»Du gibst die Leitung deines neuen Restaurants in die Hände einer Anfängerin? Hat sie dir so den Kopf verdreht, dass du nicht mehr klar denken kannst?« Sie musterte mich, als wäre ich verrückt.

»Es ist noch immer mein Restaurant und somit meine Entscheidung, klar?«

»Ich glaube eher, dass du dazu gezwungen wirst. Und ich frage mich, wer etwas gegen dich in der Hand hält.«

»Du bist doch verrückt.« Diese Unterhaltung war mir zu blöd. Sie hielt mich jedoch am Ellbogen zurück, als ich mich abwandte.

»Das glaube ich nicht. Eher, dass ich ins Schwarze getroffen habe. Und selbst wenn ich falsch liege, glaube ich nicht, dass Monica das gleiche Herzblut mitbringt wie du. Niemand tut das. Es ist dein Lebenstraum und den gibst du einfach so ab? Warum gibst du ihr nicht einfach die Leitung des Restaurants in Brooklyn? Das läuft, also fährst du ein kleines Risiko.«

Selbst wenn wir auseinandergehen. Ich hörte auch den Teil, den Lynn nicht aussprach. Sie glaubte nicht daran, dass wir es privat schaffen würden – oder sie wollte es nicht glauben.

»Wie gesagt, es geht dich nichts an.«

»Ich kann nicht fassen, dass sie dich so um den Finger gewickelt hat«, schnaubte Lynn verächtlich.

»Um was geht es hier wirklich, Lynn? Um sie und mich oder um dich und mich? Dass du dich um mich sorgst, rührt mich, aber ich bin schon groß. Ich weiß, was ich tue.« Ich stand ganz dicht vor ihr, konnte sehen, wie sie merklich schluckte. Sie war meine beste Freundin, aber mehr nicht. Ich hegte nicht dieselben Gefühle für Lynn wie für Monica. Außerdem glaubte ich nicht, dass Lynn mich wirklich liebte. Es war die verpasste Chance, die sie beschäftigte.

»Du hattest dich entschieden, nicht mitzukommen, und es war richtig. Wir hätten uns nur gestritten und am Ende unsere Freundschaft zerstört. Und damit hätte ich nicht leben können, verstehst du?«

Ich nahm sie in den Arm und sie schmiegte sich an mich. Es hatte mich damals unheimlich verletzt, dass sie nicht mitgekommen war. Trotzdem, wenn auch sehr viel später, hatte ich eingesehen, dass es das einzig Richtige gewesen war.

»Ich will einfach nicht, dass du dich mit weniger zufrieden gibst, als du dir wünschst. Als du verdienst. Du hast so hart dafür gearbeitet, deinen Traum zu leben.«

Ich hatte mein ganzes Leben nur auf diesen einen Traum ausgelegt, aber selbst ich hatte in den letzten Wochen verstanden, dass es mehr gab als nur Arbeit.

Da ich die Haustüre hörte, lockerte ich meine Umarmung. Es wurde Zeit, wieder zu Monica zu gehen.

KAPITEL SECHSUNDZWANZIG

Adam

Am späteren Nachmittag fuhren wir zurück und ich fragte mich, warum ich mich so lange gesträubt hatte, Clays Familie zu besuchen. Nur weil meine Eltern wieder dort wohnten? Wie groß war die Wahrscheinlichkeit, dass wir uns über den Weg liefen? Lächerlich klein.

»Ich hätte dir die Madison Avenue nicht ausreden sollen«, unterbrach Monica meinen Gedankenfluss.

»Du hast mir nichts ausgeredet, du hast mich lediglich auf die Risiken hingewiesen.« Ich warf ihr einen kurzen Blick zu. Sie sah sehr ernst aus. Diese steile Falte zwischen ihren Augen mochte ich überhaupt nicht. Sie stimmte mir nicht zu.

»Und warum übernehme ich eigentlich nicht das *Eve's*? Es wäre perfekt, um in der Branche wieder Fuß zu fassen,« ignorierte sie meine Erklärung. »Ich meine, Caitlin kann es doch egal sein, außerdem ist die Klausel sowieso blöd. Im Grunde hast du mich nur deswegen genommen. Ich hatte noch gar keine Gelegenheit, dich von meinen Qualitäten zu überzeugen.«

Das klang jetzt sehr doppeldeutig, aber sie wollte jetzt

bestimmt nicht hören, dass ich voll und ganz von ihr überzeugt wäre.

»Ich habe überhaupt nichts dagegen, wenn du im *Eve's* anfängst. Aber was ist mit deinem Job?«

»Was soll damit sein?«, fragte sie etwas zu rasch.

»Hast du von deinem Chef eigentlich schon gehört?« Ich hatte nicht vergessen, dass sie mir von der Stelle in Europa erzählt hatte.

»Ja, ein Kollege geht nach London.« Ihr sachlicher Ton irritierte mich. Glaubte sie, ich hätte vergessen, wie ihre Augen geleuchtet hatten, als sie mir von der Chance erzählt hatte.

»Und jetzt willst du mir weismachen, dass es dich nicht stört?«

»Was soll das Adam? Ich hätte sowieso gekündigt, wenn wir mit dem Restaurant losgelegt hätten. Wenn ich gleich anfangen soll, dann kündige ich eben früher.« Sie klang wütend, enttäuscht und sehr frustriert. Ich bereute es, das Gespräch während unserer Heimfahrt begonnen zu haben. Aber wäre es besser gewesen, es mitten in der Nacht zu führen? Schließlich musste ich noch ins Restaurant. Verdammt, jetzt ärgerte ich mich schon über unsere Arbeitszeiten.

Den Rest der Fahrt verbrachten wir schweigend und es war keineswegs angenehm.

Als ich vor Monicas Wohnung hielt, schnallte sie sich sogleich ab, zögerte aber auszusteigen. Meine Chance, sie zum Abschied so innig zu küssen, wie ich es schon zu Beginn des Tages hatte tun wollen.

»Danke, dass du mitgekommen bist. Ich komme später vorbei, wenn das immer noch in Ordnung ist.«

»Ich würde mich sehr freuen.« Sie lächelte und ich konnte es bis tief im Herzen spüren.

»Bis später.«

Es war weit nach Mitternacht, als wir engumschlungen in

Monicas Bett lagen. Unser Herzschlag hatte sich wieder normalisiert. Ich fühlte mich herrlich träge, wurde aber schnell wieder hellwach, als mir Monica von ihrer Arbeit erzählte, vom Interview, von Rom. Ich hörte die Sehnsucht in ihrer Stimme genauso wie die Entschlossenheit. Wir hatten schon einmal einen so unheimlich intimen Moment genossen, als sie mir von ihrer Vergangenheit erzählt hatte. Auch heute hörte ich ihre Stimme, spürte aber auch ihre Seele sehr intensiv.

Und diese Sehnsucht konnte ich nicht ignorieren. Egal, was sie noch erzählte, ich fühlte nur sie.

»Ich habe es bis jetzt nur Caitlin erzählt, aber ich wollte dich nicht hintergehen oder so, ich bin es nur gewöhnt immer zuerst zu Caitlin zu rennen.«

Sie hatte sich zu mir gedreht und sah mich besorgt an. Eigentlich sollte ich etwas sagen, zum Beispiel, dass ich ihr dringend abraten würde, sich auf das Angebot einzulassen, aber ich konnte nicht.

»Adam, es tut mir wirklich leid.«

»Nein, nein.« Endlich war meine Stimme zurück. »Ich meine, es muss dir nicht leidtun. Ich bin nur grad etwas sprachlos, das ist alles.« Eine absolute Untertreibung, ich war total von der Rolle.

»Du bist sicher müde, aber wann sollen wir sonst reden? Also, ich habe beschlossen zu kündigen. Bald schon, denn ich würde mir gerne eine kleine Auszeit nehmen, bevor ich im *Eve's* anfange. Ich weiß, ich habe dir versprochen, mich voll auf das Restaurant einzulassen und es tut mir leid, dich im Stich zu lassen.«

»Hey, du lässt mich nicht im Stich.« Mein Ego sagte mir zwar etwas ganz anderes, aber ich ignorierte es. Das hatte in dieser Unterhaltung keinen Platz.

»Es wären auch nur zwei Wochen.«

Viel zu wenig, um irgendetwas richtig zu sehen. Würden ihr die reichen? Ich war ein Jahr unterwegs gewesen, bevor ich mich mit Leib und Seele dem Aufbau meines Restaurants gewidmet hatte.

Ihr Vorschlag klang wie ein schlechter Kompromiss. Meinetwegen?

Willst du überhaupt, dass sie geht?

Wie war das mit meinem Ego? Nein, natürlich wollte ich es nicht, aber ich konnte ihr auch nicht sagen, dass sie bleiben sollte. Jetzt musste ich nur noch herausfinden, wie ich damit klarkommen sollte.

KAPITEL SIEBENUNDZWANZIG

Monica

»Du siehst abgekämpft aus. Liegt es am Büro?« Caitlin umarmte mich und dirigierte mich dann direkt zu einem Platz am Fenster unseres Lieblingscafés.

»Auch«, seufzte ich. »Ich bin froh, dass ich Rom abgesagt habe, nur überfällt mich jetzt dauernd das Gefühl, mich komplett ins Aus manövriert zu haben. Oder ich sehe Gespenster? Nein, dass alle interessanten Aufträge plötzlich an mir vorbeiziehen und ich mich mit Kleinkram beschäftige, kann kein Zufall sein.«

»Warum kündigst du nicht endlich? Deine Idee, im *Eve's* in Brooklyn einzusteigen, war doch super. Hätte uns mal früher einfallen sollen.«

»Mir einfallen sollen. Du hast dein eigenes Leben«, wiegelte ich ab. »Keine Ahnung, Adam benimmt sich ebenfalls seltsam.«

»Er ist sicher total aufgeregt. Madison Avenue, da bekommt doch jeder Muffensausen.«

»Ja, bestimmt.« Es war bereits wieder Ende der Woche und ich musste mich endlich entscheiden. Je länger ich mit meiner Kündigung wartete und somit meine Auszeit nach hinten verzögerte, desto blöder wäre das Timing. Nur kam ich wieder nicht dazu, mit Adam zu reden. Er verkroch sich in seine Arbeit. Ich wusste nicht einmal, wie es mit dem zweiten *Eve's* voranging.

»Also, ich fliege in einer Woche nach Paris. Kommst du mit?«

»In einer Woche? Nein, das geht doch nicht.«

»Wieso nicht? Auf was wartest du? Ich dachte, du hättest dich entschieden.«

Hatte ich ja auch, nur ...

»Wenn du es ernst meinst, gehst du nachher zu deinem Chef und kündigst. Dann fährst du zu Adam, um ihm Bescheid zu geben, dass du endlich Nägel mit Köpfen machst und dann gehst du packen. Ich kümmere mich um die Flüge. Du kannst die ersten Tage mit mir im *Four Seasons* wohnen. Na, wie klingt das?

Das klang, als hätte ich keine Ausrede mehr.

Adam

Seit dem Wochenende wartete ich darauf, dass Monica mir sagte, dass sie gekündigt und zudem ihren Urlaub gebucht hatte, und nicht mehr zu mir zurückkommen würde.

Keine Ahnung, was hier gerade passierte. Ich besaß weder hellseherische Fähigkeiten noch hatte ich Grund anzunehmen, dass Monica nicht ihr Wort halten würde.

Als Monica am späten Nachmittag ins *Eve's* kam, war ich erleichtert, dass ihre ersten Worte waren: »Rate mal, wo ich in einer Woche hinfliege? Nach Paris!«

Sie fiel mir überglücklich um den Hals. Sie hatte es also durchgezogen, was im Umkehrschluss bedeutete, dass unser gemeinsames Leben endlich anfing.

»Schade, dass du nicht mitkommen kannst.« Sie küsste mich sanft und in ihre Vorfreude mischte sich bereits ein bisschen Wehmut.

»Wir haben noch knapp hundertneunzig Restaurants, die wir zusammen besuchen werden.«

»Ich freue mich darauf.«

Und das tat ich auch. Die nagende Stimme, dass ich Monica verlieren würde, sobald sie ins Flugzeug stieg, blendete ich einfach aus.

Dafür zählte ich die Stunden, bis Monica wieder da war. Sie schickte mir unzählige Fotos und Textnachrichten aus Paris, Straßburg, Zürich, irgendwo aus den Bergen, Mailand und Rom. Von der Spanischen Treppe, dem Petersdom. Allein mit der Unmenge an Bildern aus dem Forum Romanum hätte ich mein Haus tapezieren können. Was mir besonders ins Auge fiel, waren Monicas Selfies. Sie wirkte so losgelöst. Niemals zuvor hatte ich sie so gesehen. Glücklich, zufrieden ... ich fand kein Wort, das sie vollumfänglich beschrieb.

Resigniert betrachtete ich meinen übervollen Schreibtisch mit meiner ellenlangen To-do-Liste, den Lieferantenverträgen, die ich durchsehen musste, den Schichtplänen für das Personal, neuen Menüideen – und das betraf nur das *Eve's*. Der Vertrag für das neue Restaurant lag noch immer ununterschrieben in meinem Büro zu Hause. Jeden Abend wägte ich das Für und Wider ab, las Marktanalyse über Marktanalyse und hörte doch nur immer Monicas Bedenken.

Am Ende war es zwar meine Entscheidung, das Lokal an der Madison Avenue zu mieten, doch ihre Meinung bedeutete mir viel. Sogar mehr als die von Clay. Ich wünschte, sie wäre hier und gleichzeitig wusste ich längst, dass sie gar nicht hierher gehörte. Das *Eve's* war, wie Lynn richtig bemerkt hatte, mein Baby und der größte Fehler wäre es gewesen, sich auf Caitlins Forderung einzulassen. Monica sollte sich nicht verpflichtet fühlen, in wenigen Tagen zurückzukommen, sie sollte ihr eigenes Leben führen.

Du machst wieder Schluss?

Nein, sicher nicht. Ich machte endlich das richtige, ich ließ sie gehen und hoffte, dass sie sich am Ende dafür entscheiden würde, zu mir zurückzukommen.

Was Clayton von meinem Plan hielt, konnte am nächsten Tag halb Brooklyn hören.

»Ich fasse es nicht!«

»Jetzt krieg dich wieder ein.«

Clayton tigerte durch mein Büro und ging mir damit gehörig auf die Nerven.

»Du weißt ganz genau, wie ich über einen Kredit denke. Was ist denn nur los mit dir? Ich dachte, es läuft alles großartig. Monica kommt in wenigen Tagen zurück und dann startet ihr richtig durch! Habt ihr euch etwa gestritten? Das passiert bei den meisten Paaren ab und zu. Oder hast du sie betrogen?«

»Was? Spinnst du? Natürlich nicht!«

»Was ist dann das Problem?«

»Das Problem ist, dass ich keine Lust habe, mir reinreden zu lassen. Das *Eve's* ist und bleibt mein Baby. Ich ziehe das allein durch. Der Deal mit Caitlin war von Anfang an bescheuert.«

»Allein, richtig. Du brauchst ja niemanden«, schleuderte er mir vor die Füße.

»Ich brauche vor allem niemanden, der mir reinquatscht.« Ich stellte mich dicht vor ihn, um ihm klar zu machen, dass er sich verpissen konnte. »Du lässt dir auch nichts sagen, ziehst dein Ding durch, ohne nach rechts oder links zu schauen, oder liege ich da falsch?«

»Und Monica? Ist es aus?«

Das war das Einzige, was er zu sagen hatte?

»Das geht dich nichts an.«

»Du hast es in den Sand gesetzt. Wieso überrascht mich das nicht.«

»Und wieso mischst du dich eigentlich immer in meinen Kram ein?«

»Wir sind Partner, schon vergessen?«

Wir waren beste Freunde.

»Dazu gehört aber auch, dass du ab und zu auch mal *mir* zuhörst und nicht nur mit guten Ratschlägen um dich wirfst. Dass du dich auch wirklich fürs *Eve's* interessierst und es nicht nur als Zeitvertreib verstehst oder als Ablenkung, wenn es bei dir gerade nicht so gut läuft. Dass du mir vertraust, dass ich meine Entscheidung nicht leichtfertig treffe.«

»Gut«, seufzte er. »Dann mach, was du für richtig hältst. Ich bin zwar anderer Meinung, aber ich stehe hinter dir.«

KAPITEL ACHTUNDZWANZIG

Monica

Eine Woche war ich nun schon in Rom und hatte noch immer nicht genug von der Stadt, obwohl ich gerne auch noch den Rest Italiens bereist hätte. Ich hatte einfach zu wenig Zeit. Wenigstens wollte ich heute noch ans Meer fahren. Nach Anzio, um genau zu sein, wo ich offenbar neben einem tollen Strand auch die Ruinen einer antiken Villa, die Kaiser Nero gehört hatte, besuchen konnte.

Zu meiner großen Freude rief mich Adam an diesem Tag an. Dank Skype und einer guten Internetverbindung würde mich der Anruf nicht in den Bankrott treiben, obwohl es mir eigentlich egal war. Seine Stimme zu hören, war mein heutiges Highlight, trotz meines tollen Ausflugs. Ohne ihn zu Wort kommen zu lassen, plapperte ich wild drauflos, erzählte von den freundlichen Italienern, der unglaublichen Eiscreme, den Touristenfallen, der atemberaubenden Pracht des Petersdoms, den aufdringlichen Bettlern, der geballten Ladung Geschichte, die ich an jeder Ecke spürte, den verrückten Autofahrern ... ich hätte ewig weitermachen können.

»Entschuldige, du bist sicher in Eile.«

»Ja, aber es ist schön, deine Stimme zu hören.«

»Ich wünschte mir, du wärst hier.« Das hatte ich ihm unter jedes Foto geschrieben. Es war die Wahrheit, ich vermisste ihn, sehr sogar. Allein zu reisen hatte auch seine Nachteile, denn ich hatte niemanden, mit dem ich meine Erlebnisse teilen konnte.

»Das wünschte ich auch.« Er sagte nichts weiter und ich erwartete schon eine Verabschiedung, als er doch noch fortfuhr: »Hör zu, ich rufe an, weil ich dir persönlich sagen will, dass ich den Vertrag mit Caitlin aufgelöst habe.«

»Wieso? Ich dachte, du brauchst einen Investor? Was ist mit dem neuen Restaurant? Willst du es nicht mehr eröffnen? Ist etwas passiert? Geht es allen gut?« Meine Gedanken begannen sich zu überschlagen. Wieso hatte mich Caitlin nicht informiert?

»Ja, es geht allen gut. Ich habe nur beschlossen, dass ich mich wieder allein um meine Restaurants kümmern möchte. Clayton ist mein Partner, wir waren immer nur zu zweit und so soll es auch bleiben.«

Zu zweit ... So soll es auch bleiben ... Was bedeutete das für uns? Wahrscheinlich, dass ich keinen Job hatte und mir besser überlegen sollte, wie es nächste Woche in New York weitergehen würde. Es kam mir gerade total surreal vor.

»Was bedeutet das für uns? Willst du überhaupt noch, dass ich für dich arbeite?« Ich hoffte, dass er mir sagen würde, dass sich daran nichts geändert hatte.

»Ich glaube nicht, dass es eine gute Idee wäre. Jedenfalls nicht im Moment.« Er klang niedergeschlagen. Zu gerne würde ich dieses Gespräch persönlich führen und nicht tausende Kilometer entfernt voneinander.

»Und wir? Ist das auch keine gute Idee mehr?«

Auf diese Antwort wartete ich umsonst.

»Du solltest deinen eigenen Träumen folgen und dich nicht verbiegen.«

Auch nicht für mich ... hörte ich das Ungesagte. Egal ob ich ihn liebte und er mir jetzt wieder das Herz brach, weil er mich abermals wegstieß?

»Leb Wohl, Monica.«

KAPITEL NEUNUNDZWANZIG

E*inige Monate später*

Monica

DIE SONNE WAR SCHON am Untergehen, doch ich wollte noch eine Welle erwischen. Das sagte ich mir jetzt schon seit Stunden. Es war offensichtlich, dass ich nicht Abschied nehmen wollte. Mein letzter Tag in Portugal, jedenfalls vorerst.

In einer Woche erwartete mich Caitlin in Paris, wir hatten uns drei Monate nicht gesehen. Anstelle eines Fluges hatte ich jedoch die Bahn gebucht. Ich war, bevor ich dieses Fleckchen hier entdeckt hatte, ausschließlich mit Bus, Bahn oder Schiff gereist. Entschleunigt.

Nachdem Adam Schluss gemacht hatte, hatte ich eine ganze Weile gebraucht, bis ich wieder loslegen konnte. Was nicht bedeutete, dass ich nicht immer noch jeden Tag an ihn dachte. Mir überlegte, wie es ihm ging oder was aus dem *Eve's* geworden war.

Ich sprach mit niemandem darüber, weder mit Caitlin, die das Thema Adam selbst nie anschnitt, und schon gar nicht mit meinen Eltern, die ja gar nichts von ihm wussten. Die Pension lief offenbar erfolgreich, sodass sie schon mehrmals mit dem Camper losgefahren waren. Im Moment bereisten sie Georgia.

Und ich war in Portugal an der südlichsten Spitze in einem Surfcamp *gestrandet*. Seit über einem Monat machte ich nichts anderes, als die Wellen zu jagen und ab und zu für das Camp zu kochen. Nur zur Freude, denn die zwei Jungs aus England, die das Camp betrieben, hatten keine Ahnung von gutem Essen und dachten wohl, keiner würde es merken, wenn sie die ganze Zeit Dosenfutter auftischten.

Noch eine Welle und dann würde ich mich in der Küche nützlich machen gehen.

Als ich am Strand vom Brett sprang und es mir unter den Arm klemmte, wurde ich bereits von Ben und Patrick erwartet.

»Wir dachten schon, wir müssten dich holen kommen.«

»Ich habt wohl Heißhunger.«

»Heißt das, du schenkst uns zum Abschied endlich eine gemeinsame Nacht?«

»Sicher nicht.«

Sie sahen mich gespielt betrübt an, dabei hatten wir schon vor Wochen geklärt, dass wir sicher nichts miteinander anfangen würden. Sie waren harmlos und nicht mal ansatzweise die Draufgänger, die sie gerne mimten. Das hatte ich längst herausgefunden. Beide waren erst fünfundzwanzig und versuchten sich eine Existenz fern von der Heimat aufzubauen. Bewundernswert.

Ich bestieg den klapprigen Pick-up und ließ mich durch Serpentinen in das zwei Kilometer landeinwärts liegende Camp chauffieren.

»Willst du noch mehr Fotos vom Sonnenuntergang schießen?«, fragte mich Ben grinsend.

»Nein, ich glaube, die tausend, die ich habe, reichen mir.«

»Sind es doch nur tausend?«, bemerkte Patrick und ging vor meinem Boxhieb in Deckung.

»Ihr wollt heute wohl kein anständiges Abendessen.«

»Verdammt! Das wäre ein Jammer.«

»Ach kommt schon, ich habe euch einiges beigebracht. Nein, mich beschleicht langsam das Gefühl, dass ihr einfach nur faul seid. Hat euch noch keiner gesagt, dass Frauen es sehr schätzen, wenn ein Mann für sie kocht?«

Sie sahen sich fragend an und ich erkannte, dass sie darüber nachdachten, ob sie so wirklich Frauen aufreißen könnten. Es hatte mir sogar Spaß gemacht, ihnen ein paar einfache Gerichte beizubringen. Zu mehr waren sie auch nicht zu motivieren gewesen.

»Wieso hast du uns das nicht schon vor Wochen erzählt, anstatt uns den Vortrag über das Camp und den Service zu halten?«

»Den, bei dem ihr eingeschlafen seid?«

Das Geplänkel ging weiter, bis wir ankamen.

»Hauptsache, du kommst zurück«, bemerkte Ben, als er den Motor ausschaltete. Das hatte ich eigentlich vorgehabt, aber jetzt begann sich eine andere Idee in meinem Gehirn einzunisten. Endlich hatte ich die Antwort darauf, was ich tun wollte, wenn ich wieder nach Hause fuhr.

Es war unwirklich, den Jungs und dem Strandleben am nächsten Tag auf Wiedersehen zu sagen, genauso unwirklich wie plötzlich in Paris zu sein – obwohl ich die Stadt vom ersten Moment an geliebt hatte.

Caitlin erwartete mich auf der Ile de la Cité, ganz in der Nähe der Kirche Notre Dame, in einem kleinen Café. Es war malerisch. Der Sommerflieder blühte, während die warme Luft flirrte und fröhliches Gelächter die Gassen füllte. Und dennoch spürte ich, dass der Sommer bald vorbei sein würde.

Ich sah Caitlin, bevor sie mich sah. Sie hatte sich kein bisschen verändert, zog wie immer alle Blicke auf sich und ignorierte es.

»Caitlin!« Die letzten Meter rannte ich auf sie zu. Auf einmal konnte ich es nicht mehr erwarten, sie zu umarmen. Hatte ich meine beste Freundin wirklich den ganzen Sommer über nicht gesehen? Wie sehr ich sie vermisst hatte, war mir nicht klar gewesen.

»Monica? Monica! Ich hätte dich nie im Leben erkannt!«

»Immer noch der gleiche Hang zur Dramatik.« Wir lachten und weinten und konnten uns gar nicht mehr loslassen. »Ich habe dich vermisst«, sagten wir gleichzeitig und lachten und weinten noch mehr.

»Komm setz dich und dann erzähl, was du alles erlebt hast. Du siehst toll aus, so braungebrannt und entspannt.«

Zum Glück fragte sie mich nicht, ob ich einen Mann kennengelernt hätte.

»Und, hast du einen Mann kennengelernt?«

Zu früh gefreut. »Du hast kaum eine Minute gebraucht, um mich das zu fragen.« Also, so wie immer. »Die Antwort ist nein.«

Sie nickte nur. Wir bestellten unsere Kaffees und ich fragte mich schon, ob ich jetzt von meinen Reisen erzählen sollte, als es aus Caitlin platzte: »Er hat uns zur Restauranteröffnung eingeladen.«

»Ich hoffe, du wolltest mich nicht nur treffen, um mir das zu sagen.«

Mein Herz schlug mir derweil bis zum Hals und ich hätte jetzt gerne ein Getränk gehabt, an dem ich mich hätte festhalten können. Warum lud er uns zur Eröffnung ein? Aus Höflichkeit?

»Nein, natürlich nicht, aber wenn ich dich schon sehe, kann ich es ja erwähnen. Deine Einladung ist auch an meine Adresse geschickt worden. Ich schätze, weil er keine von dir hatte?«

Natürlich nicht! Ich hatte meine Wohnung gekündigt und meine wenigen Habseligkeiten eingelagert. Momentan wusste ich nicht einmal, wohin es mich nach meiner Rückkehr in die USA verschlug. Wenn ich mir schon einen neuen Job suchen musste, konnte ich es ja auch in einer neuen Stadt tun. Miami wäre doch ganz hübsch, oder sollte ich die Westküste ausprobieren? Es gab unzählige Möglichkeiten, in New York hingegen, würde mich alles nur an Adam erinnern. Ich könnte natürlich auch einfach nur die Madison Avenue, Höhe Empire State Building großräumig meiden.

»Ich habe sie mitgebracht.« Caitlin kramte in ihrer Tasche und förderte eine elegante schwarze Einladungskarte hervor. Mit goldenen Lettern stand *Eve's at Murray Hill* darauf. Was? Das Restaurant lag gar nicht an der Madison Avenue. Hatte er sich also doch dagegen entschieden. Wegen mir? Es konnte mir egal sein.

Auch, dass die Eröffnungsfeier am Freitagabend stattfand, was in zwei Tagen war. Auch wenn ich es mir anders gewünscht hätte, die Einladung selbst war nur ein vorgefertigter Text ohne persönliche Note. Ich hatte mir wohl falsche Hoffnungen gemacht.

Und das war mir ganz sicher nicht egal. Dankbar, dass unser Kaffee serviert wurde, trank ich einen großen Schluck und verbrannte mir prompt die Zunge.

»Du gehst nicht hin?«

»Nein, da bin ich in London. Wie schade.« Keine Ahnung, warum ich plötzlich so sarkastisch war.

»Vielleicht wärt ihr noch zusammen, wenn ich euch nicht gedrängt hätte, zusammenzuarbeiten.«

»Nein, das glaube ich nicht. Es war eine Zeitlang ganz nett, aber im Grunde haben wir nicht zusammengepasst.«

Ich spürte wie Caitlin ein Stein vom Herzen plumpste. Hatte sie sich Vorwürfe gemacht?

»Bist du sicher?«, hakte sie nach.

»Absolut.« Natürlich war ich das nicht, aber, dass sich Caitlin Vorwürfe machte, wollte ich genauso wenig. Es spielte auch wirklich keine Rolle mehr. Er lebte sein Leben, ich meins und ein gemeinsames würde es nicht geben. Warum wünschte ich es mir dann noch immer?

Adam

Dass ich aufgeregt war, war die Untertreibung des Jahrhunderts. Jamie und Clayton hatten sich um die Gästeliste gekümmert und somit erwarteten wir ein paar hochrangige Namen aus dem Showbiz. Ich war sehr dankbar, schließlich wollte ich das Restaurant so schnell wie möglich in den schwarzen Zahlen sehen.

Am Ende schien Clayton extrem erleichtert über meine Entscheidung gewesen zu sein, nach Murray Hill auszuweichen. Ich hatte lange nach dem passenden Lokal gesucht. Bei diesem Objekt hatte mich der überdachte Hinterhof überzeugt, den ich in eine Oase verwandelt hatte. Die zauberhaften Wandmalereien waren das Tüpfelchen auf dem i. Jetzt wähnte sich niemand mehr in Manhattan, sondern im mediterranen Europa.

»Wie ist deine Laune heute? Muss ich in Deckung gehen, oder kann ich mich beruhigt unter die Gäste mischen?« Clayton hatte sich neben mich an die Bar gesellt, wo ich nochmals die Bestände kontrollierte. Dafür hatte ich eigentlich Personal, aber irgendwie musste ich ja meine Nervosität in den Griff kriegen.

Meine Krawatte strangulierte mich bereits und ich spürte, wie mir der Schweiß ausbrach. Hoffentlich sah man durch die Anzugjacke nichts. Im Gegensatz zu mir war Clay die Ruhe selbst.

»Ich weiß gar nicht, wovon du sprichst.« Eine glatte Lüge! Das letzte Gespräch mit Monica hatte meine Laune auf den Nullpunkt sinken lassen. Hätte ich mich nicht in die Arbeit gestürzt, hätte ich mich zu Hause eingesperrt und ins Koma gesoffen.

Dabei hatte ich mir geschworen, mich niemals wegen einer Frau so gehen zu lassen – und es doch beinahe geschafft. Ich hoffte noch immer, dass es Monica besser ergangen war als mir, dass sie glücklich war, denn sonst wäre alles umsonst gewesen.

Ob sie heute kommen würde? Ich wünschte es mir und

glaubte doch nicht daran. Wer weiß, ob Caitlin ihr meine Einladung überhaupt gegeben hatte. Vielleicht war sie selbst nicht in der Stadt und hatte sie gar nicht entdeckt oder Monica hatte ein für alle Mal mit uns abgeschlossen. Wie sehr mich dieser Gedanke doch störte.

»Um ehrlich zu sein, du siehst wieder übel gelaunt aus. Warum hast du Schluss gemacht, wenn du noch immer in sie verknallt bist?«

»Genau deswegen. Ich habe es beendet, weil ich in sie verknallt bin.« Nein, mehr als nur verknallt.

»Das muss ich nicht verstehen, oder?« Clay sah mich stirnrunzelnd an. Es war ihm nicht zu verdenken, denn schließlich kannte er nicht die ganze Geschichte.

»Nein.«

»Und wann willst du das wieder in Ordnung bringen?«

»Was müssen wir in Ordnung bringen? Ist etwas schiefgelaufen? Wir haben nur noch eine halbe Stunde, bis die ersten Gäste eintreffen.« Jamie sah nervös zwischen uns beiden hin und her. Sie war die ganze Zeit herumgerannt und hatte alles kontrolliert. Ich sollte sie einstellen, sie war unheimlich effizient. Ob ich sie von Clayton abwerben könnte?

»Adams Liebesleben.«

»Kommt Monica?«, fragte sie erfreut. Dass die beiden sich gemocht hatten, war offensichtlich gewesen, nur hatte ich nicht erwartet, dass sie sich so sehr darüber freuen würde, sie heute zu sehen.

»Keine Ahnung.«

»Keine Ahnung ist kein *Nein.*« Jamies Optimismus war ansteckend.

Stunden später war jedoch klar, dass sie nicht kam. Eine simple Einladung hatte nicht gereicht, natürlich nicht. Wenn ich gewusst hätte, dass nur sie die Karte liest, hätte ich ein paar persönliche Zeilen geschrieben, aber auch das hätte wohl nicht gereicht.

»Adam, darf ich dich etwas Persönliches fragen?« Jamie hatte sich zu mir gesellt. Sie lächelte, aber ihre Augen verrieten, wie müde sie war.

»Klar.«

»Warum hast du Schluss gemacht?«

Okay, mit dieser Frage hatte ich jetzt nicht gerechnet. Ich könnte ihr sagen, dass es sie nichts anginge, aber irgendwie brachte ich es nicht übers Herz. »Weil ich ihr nicht im Weg stehen wollte. Ihre Freundin hatte für sie diesen schrägen Deal ausgehandelt und obwohl ich mir sicher war, dass Monica gerne wieder in einem Restaurant arbeiten würde, war ich mir eben nicht sicher, ob es der richtige Zeitpunkt war. Sie hat dermaßen von diesem Blog geschwärmt und was sie alles von der Welt ansehen wollte ...« Scheiße, ich vermisste sie. Es tat beinahe schon körperlich weh.

»Ein Reiseblog? Die sind echt klasse. Ich habe mal einen über Thailand gesehen. Am liebsten wäre ich sofort ins nächste Flugzeug gestiegen ... Und dann hast du sie gehen lassen?«

»Es ist ein Koch-Blog. *Cook for your Soul*. Sie war richtiggehend besessen davon.«

Ob sie es immer noch war? Ich fragte mich, ob sie sich immer noch jede Folge ansah und die Gerichte nachkochte. Oder war dieser Spleen zu Ende gegangen, weil sie jetzt Land und Leute hautnah erleben konnte und nicht mehr darauf angewiesen war, sich hinzuträumen?

Es schmerzte, dass ich gar nichts von ihr wusste. Nicht, wo sie war. Nicht, was sie tat. Nicht einmal, ob es ihr gut ging. Nur, dass meine Hausbar wieder einmal laut nach mir rief.

»Ach, wie interessant. Den Blog kenne ich gar nicht. Dann bleibt also nur die Frage, wie du Monica zurückgewinnst. Hast du schon eine Idee?« Jamie sah mich herausfordernd an. »Es muss aber schon etwas Außergewöhnliches sein. Ein paar Rosen werden nicht genügen.«

»Wollen wir nach Hause fahren?« Clay hatte sich zu uns gesellt, die letzten Gäste waren gegangen, jetzt musste nur noch aufgeräumt werden.

»Sobald wir einen Plan haben, wie wir Monica zurückgewinnen können.«

»Wir?«, fragten Clay und ich gleichzeitig. Sein Tonfall klang viel entsetzter als meiner. Denn ich hatte schon eine Idee, aber allein würde ich es nicht schaffen.

KAPITEL DREISSIG

Monica

Caitlin hatte mich eingeladen, bei ihr zu wohnen, bis ich wusste, was ich als nächstes tun wollte. Einerseits war es merkwürdig, zurück in New York zu sein, und andererseits freute ich mich darüber. Auf Dauer war die Stadt aber nichts mehr für mich. Ich wollte definitiv irgendwo am Meer leben. Wäre der Weg nicht so weit, würde ich sofort zurück nach Long Island ziehen. Meine Eltern würden sich freuen, obwohl sie ihren ersten Winter in Arizona planten. Die Geschäfte liefen, Stephan war zufrieden – und somit auch meine Eltern.

Jetzt musste ich nur endlich herausfinden, was ich tun wollte. Seit Portugal schwirrte mir die Idee im Kopf herum, Kochkurse für Männer anzubieten. Vielleicht erst einmal nur als Nebenverdienst, bis ich mir einen Namen gemacht hatte. Und dann stand da noch die Frage im Raum, ob ich mich in einem Restaurant bewerben oder doch lieber im Finanzsektor bleiben wollte? Oder etwas ganz anderes? Ich würde mit Caitlin heute Abend nach Ideen suchen.

– Ich koche, was möchtest du essen? –
– Egal. –
– Italienisch? Spanisch? Französisch? –
– Egal. Wir können auch ausgehen. In New York kocht niemand, weißt du. –
– Haha, ich schon. Du bist echt keine Hilfe. –
– Sorry! Frag doch die Jungs vom Blog. –
– Habe ich eine Ewigkeit nicht mehr geschaut. –
– Welcome back, Honey! –

Keine Ahnung, warum ich den Blog gemieden hatte, vielleicht weil er mich zu sehr an mein altes Leben erinnerte. Dabei hatte ich es immer geliebt, mit ihnen gemeinsam das kulinarische Europa zu entdecken und ihre Gerichte nachzukochen. Gespannt, was ich alles verpasst hatte, suchte ich *Cook for your Soul* und sah direkt die Ranch in Texas. Franco war also an der Reihe. Vielleicht ging es heute um eine Gegend, die ich selbst schon bereist hatte.

Dann plötzlich entdeckte ich Adam und nein, ich halluzinierte nicht, denn er stellte sich bereits im nächsten Moment den Zuschauern vor. Ich dachte mich trifft der Schlag. Er stand tatsächlich in der großen rustikalen Küche, in der normalerweise Franco Fratelli kochte.

»Hallo, mein Name ist Adam Cooper und ich koche heute als Gast von *Cook for your Soul* ein mehrgängiges Menü für euch. Warum ich das tue und welche Bedeutung dahintersteckt, verrate ich euch aber erst am Schluss. Ich hoffe, ihr bleibt dran, denn es lohnt sich.«

Er sah direkt in die Kamera. Sein charmantes Lächeln brachte mich ganz durcheinander und mir wurde gleichzeitig heiß und kalt. Adam hatte sich kein bisschen verändert, trug sogar die gleichen Sachen wie beim Kochkurs damals, als wir uns zum ersten Mal begegnet waren. Als er mit Feigen und Blauschimmelkäse startete, wurde mir schnell klar, dass er unseren Kennenlernabend nachkochte. Wieso tat er das? Je länger ich ihm zusah und seiner Stimme lauschte, desto aufgelöster wurde ich. Bis der Beitrag fertig war, würde ich heulen wie ein Schlosshund, doch ich musste weiterschauen.

Als er die Espresso-Mascarponecreme auf die Birnen auftrug und alles schön arrangierte, sah er lächelnd auf und sagte: »Diese Gerichte habe ich in dieser Kombination im Mai zum ersten Mal in einem Kochkurs zubereitet. An dem Abend habe ich eine ganz besondere Frau kennengelernt. Eine, die mich mit ihrer ehrlichen Art tief berührt hat. In kürzester Zeit hatte sie es geschafft, mein Herz zu erobern und ich habe mich Hals über Kopf in sie verliebt. Doch das Timing war extrem schlecht, weshalb ich sie gehen ließ. Sie liebt diesen Koch-Blog und ich hoffe, sie auf diesem Weg erreichen zu können. Monica, wo du auch bist, ich will nur, dass du weißt, dass ich dich liebe. Ich hoffe, es geht dir gut, dass du deine Träume verwirklichst und glücklich bist. Und falls du mal wieder in New York sein solltest, wartet ein Tisch auf dich.«

Seine Stimme brach und das Bild erlosch.

Adam

Der Beitrag war schon ein paar Stunden online. Dass mich dieser Franco Fratelli eingeladen hatte und ich wirklich in seiner Küche meine Mission aufzeichnen durfte, war unglaublich. Dass sie das Ganze dann auch tatsächlich hochgeladen hatten, surreal.

Ich hoffte, dass Monica es sehen würde, dass sie den Jungs überhaupt noch folgte. Falls nicht, wäre alles umsonst gewesen. Obwohl Jamie da anderer Meinung war, sie wollte Monica das Video auf jeden Fall zukommen lassen. Ich wollte sie zurück, um jeden Preis. Sollte sie hingegen nicht so empfinden, womöglich schon jemand anderen kennengelernt haben, und nicht vorhaben, zurückzukehren, wollte ich, dass sie zumindest wusste, wie ich zu ihr stand.

Natürlich hoffe ich, dass sie ähnliche Gefühle hatte, denn ich wüsste nicht, wie ich sonst damit umgehen würde. Während unserer Funkstille hatte ich mir vieles einreden können, doch genau wissen konnte ich es nicht.

Vielleicht war es doch keine gute Idee gewesen, den Blog zu schalten. Jetzt war es zu spät.

Bis zum Abend wurde ich zunehmend nervöser, denn sie hatte sich nicht gemeldet. Gut, die Episode würde nicht verschwinden. Sie könnte sie auch noch in einer Woche, einem Monat oder einem Jahr sehen, nur so lange würde ich nicht warten können. Warum hatte ich mich nur hinreißen lassen, diese dämliche Idee in die Tat umzusetzen?

Also wieder in die Arbeit stürzen und mich in Geduld üben.

FRUSTRIERT FUHR ich gegen Mitternacht nach Hause. Dabei hätte ich zufrieden sein müssen, das *Eve's at Murray Hill* lief gut an, unsere neuen Gerichte wurden gelobt und auch das Personal hatte sich eingespielt. Nur war ich komplett neben der Spur. Fast wäre ich an Monicas altem Apartment vorbeigefahren, nur um zu schauen, ob sie wieder dort wohnte. Es wäre doch viel sinnvoller, Caitlin anzurufen. Warum war ich nicht schon früher auf die Idee gekommen?

Kaum hatte ich die Haustür hinter mir geschlossen, klingelte es. Wer konnte das um diese Uhrzeit sein?

Als ich öffnete und Monica sah, konnte ich es zuerst gar nicht glauben. Sie hatte ihre Haare zu einem hohen Pferdeschwanz gebunden und trug wieder den türkisfarbenen Hosenanzug wie damals. Es war jedoch ihr Lächeln, das mich in den Bann zog.

»Darf ich reinkommen?«

»Natürlich.«

Aber warum rührte sich Adam dann nicht? Wir standen uns gegenüber, jeder den anderen musternd, und die Anziehung wuchs von Sekunde zu Sekunde. Jedenfalls ging es mir so. Aber ich war mir sicher, dass die Funken sprühen würden, sobald wir uns berührten.

Dank der hohen Schuhe wäre es ein leichtes gewesen, Adam zu küssen, ohne dass er sich zu mir herabbeugen müsste. Und dann schaltete ich mein Gehirn ab und tat es einfach.

Das Feuerwerk an Gefühlen, das in mir explodierte, raubte mir kurzzeitig den Atem. Wie hatte ich es nur so lange ohne ihn ausgehalten? Ohne diesen emotionalen Rausch, der mich augenblicklich schweben ließ?

Erst als ich die Tür hinter mir zuschlagen hörte, kam ich wieder im Hier und Jetzt an.

»Du hast mich also auch vermisst?«, fragte er mich heiser, während er zärtlich über meine rechte Wange fuhr. Mit seinem anderen Arm hielt er mich dicht an sich gedrückt. Unsere Lippen lagen nur wenige Zentimeter auseinander, doch seine Augen waren es, die mich in ihren Bann zogen.

»Jede Sekunde«, gab ich zu, bevor ich mich wieder in unseren Küssen verlor.

EPILOG

E *inen Monat später*

Monica

»BIST DU FERTIG? Wir müssen wirklich los.« Adam stand in der Tür zum Büro des *Eve's* und sah mich ungeduldig an.

»Gleich, nur noch eine Bestätigung und dann können wir gehen.« Das war bereits die sechste Anmeldung für meinen Kochkurs und ich freute mich sehr, dass es sich langsam herumsprach. Um die Teilnehmer gezielter ansprechen zu können, hatte ich den Kurs auf Single-Männer zugeschnitten, was Adam nur mäßig gefiel. Dabei war ja nicht einmal klar, ob meine Idee überhaupt funktionieren würde, denn Caitlin hatte schon recht gehabt, wer kochte denn schon in Manhattan? Genau aus dem Grund bot ich den Kurs auch in der Pension von Stephan an, was Adam noch weniger gefiel. Egal, es würde Spaß machen.

Ich schaltete rasch den Computer aus und begrüßte meinen Liebsten mit einem Kuss, bevor ich die Tür zu meinem Büro hinter uns schloss. Mein Büro! Wir hatten sehr lange diskutiert, ob ich im *Eve's* anfangen sollte und uns am Ende für eine Probezeit entschieden. Die würde morgen zu Ende gehen und bis dahin hatten wir abgemacht, nicht darüber zu reden, ob ich blieb oder nicht. Alle Fragen rund um das Restaurant diskutierten wir nur während wir arbeiteten, Adam in Manhattan, ich in Brooklyn. Dave, der Barmann, und nun mein Stellvertreter war mir eine große Hilfe, sodass ich Adam nur selten belästigte. Es lief ganz gut, würde ich sagen. Eigentlich war ich sehr stolz darauf, wie gut alles lief. Auch zwischen uns.

»Warum willst du mir nicht sagen, wohin wir fliegen? Schließlich werde ich es sowieso in einer Stunde erfahren.«

»Eben, die kannst du doch auch noch warten.« Er lotste mich durch den Gastraum und erst als er die Tür zum *Eve's* hinter uns geschlossen hatte, küssten wir uns richtig. Auch so eine Regel, die wir mal mehr, mal weniger gut einhielten. Privat sollte privat bleiben.

An unserem ersten freien Wochenende, seit ich zurück war, würden wir eines oder mehrere von Adams Top Restaurants besuchen. Kam sehr darauf an, wohin wir flogen.

»Ich dachte, wir kommen zu spät«, wisperte ich an seine Lippen.

»Dafür ist noch Zeit.«

Am Ende wurde es wirklich knapp und als wir im Flugzeug nach Austin saßen, fragte ich mich, welches Restaurant wir eigentlich besuchen würden. Ich konnte mich beim besten Willen an keinen Pin dort erinnern.

»Und ich dachte, du hättest die Karte längst auswendig gelernt«, neckte mich Adam. Dabei fand ich es einfach nur faszinierend, sie mir anzusehen. Vor allem, da Adam sie mit weiteren Details ergänzt hatte, zum Beispiel standen jetzt nicht nur der Name drauf, sondern auch was das Restaurant ausmachte. Natürlich nur in Stichworten, aber es war schon erstaunlich, wie gründlich Adam die *Konkurrenz* studierte.

»Nein, ich kann mich wirklich nicht erinnern.«

»Es war ein japanisches Restaurant«, half er mir auf die Sprünge. »Und zwei italienische.«

»In den Top fünf?«

»Nein, in den Top zehn, aber wir müssen nicht so kleinlich sein.«

Nein, das mussten wir definitiv nicht, denn eigentlich war es mir egal. Hauptsache, wir hätten ein wenig Zeit für uns. Denn im Moment gab es immer noch nur im *Eve's* einen Ruhetag und somit sahen wir uns noch weniger. Dass mir der Zustand etwas Sorgen bereitete, war wohl verständlich.

»Hey, die nächsten achtundvierzig Stunden gehören nur uns. Keiner wird uns stören, versprochen.«

Warum zwinkerte er, wenn er das sagte? Bevor ich nachfragen konnte, küsste mich Adam so leidenschaftlich, dass uns die Flugbegleiterin tatsächlich fragte, ob wir frisch verheiratet wären.

Dass Adam bei der Frage nicht nervös wurde, war ein gutes Zeichen, oder?

Adam

MONICA WAR VIEL ZU ANGESPANNT. Sie musste sich dringend ein wenig entspannen. Allerdings stand ihre Entscheidung bezüglich ihres Jobs noch aus und ehrlich gesagt erwartete ich nicht, dass sie weiterhin im Restaurant würde arbeiten wollen. Nicht, dass sie es nicht konnte, im Gegenteil, ich war absolut zufrieden. Monica war gründlich, zuverlässig und hatte dem Gastraum eine weibliche Note verliehen. Außerdem hatte sie die Speisekarte um ein paar neue Gerichte erweitert.

Nur sie machte sich einfach zu viele Sorgen ... um uns. Auch mir war das Pensum zu hoch, und genau aus dem Grund flogen wir nach Austin, denn wenn alles klappte, durfte ich einen neuen

Partner im Team begrüßen, der die Situation deutlich entschärfen würde.

Wir übernachteten in der Stadt und fuhren erst am nächsten Morgen Richtung Süden. Es war gar nicht so einfach, dichtzuhalten, denn Monica war bereits auf dem Highway misstrauisch geworden.

»Liegen die Restaurants außerhalb? Hier würde ich eher ein anständiges Steakhouse erwarten.«

»Das gibt es tatsächlich auch. Gar nicht weit von hier, ist eines der besten.«

Ich konnte Monicas Gedanken regelrecht hören. Sie überlegte fieberhaft, was vorging. Doch noch ließ ich sie nicht vom Haken. Mir machte es einfach zu viel Spaß, sie zu überraschen. Was mir auch mehr als gelang.

Als wir das Tor zu *Sophie's Country-Style Wedding Ranch* passierten, konnte ich mir ein Grinsen nicht mehr verkneifen. Das Schild würde in Kürze ausgewechselt werden.

»Adam, du willst aber nicht heiraten, oder?«

Ich parkte den Wagen vor dem Haupthaus, schaltete den Motor ab und drehte mich zu Monica.

»Würdest du denn ja sagen?«

»Reden wir von theoretisch? So in einem Jahr oder so?«

»Oder so.«

»Also dann auf jeden Fall.« Sie lächelte mich unsicher an.

»Sehr gut, dann wäre das ja abgemacht.« Ich küsste ihr verdutztes Gesicht und stieg aus, um ihr die Tür aufzuhalten. Ganz der Gentleman, den ich so gern für sie spielte.

»War das jetzt ein Antrag?«, fragte sie, als sie ausstieg.

»Ich hatte eigentlich etwas Romantischeres im Sinn.«

»War das mein Stichwort?« Eine kleine blonde Frau kam aus dem Haupthaus, gefolgt von Franco Fratelli. Es dauerte keine Sekunde, bis Monica ihn erkannte und erstarrte.

»Überraschung gelungen?«, raunte ich ihr zu, doch mehr als

ein Nicken und Kichern bekam sie nicht raus. »Ich fasse es nicht«, ergänzte sie einige Sekunden später.

»Wie ich sehe, hast du Monica überzeugen können, dir noch eine Chance zu geben.« Franco kam näher, um uns richtig zu begrüßen.

»Ich bin Samantha, aber nenn' mich ruhig Sam. Soll ich dir die Ranch zeigen, während die Jungs sich um die Verträge kümmern?«, fragte die blonde Frau.

Monica

ICH KONNTE NICHT GLAUBEN, dass ich vor Franco Fratelli stand. Und es war genauso, wie ich es mir immer ausgemalt hatte: Ich bekam kein Wort heraus. Er musste mich für bekloppt halten, dass ich ihn so anstarrte.

Sam beruhigte mich ein bisschen, was gut war, denn der Kerl, der jetzt aus dem Haus trat, sah nicht ganz so euphorisch aus.

»Hi, welche Verträge?«, schaffte ich endlich zu fragen.

»Franco steigt als Partner ins *Eve's* ein. Er hat schon länger nach einer Möglichkeit gesucht, mit seinen Familienrestaurants nach New York zu expandieren. Als ich wegen des Blogbeitrags hier war, sind wir ins Gespräch gekommen und so hat eines zum anderen geführt.«

Was hatte ich denn noch alles verpasst?

»Du arbeitest auch dort?«, erkundigte sich Sam bei mir.

»Genau. Im Restaurant in Brooklyn.« Ich merkte, wie stolz es mich machte, das zu sagen. Nur Adams Blick lag fragend auf mir. Wir hatten noch nicht besprochen, ob ich bleiben würde. Mein Lächeln und ein leichtes Nicken lösten einen so liebevollen Blick bei ihm aus, dass mir ganz anders wurde. Ich hatte mich längst entschieden, auch wenn mir das erst in diesem Moment so richtig klar geworden war.

. . .

Wir ließen die Herren allein. Der Mann, der nur von weitem gegrüßt hatte, war offenbar Henry Campbell, ein Engländer und der beste Freund von Franco, der mit ihnen die Ranch ausgebaut hatte – wie mir Sam verriet.

Wenn ich mir ansah, was sie hier innerhalb eines Jahres alles aus- und umgebaut hatten, war ich ziemlich beeindruckt. Ich zählte neben der riesigen Scheune und dem Haupthaus noch zehn Gästehäuser. Sam erklärte mir, dass sie auf Hochzeiten spezialisiert gewesen waren, ihr Angebot aber vor kurzem aufgestockt hatten. Nun boten sie zusätzlich von Geschäftsfeiern über Liederabende bis hin zu Abenteuerurlaub alles an. Nur für ihr Café blieb nicht so viel Zeit, wie sie gerne hätte.

»Henry betreibt ein Start-up-Unternehmen, sobald man einen guten Geschäftsplan besitzt, kann man dort vorsprechen. Und da er sowieso etwas mit Franco aufbauen wollte, lag es nahe, hier einzusteigen.«

»Und Franco ist für dich nach Texas gezogen?«

»Ja, ziemlich ungewöhnlich, ich weiß.« Ihre grünen Augen strahlten mit der texanischen Sonne um die Wette. »Dass Adam sich die Mühe gemacht hat, uns zu suchen, ist aber auch nicht ohne. Wir sind nämlich gar nicht so leicht zu finden. Also nicht, wenn du nur Francos Koch-Blog kennst. Ich habe keine Lust auf Groupies.« Sie verdrehte genervt die Augen. Gut, dass sie mich nicht dazuzählte.

Wir waren am See angekommen und ich kam nicht umhin, mir vorzustellen, wie es wäre, hier zu heiraten. Eine sanfte Brise brachte die Gräser am Ufer zum Schwingen und ein paar Vögel zogen ihre Kreise.

Auf einmal hörte ich Musik in der Ferne. Wurde hier gefeiert? Ich hatte überhaupt nichts mitbekommen.

»Oh, mein nächster Termin ist offenbar schon bereit. Ich bin gleich zurück«, erklärte mir Sam, als ich sie danach fragte und rannte regelrecht davon.

Ich lauschte dem Lied, und stellte fest, dass ich es gar nicht kannte. Die Melodie war einnehmend und der Mann sang davon, dass seine Liebe den Regen küssen sollte, wenn er einmal weit weg wäre und sie ihn vermissen würde. Sowieso würde er sie immer noch mehr vermissen. Welch schöner Gedanke.

Auf einmal sah ich Adam auf mich zukommen. Als die Musik verstummte, blieb er vor mir stehen und küsste mich, während meine Nervosität ins Unermessliche stieg. Was war hier los? Mir fielen tausend blöde Sprüche ein. Aber ich zwang mich, ruhig zu bleiben, zu warten und den Moment zu genießen. Er löste sich ein wenig von mir, um mir in die Augen zu sehen. Oh mein Gott, ich würde am liebsten jetzt schon Ja sagen, weitere Worte waren unnötig.

Genießen?

»Als ich dir damals sagte, dass Clayton schon immer mein Partner war und ich es so belassen wollte, war das nur zum Teil richtig gewesen. Ich hatte dir damals verschwiegen, dass ich einen neuen Seelenverwandten gefunden hatte – dich. Ich würde alles für dich tun, Monica, denn ich liebe dich aus tiefstem Herzen. Ich will dich nie wieder missen. Würdest du mir daher die Ehre erweisen, meine Frau zu werden?«

Er zog einen atemberaubenden Ring mit einem großen Aquamarin aus seiner Hosentasche und ging vor mir auf die Knie. Das war zu viel! Plötzlich brachen alle Dämme, ich fiel ihm schluchzend um den Hals.

»War das ein Ja?«, fragte er mich, als ich mich ein wenig beruhigt hatte.

»Natürlich und das weißt du doch schon längst, oder?«

Er lächelte mich wissend an. Und ja, ich hatte es auch gewusst, als wir das Tor zur Ranch passiert hatten – in Adam hatte ich ebenfalls meinen Seelenverwandten gefunden.

ENDE

NACHWORT

Ich freue mich sehr, dass du *Ready for a new Soulmate* gelesen hast! Vielen Dank!

Falls du Lust auf exklusive Kurzgeschichten hast, melde dich doch für meinen Newsletter an. Im Anschluss bekommst du einen Downloadlink zugestellt. Zur Anmeldung klick hier.

https://www.katrinebuck.net/newsletter-2/

Wenn du weiterblätterst, findest du zudem eine Leseprobe zum ersten Teil *Ready for a new Love* und auch zu den *Campbells - Love Matters - Jarred*. Weitere ausführliche Leseproben findest du auf meiner Homepage: www.katrinebuck.net.

Ich freue mich sehr, wenn du mir deine Wünsche oder Anregungen schreibst. Hier kannst du mich bequem erreichen: katrinebuck@gmail.com.

Ich hoffe, ich habe dir mit *Ready for a new Soulmate* unterhaltsame Lesestunden bereitet. Ich freue mich sehr, wenn du dir ein paar

Minuten Zeit nimmst, um eine Rezension auf Amazon, Lovelybooks, Goodreads, deinem Blog … zu schreiben und bitte empfiehl das Buch weiter. Besonders im Selfpublishing sind wir Autoren darauf angewiesen. Ich danke dir von Herzen!

Alles Liebe

LESEPROBE ZU BROOKLYN LOVE 1

Ready for a new Love - Clayton & Jamie

Brooklyn Love 1

Klappentext:

Wo gehst du hin, wenn du alles verlierst? Nach New York natürlich!

Aufregend, leidenschaftlich, für die Ewigkeit – das hatten sie sich einst geschworen. Doch Jamies Traum einer glücklichen Ehe ist gescheitert und sie verliert nicht nur ihren Mann, sondern auch das geliebte Haus. Was liegt da näher als ein Tapetenwechsel? Jamie nimmt das Angebot ihrer Schwester an und zieht nach New York! Wenn schon Neustart, dann richtig. Und wer weiß, vielleicht hat der Big Apple neben dem Traumjob noch mehr zu bieten ...

Clayton, einflussreicher Modelagent und Ehemann der schönsten Frau der Welt, hat eigentlich alles, was er sich wünschen kann. Doch von einem Tag auf den anderen zerplatzt sein privates Glück. Zeit, seine Wunden zu lecken, bleibt ihm kaum, denn das Schicksal hat andere Pläne. In einer stürmischen Nacht wird er unfreiwillig zum Gastgeber für eine charmante Unbekannte, die ihn alles andere als kalt lässt.

Keiner von beiden ahnt jedoch, dass sie weitaus mehr verbindet als diese eine Nacht – aber sind sie bereit für eine neue Liebe?

Leseprobe:

Jamie

»Was ist das?« Eine rhetorische Frage, denn mir war bewusst, dass ich das Flugticket einer Billigairline nach Las Vegas in den Händen hielt. Allerdings wusste ich nicht, wieso Geoff es mir in einem rot glitzernden Umschlag feierlich überreichte. Ein verfrühtes Valentinsgeschenk? Normalerweise gingen wir in einen Diner in der Nähe des Campus und gönnten uns einen extra großen Milchshake zu unseren Burgern. Oder hatte ich etwas Wichtiges vergessen? Unser Jahrestag war doch im August.

»Meine liebste Jamie.« Geoff kniete sich auf den alten Holzboden meines Zimmers im Studentenwohnheim, nahm meine Hand und sah mich verträumt an. »Wie lange kennen wir uns schon?«

Mir wurde heiß und gleichzeitig breitete sich ein Druck auf meiner Brust aus, sodass ich plötzlich Mühe hatte, tief zu atmen. Nur keine Panik! Ich versuchte, mich zu beruhigen. Meine Stimme klang dennoch belegt, als ich »Äh … drei Jahre«, antwortete.

»Drei Jahre«, wiederholte Geoff, während er seine Brille hochschob und sich kurz über die Stirn wischte. Seine dunklen Haare könnten einen Schnitt vertragen, aber er ließ sie gern wachsen, um seine Geheimratsecken, die mit jedem Jahr ausgeprägter wurden, zu kaschieren.

»Ich finde, es ist an der Zeit, dass wir heiraten und darum frage ich dich, Jamie Denise Ryan, willst du meine Frau werden?«

Ungläubig starrte ich ihn an und versuchte die vielen Gedanken, die mir durch den Kopf schossen, zu sortieren. Waren wir mit dreiundzwanzig nicht viel zu jung, um diesen Schritt zu wagen? Sollten wir nicht lieber erst einen Job finden und Erfahrungen sammeln oder generell erst einmal besprechen, ob unsere Zukunftsplanung in Bezug auf die Familie zusammenpasste? Auch wenn ich Geoff liebte und unsere, sich dem Ende zuneigende Collegezeit sehr genossen hatte, so hätte ich dennoch nicht gedacht, dass wir einmal heiraten.

Aber vielleicht war es gar keine schlechte Idee, um meinen Eltern zu zeigen, dass ich erwachsen war und meine eigenen Entscheidungen fällen konnte. Einerseits interessierten sie sich nicht für mich, hatten sie noch nie, aber andererseits schrieben sie mir in den unmöglichsten Momenten vor, was ich zu tun hatte. Schließlich bezahlten sie mein Studium und das gab ihnen scheinbar das Recht, mir Vorschriften zu machen.

»Ja! Ja, ich will«, schrie ich und fiel Geoff um den Hals. Natürlich würden es sich meine Eltern nicht nehmen lassen, ein rauschendes Fest auszurichten, doch solange die Freiheit danach auf mich wartete …

»Perfekt! Dann pack schnell ein paar Sachen zusammen, unser Flieger geht in drei Stunden.«

»Wohin?«, fragte ich Geoff verdattert.

»Nach Las Vegas, Dummerchen. Wir heiraten morgen.«

Ende der Leseprobe. Klick hier zum Roman.

LESEPROBE ZU DIE CAMPBELLS - BAND 1

Love Matters - Jarred

Die Campbells 1

Klappentext:

Er war der aufsteigende Stern in der Londoner Finanzwelt. Ihm stand eine glänzende Karriere im Familienunternehmen bevor. Als ihn ein schwerer Schicksalsschlag komplett aus der Bahn wirft, verlässt er London mit unbekanntem Ziel. Seitdem gibt es für Jarred Campbell nur noch Poker, Frauen und Drogen.

Nach zwei Jahren hat sein Vater, Vorstand des Campbell-Immobilienkonzerns, die Nase von seinen Eskapaden voll und zitiert ihn kurzerhand zurück nach London.

Rose Murphy hat schon immer für ihren Chef Jarred geschwärmt. Doch sie befolgt ein ehernes Gesetz: Keine Liebe am Arbeitsplatz!

Nun ist Jarred wieder da – und Roses Grundsätze geraten ins Wanken. Bis sie erfährt, welche neue Position Jarreds Vater ihm im Familienkonzern zugedacht hat …

Leseprobe:

Jarred trabte wie gefordert in Seans Büro an. Das zurückliegende Wochenende war eines der besten seit langem gewesen. Geistig war er mit Rose immer noch in Verbier und flitzte die steilen Berghänge hinab. Sie war seine Traumfrau, anders konnte er die Gefühle, die er für sie hegte, gar nicht beschreiben.

Jarred klopfte an Seans Bürotür und trat nach dessen barschem »Herein« ein. Dieses Mal thronte sein Bruder nicht hinter seinem Schreibtisch, sondern stand am Fenster. Abwartend blieb Jarred im Raum stehen.

»Wie war dein Wochenende?«, fragte Sean. Er drehte sich zu Jarred um, doch seine Miene verriet nicht, ob er wusste, wo und vor allem mit wem Jarred die letzten Tage verbracht hatte.

»Gut«, antwortete Jarred deshalb selbstbewusst.

»Schön.« Sean musterte ihn eindringlich, bevor er fortfuhr: »Ich werde deine ehemalige Abteilung auflösen. Sie arbeitet seit Jahren unrentabel. Du kannst dir ein Team für Manchester zusammenstellen. Wir werden eine Etage im Zentrum mieten. Such dir eine Wohnung in der Nähe.«

WAS?! Er sollte nach Manchester ZIEHEN? Warum das

denn? Jarred versuchte, ruhig zu bleiben. Das konnte sich Sean doch nicht erst heute Morgen ausgedacht haben. Erst hatte er gewollt, dass Jarred nach London zurückkam, hatte ihm dann aber seinen alten Job nicht wiedergegeben. Dann störte ihn, dass Jarred seine Wohnung verkauft hatte und das Haus seiner verstorbenen Mutter renovieren wollte. Jetzt schickte er ihn nach Manchester und wollte die Abteilung hier in London auflösen? War das Schikane?

»Wie lange planst du das schon? Und wieso hatte ich am Anfang die Wahl und jetzt nicht mehr? Ich will Mutters Haus kaufen, um es zu renovieren und dort zu leben. Wieso soll ich jetzt nach Manchester ziehen?«

»Die Reorganisation plane ich schon eine ganze Weile. Den Rest kannst du dir selbst zusammenreimen, du bist doch sonst so ein Schlauer.«

»Was soll das heißen? War das ein Spiel? Und Rose? Wieso hast du sie überhaupt befördert, wenn du jetzt die Abteilung auflöst?« Würde er sie nach Manchester mitnehmen können?

»Es war nur temporär, und das weiß sie. Ich wollte ursprünglich noch etwas abwarten, aber unter den gegebenen Umständen habe ich mich entschieden, es jetzt durchzuziehen.«

»Welche gegebenen Umstände denn?«

Sean betrachtete ihn wütend. Die Sekunden tickten dahin, ohne dass er die Frage beantwortete. »Stell dich nicht so dumm! Ich hatte dich gewarnt, Jarred«, zischte er. »Du solltest deine Finger bei dir lassen, was daran hast du nicht verstanden?!«

Sean wusste also von ihm und Rose, verdammt!

»Du hast noch *eine* einzige Chance. Wenn du deine Finger nicht bei dir behältst, kannst du deine Sachen packen und für immer verschwinden! Meinst du, ich lasse mir von dir Grünschnabel die Firma kaputtmachen? HAST DU DAS VERSTANDEN?« Sean hatte sich in Rage geredet. Er ballte die Fäuste, als ob er Jarred einbläuen wollte, dass er mit seiner Geduld am Ende war.

Jarred biss sich auf die Zunge, um nichts Unüberlegtes zu

sagen. Was bildete Sean sich eigentlich ein? Ihr Vater war immer noch Hauptaktionär. Ob er sich jedoch gegen Sean stellen würde … Wahrscheinlich nicht.

Was aus ihm selbst werden würde, war Jarred in diesem Moment nicht weiter wichtig, aber Rose hatte es ganz sicher nicht verdient, wegen ihm auf der Straße zu stehen. Die Frage, ob sie ihn nach Manchester begleiten würde, konnte er sich selbst beantworten. Sie jetzt aufzugeben, kam nicht infrage. Manchester lag schließlich nicht am anderen Ende der Welt – sie würden sich an den Wochenenden sehen können. Außer … »Du wirst sie entlassen?« Es war mehr eine Feststellung als eine Frage.

»Das Team in Frankfurt braucht Verstärkung.«

Frankfurt? Rose würde England nie verlassen. Sie hatte mehr als einmal betont, wie gerne sie hier lebte.

»Sie wird nie das Land verlassen wollen.«

»Das oder sie ist draußen.«

»Dann kündige ich anstelle.«

»Mach dich nicht lächerlich«, schnaubte Sean.

»Du würdest sie dennoch rauswerfen?«

»Ein Auslandsaufenthalt macht sich im CV gut, Rose wäre dumm, nicht zu gehen.«

Jarred wandte sich wortlos zum Gehen, wurde an der Tür aber von Sean zurückgerufen.

»Bis Ende der Woche will ich die Namen für dein Team wissen. Die neuen Büros sind nächsten Montag bezugsbereit.«

Rose würde ihn hassen, er hatte zu hoch gepokert und alles verloren.

Ende der Leseprobe. Klick hier zum Roman.

WEITERE BÜCHER VON KATRIN EMILIA BUCK

Ich liebe ihn, ich liebe ihn nicht

Eine romantische Dreiecks-Liebesgeschichte um Millie, Marc und Nick. Modern, leicht, mit einigen Geheimnissen und viel Gefühl.

Love me London - Reihe:

Spannung, Intrigen und große Gefühle. Love me London dreht sich um die Geschwister Sabina und Robert Wolf, die aus einem Labyrinth von Lügen ihren Weg finden müssen.

Lügen aus Liebe

Mehr als nur ein Sonnyboy

Spielst du nur mit mir, Liebling?

Die Fratellis:

Drei Geschwister einer römischen Gastronomiefamilie sind auf der Suche nach ihrem persönlichen Glück. Mit Humor und Herzschmerz zum Happy End!

Made by Love - Emanuele

Love Beyond - Darren

Love Match - Franco

Die Campbells:

Fünf Geschwister, vier Mütter und ein sich schnell verliebender Vater sind die Campbells. Schlagfertig, humorvoll und romantisch!

Love Matters - Jarred

Love Nest - Alice

Love Melody - Liam

Breath of Love - Sean

Easy to Love

Für wen wird sich Sara entscheiden? Für ihre alte Liebe Simon oder ihre neue Liebe Tom?

1. Auflage Mai 2020

www.katrinebuck.net

katrinebuck@gmail.com

Covergestaltung: Einzigartig-Buchdesign.de

Lektorat und Korrektorat: Martina Suhr und Sandra Bönninger von Skoutz 4 Success

Printed in Poland
by Amazon Fulfillment
Poland Sp. z o.o., Wrocław

73722506R00160